SÉRIE NOIRE

Collection créée par Marcel Duhamel

OLIVIER BARDE-CABUÇON

HOLLYWOOD S'EN VA EN GUERRE

nrf

GALLIMARD

À Christine, Thibault et Jean-Michel,

À Hollywood, la fabrique du rêve, et à celles et ceux qui ont laissé leur empreinte sur le chemin du noir et blanc,

À Raymond Chandler, Dashiell Hammett, Humphrey Bogart et Lauren Bacall, qui nous ont ouvert à coups de plume et de pistolet la voie des ténèbres.

Je suis dure à avoir, Steve. Tout ce que vous avez à faire, c'est demander.

LAUREN BACALL à HUMPHREY BOGART
dans *Le port de l'angoisse*

Je n'aurais jamais dû passer du scotch au martini.

HUMPHREY BOGART

PROLOGUE

Washington – 2 juin 1941

Il ne faut pas se fier aux apparences, se dit Lindqvist. Le type en face de moi a une tête de républicain convaincu et pourtant c'est un démocrate influent qui a l'oreille du président Franklin Delano Roosevelt !

À l'autre bout de la table, un autre homme, un vieux dur à cuire au visage tanné par le soleil, ne pipait mot et le fixait comme un loup affamé en fin de période de jeûne. Son collègue l'avait présenté comme M. Anderson mais, même à cette occasion, il n'avait pas ouvert la bouche.

— Depuis longtemps, disait le conseiller de Roosevelt, notre pays vit replié sur ses frontières. L'Europe n'existe plus, la France est un souvenir éternel. Combien de temps l'Angleterre va-t-elle encore résister ? Malgré la pression du président, le Congrès refuse de voter l'entrée en guerre auprès de nos alliés anglais. Nous allons devoir compter sur une maladresse du Japon ou de l'Allemagne. Un incident dont on devra tirer parti.

Lindqvist haussa un sourcil. En 1915, le torpillage par un sous-marin allemand du paquebot britannique *Lusitania*, faisant 1 200 victimes civiles dont 128 citoyens américains, avait retourné l'opinion publique américaine jusque-là isolationniste.

— Nous devrons alors sauter sur l'occasion pour déclarer la guerre ou faire monter d'un cran notre niveau d'engagement, continua l'orateur. Mais pour cela, il faut que l'opinion soit préparée. Beaucoup de gens ne veulent pas de cette guerre. Pourquoi envoyer nos gars se faire tuer au-delà de l'océan pour de vieux Européens arrogants ? C'est là que votre studio de Hollywood intervient.

Lindqvist dissimula sa surprise. La Warner Bros semblait plus désignée. Jack Warner trépignait, impatient d'entrer en guerre contre les nazis. C'était un proche de Roosevelt et, dès 1939, il avait produit *Les aveux d'un espion nazi*, avec Edward G. Robinson dans le rôle phare. Trop évident et partial du fait de sa judéité. Un *White Anglo-Saxon Protestant* comme Lindqvist, voilà ce que l'on recherchait !

— Hollywood peut devenir une machine à propagande, reprit l'homme du gouvernement. Quatre-vingt-cinq millions de spectateurs par semaine. Vous voyez un peu la force de frappe ?

— Hollywood, ce n'est pas moi.

Les *Big Five*, cinq grandes compagnies, dominaient le marché : Metro Goldwyn Mayer, Paramount, la Fox, RKO et Warner Bros. Sans oublier les *Little Three :* Columbia, Universal et United Artists, tout aussi importantes mais qui ne possédaient pas de salles de cinéma. À côté, le studio Lindqvist était un Lilliputien.

— Ce sont les indépendants qui ont mené l'attaque contre le régime nazi, rétorqua le politique. *Hitler, le règne de la terreur* en 1934, *J'étais une captive des nazis* en 36, *Le dictateur* de Chaplin l'an dernier. Soixante-dix pour cent des producteurs sont juifs ou d'origine juive, mais ils ont un tel désir d'être reconnus simplement comme des Américains qu'ils hésitent à s'engager totalement contre Hitler.

— Vous oubliez la Warner, rétorqua Lindqvist.

Les dirigeants des majors étaient des antinazis convaincus. L'arrivée au pouvoir de Hitler les avait secoués, mais les patrons des studios avaient préféré dans un premier temps mettre de l'eau dans leur vin. Le marché européen était en jeu. Désormais, il n'existait plus.

— Il nous faut un film dramatique où l'on nomme un chat, un chat. Adolf Hitler, ce n'est pas Adenoïd Hynkel, le dictateur de la Tomanie de Chaplin, c'est le maître du IIIe Reich. Et je ne vous parle pas d'un divertissement comme chez Warner, mais d'un film engagé qui met en scène l'exécution de Juifs par les nazis et révèle l'existence de leurs alliés aux États-Unis, les isolationnistes d'America First.

Lindqvist comprit alors pourquoi c'était lui qui était là, et non les grandes compagnies. Les studios Lindqvist, une petite firme sans salles, avec un catalogue encore restreint mais que les choix de ces dernières années avaient mise en avant.

— La moitié des gens dans ce pays partagent l'opinion d'America First de ne pas intervenir dans la guerre, protesta-t-il. Vous voulez m'envoyer à l'abattoir ! Louis B. Mayer et les autres vous riraient au nez.

Il lui rappela *Hitler, beast of Berlin*, d'un petit producteur indépendant, sorti en 1939, censuré et interdit de projection dans l'État de New York. Le film racontait l'histoire de résistants au régime nazi à Berlin qui finissaient dans un camp.

— Et après *La tempête qui tue*, l'an dernier, le sénateur Clarke a déclaré que ces films antinazis polluaient l'esprit des spectateurs, manipulaient leurs émotions et les poussaient à la guerre. Les patrons des grands studios ont dû venir se justifier devant une commission sénatoriale !

L'homme du gouvernement se pencha vers lui.

— Qui êtes-vous, monsieur Lindqvist ?

— Pardon ?

— Qu'est-ce qui vous caractérise le mieux ? Un producteur ambitieux qui n'a pas peur de se frotter aux majors, un Américain de la seconde génération, ou bien le petit-fils d'un cordonnier suédois ?

Apparemment, l'autre avait bien préparé sa réunion. Cela ne suffit toutefois pas à impressionner le producteur.

— À part les Indiens que vous avez parqués dans des réserves, tous les Américains sont originaires d'ailleurs. Mais il est exact que ma famille ne possède pas l'ancienneté de vos esclavagistes du Sud, ni de leurs esclaves noirs.

Le démocrate resta un moment estomaqué, puis fut gagné d'un rire silencieux.

— Bien envoyé.

Il redevint sérieux.

— Un producteur protestant pour un film dénonçant le nazisme, ça peut marcher. Mieux qu'un Juif, revanchard aux yeux de l'opinion publique. Nous avons besoin d'un porte-drapeau. On dit que Hedy Lamarr est la plus belle femme de Hollywood et Rita Hayworth la plus piquante. Mais Lala possède un je-ne-sais-quoi qui met tout le monde d'accord. À part Garbo, je ne vois pas, mais Garbo est hors jeu, non ?

— J'ai perdu Lala au début de sa carrière. Elle est désormais sous contrat avec la Metro, d'ailleurs vous ne trouverez aucune star en vue chez moi. Les huit grandes compagnies font 96 % des recettes de ce pays.

— Et vous êtes la neuvième. Le premier des indépendants, et c'est ce que nous voulons. Vous aurez Lala. La MGM vous la prêtera pour un film. Je vais en parler à Louis B. Mayer.

Lindqvist se rejeta en arrière sur son siège. Les grandes stars avaient des contrats de sept ans qui les liaient à leur studio. On appelait cela la *mise à l'étable*. Lorsqu'elles refusaient un rôle, le contrat était prorogé de six mois supplémentaires. Au bout des sept ans, les grandes compagnies se jetaient sur la star libérée pour lui faire des propositions insensées. Jamais plus il n'aurait une star chez lui à moins de la fabriquer. Seul le prêt offrait cette possibilité, mais aucune major ne lui avait jamais prêté qui que ce soit. Lala en personne, ce n'était pas refusable ! L'autre le savait bien. D'ailleurs, il en profita pour se pencher vers lui, l'air grave.

— Les États-Unis ne voulaient pas s'engager contre les Allemands pendant la guerre de 14-18. Et puis, il y a eu *Over There*, une simple chanson devenue l'hymne à l'engagement :

Johnny, prends ton fusil
Et mets-toi en marche
Là-bas, là-bas...

Au fond de la pièce, Anderson se mit à siffloter l'air. L'autre l'ignora et continua.

— Cette chanson a été décisive pour l'entrée en guerre

des États-Unis. Aujourd'hui, notre *Over There* ne sera plus une chanson mais un film, et Lala notre porte-drapeau. Alors veillez sur sa réputation comme sur la prunelle de vos yeux et mettez-vous au travail.

— Dans le respect du code Hays, fit une voix venue d'ailleurs.

Le code moral des studios, pondu par Hays, un presbytérien républicain aux oreilles en chou-fleur, avec l'aide d'un père jésuite, comportait onze interdictions et vingt-six mises en garde à l'adresse des producteurs, réalisateurs et scénaristes. Aucun film ne pouvait se tourner sans que son directeur de la censure, le catholique Joe Breen, l'approuve.

Ils avaient totalement oublié le troisième homme. Nul ne sut s'il avait voulu plaisanter.

Après son intervention, il étendit ses longues jambes sans cesser de les observer et conclut d'un ton calme :

— Hollywood s'en va en guerre.

1

La consommation de spiritueux est bannie de l'écran, sauf dans les cas où cela fait partie intégrante du scénario ou des caractéristiques d'un personnage.*

J'aime Los Angeles, la Cité des anges. Le taux de criminalité y est en constante augmentation, signe de la prospérité croissante de la ville. Celle-ci a su vendre la pureté de son air, la meilleure eau du pays et des sols fertiles. Oubliés le krach de 1929 et la Grande Dépression, désormais les puits de pétrole pompent autant que faire se peut, les boîtes de nuit ruissellent de lumières et les fabriques à images tournent à plein.

Entre Downtown et West Hollywood, les coins chouettes ne manquent pas dans LA, alors pourquoi avoir choisi un dimanche de septembre ce bar miteux près d'Union Station, notre nouvelle cathédrale ferroviaire aux multiples reflets, pour me donner rendez-vous ?

* Tous les exergues de chapitre représentent un des principes du code Hays en vigueur à l'époque dans l'industrie cinématographique.

J'observais le barman qui préparait mon mint julep. Il avait la main lourde avec le sucre et l'eau de Seltz dans mon bourbon. Et puis ses feuilles de menthe ne semblaient pas de première jeunesse. Mais comme cet après-midi-là j'avais choisi d'être une femme bien élevée, je ne dis rien. Il n'était pas question d'attirer l'attention sur moi et celle qui me rejoindrait. Sur le zinc marqué de traces humides, je posai mon sac alourdi par le poids de mon colt 45 et portai le verre trop collant à mes lèvres.

Bon sang, ce sont les Sudistes qui givrent le verre pour un mint julep !

En attendant mon rendez-vous, je feuilletai mon magazine et tombai sur une photo de Clark Gable. Ah, Myrna Loy et Clark en 38 dans *Un envoyé très spécial* où ils jouaient les reporters. Gable était le seul homme à pouvoir me faire craquer, avec sa désinvolture et son sourire ravageur. Sinon, je me serais bien contentée de Myrna.

Mes cheveux et mes yeux sont noirs, inquisiteurs disent certains, insolents affirmait la directrice de l'orphelinat. Je possède aussi un quart de sang indien. Pas assez pour me rendre belle, suffisant pour me donner l'air un peu sauvage et pas à ma place. Malgré cela, et mes trente-deux ans passés ou ma bouche trop large, le type vint se coller à moi. Il sentait l'after-shave bon marché et le client à putes frontalières. Pas du tout mon genre. Je fus vexée qu'il me considère comme la proie la plus facile de la clientèle féminine du Lounge.

D'habitude, on dit que j'ai un visage dur et pas aimable. Une petite teigne. Cela me donne un certain succès dans les clubs pour filles que je fréquente dans mes moments de solitude, à la recherche d'une âme sœur. Mais le gars n'avait rien vu, rien entendu et surtout pas la petite voix intérieure qui vous indique à qui on peut se frotter ou pas.

Je soupirai. Jamais je n'aurais dû accepter un rendez-vous avec Lala dans ce bar. Le mint julep était imbuvable, le barman désolant et la clientèle sentait sous les aisselles.

— Je vous offre ce verre, fit le type d'un ton de mâle décomplexé.

Comme si je n'avais pas les moyens de m'en payer un !

— Chéri, dis-je gentiment, mon cul n'est pas à vendre, surtout au prix d'un mint julep, et en plus je suis mariée à un pasteur.

Il bredouilla une excuse et battit en retraite. Le coup du mari pasteur marchait toujours. Un reste d'éducation religieuse sans doute. Ce pays est puritain jusque dans ses gènes.

Puis le silence se fit dans le bar.

Une blonde platine, style Jean Harlow, venait de faire son entrée. Des sourcils épilés en deux traits fins surplombaient une paire de lunettes noires du genre qu'on met lorsqu'on ne veut pas être reconnu ce qui, bien entendu, attire tout de suite les regards. Elle portait une robe plissée d'après-midi en mousseline de soie. Une tripotée de bagouses brillait à ses doigts fins. Visiblement habituée aux œillades insistantes, elle ne prêtait aucune attention à la clientèle masculine bouleversée par son apparition. Elle traça élégamment une ligne droite pour arriver jusqu'à moi. Un gracieux balancement de hanches ponctuait sa démarche décidée. Le souffle coupé, j'admirai ses courbes élancées avant de reconnaître Lana Lass, dite Lala, sous sa perruque blonde et derrière ses lunettes opaques.

Les posters de Lala dans les vestiaires des ouvriers de nos usines contribuent paraît-il beaucoup à augmenter la productivité dans notre pays. Je suis agréable à regarder, mais Lala est belle. Chaque partie de son visage pourrait être une pièce de musée.

Elle m'aborda sans une once d'hésitation.

— C'est vous Vicky Mallone ?

— Yep, madame ! Et je devine qui vous êtes.

— Pas de nom s'il vous plaît.

— Je sais. Terrible, votre déguisement.

Elle ne releva pas.

— Vous buvez quoi ?

— Mint julep, mais je ne le vous conseille pas. En fait, ne prenez pas de cocktail, le barman dose avec sa trompe.

Elle hocha la tête et commanda une limonade qu'on s'empressa de lui servir. Les glaçons s'entrechoquèrent d'émotion en montant à ses lèvres. La salle se figea pour la voir boire sa première gorgée, tout en découvrant une gorge crémeuse à souhait. Même déguisée, à trente-cinq ans Lala restait une actrice dans l'âme qui mettait les hommes à ses pieds d'un battement de cils.

— Venez, décrétai-je en prenant mon verre. Allons nous installer au fond, loin des oreilles indiscrètes et de vos admirateurs qui sentent la transpiration.

Lala me suivit sans ajouter un mot. Elle maîtrisait la manière pour faire son entrée quelque part, et jamais je n'avais vu quelqu'un poser ses fesses sur une chaise avec autant d'élégance.

— Au fait, fis-je en me plaçant dos au mur pour couvrir l'entrée et le reste de la salle du regard, comment m'avez-vous reconnue ?

Lala ôta ses lunettes noires, et j'en eus le souffle coupé. La star avait un regard suave et liquide comme du caramel chaud. Un torrent de lave et de douceurs sucrées en perspective.

— Une amie m'a parlé de vous. Vous avez résolu pour elle une petite affaire sordide. Elle vous a parfaitement décrite.

Rien dans les inflexions de sa voix ne laissait deviner si je devais le prendre comme un compliment. On me trouvait du charme mais je picolais et fumais trop. En plus j'étais trop grande, j'avais la mâchoire trop carrée et l'air trop décidé. Beaucoup de « trop » pour une seule femme.

— Vous voyez de quelle actrice il s'agit ? poursuivit Lala.

— Je ne parle jamais de mes clientes.

Elle eut un sourire amusé qui faillit m'en faire tomber amoureuse.

— Elle m'avait dit que vous répondriez ça !

— Normal, c'est ce que je réponds toujours.

Il faut de la constance pour réussir dans ce métier. De la constance et une réputation. Cela ne sert à rien de résoudre une affaire si vous la racontez ensuite à quelqu'un. Personne n'est capable de garder un secret plus de dix minutes. Ma réputation était donc : efficacité et discrétion assurées. Sans ça, j'aurais eu moins de clientes. Des femmes, oui. Les hommes rechignaient à remettre leur destin entre mes mains cruelles. Du coup, je m'occupais de maris infidèles, de menaces et de chantages. Je travaillais aussi parfois pour une compagnie d'assurances en butte à des tentatives de fraude. Ici, c'est devenu un sport national d'escroquer son assureur.

— Quel est votre problème, miss ? demandai-je en baissant la voix.

— On m'a volé des photos compromettantes.

— Compromettantes comment ?

— Moi avec une autre femme.

Elle dut remarquer ma surprise. Lala était connue pour aimer les hommes.

— Je ne suis pas spécialement lesbienne, expliqua-t-elle, mais il me semble que j'attire celles qui le sont vraiment. Comme vous.

Je réagis un peu trop vivement.

— J'ai oublié d'enlever mon écriteau autour du cou, c'est ça ?

J'évitais pourtant la jupe-culotte assortie d'une veste de tailleur et d'un chapeau mou, considérés comme l'uniforme lesbien. Lala haussa un sourcil et à nouveau son regard brun coula sur moi comme une promesse tiède.

— Il n'était pas dans mes intentions de vous offenser. Mon amie actrice dont nous tairons le nom m'a juste confié que vous lui aviez révélé sa vraie nature.

J'observais les feuilles de menthe qui faisaient la planche dans mon verre, saisie d'une brutale envie de m'envoyer un bourbon pur directement au fond de la gorge pour raviver la toute petite flamme qui brûlait encore en moi.

— Miss, dis-je, votre amie parle trop. Et n'espérez pas que je paye de ma personne à la fin de cette affaire.

Elle me souffla la fumée de sa cigarette au visage pour me punir de mon insolence. Prise de court, j'éternuai.

— Pardon, dit-elle.

— Hum.

Je ne savais pas encore si j'allais la détester ou l'adorer.

— On vous fait chanter ? m'enquis-je.

— Pas encore.

— Racontez-moi l'histoire de ces photos.

L'actrice porta le verre à ses lèvres. Je fus choquée de l'entendre croquer bruyamment un glaçon. Ses molaires tenaient la route mais elle ferait mieux de les économiser. On disait qu'Errol Flynn avait perdu une dent de devant sur une carapace de crabe lors d'un dîner galant. Cela avait jeté un froid.

— J'ai eu une relation amoureuse l'année dernière avec une personne dont je souhaite conserver l'anonymat, murmura Lala. J'ai voulu immortaliser une séance au lit avec elle en utilisant un retardateur et un déclencheur fractionné.

— C'est dans le commerce, ça ? demandai-je intéressée.

— Non, je l'ai bricolé moi-même.

Je la contemplai avec respect. On disait qu'elle était abonnée à des dizaines de revues scientifiques et avait installé chez elle un laboratoire pour s'y livrer à des expériences.

— J'ai développé les photos et je les ai gardées dans mon coffre, reprit-elle. Hier, j'ai ouvert celui-ci pour prendre un collier. Tout y était. J'ai passé la journée avec des invités. Avant de me coucher, en remettant le collier dans le coffre, j'ai constaté que les photos avaient disparu. Personne ne s'est manifesté ce matin, et j'ai pris contact avec vous sans en parler à personne.

Elle écrasa son mégot dans le cendrier. Son rouge à lèvres y avait laissé des traces ensanglantées.

— Je suis une star, dit Lala avec détachement. Vous comprenez ce que cela signifie ? J'ai le monde entier à mes pieds.

Soyons sincère, c'est agréable. Mais les effets sont ceux d'une drogue : au début on s'y habitue, ensuite on ne peut plus s'en passer. En contrepartie, le monde entier me regarde. Je peux tout lui demander, mais il m'est interdit de le décevoir. Or vous connaissez le problème de ce pays : on cite la Bible dans tous les actes et événements officiels ! Nos pères fondateurs ont voulu faire de l'Amérique la terre des élus.

Je voyais bien. Hollywood tolérait une grande liberté de mœurs, mais celle-ci devait rester discrète dans un pays où persistait, entre la côte est et la côte ouest, l'esprit religieux austère des pères pèlerins du *Mayflower*. Créée en 1931, la Légion nationale de la décence s'était mobilisée contre le titre d'un film avec Mae West, *Ce n'est pas un péché*. Des prêtres zélés avaient défilé quotidiennement sous les affiches du film avec des pancartes « Si ! ». Le studio avait cédé et changé le titre.

— J'ai également une clause de moralité dans mon contrat avec la MGM, ajouta-t-elle nonchalamment. Mais ça c'est moins grave, ils savent s'en accommoder.

Je mâchouillais une feuille de menthe qui s'était insidieusement glissée entre mes lèvres.

— Je suppose que vous m'avez dressé une liste de votre personnel et le nom de vos invités, dis-je en tendant la main.

Elle me la remit.

— J'avais invité hier le réalisateur Jack Hudson et Lindqvist, le producteur de mon prochain film. Il s'agissait d'une journée de travail. On commence à tourner dans une semaine. Ils sont arrivés le matin pour le petit déjeuner et sont repartis après le dîner.

— Deux domestiques seulement étaient présents ? m'étonnai-je.

J'imaginais une vaste demeure de cinquante pièces, un parc gigantesque et une vue terrible sur l'océan.

— C'était samedi et je n'avais que deux invités. Rodrigo, mon cuisinier, suffisait et Julia nous a servis à table et a préparé les boissons.

— Julia et Rodrigo ?

— Rodrigo Hernandez vit à la maison avec son épouse qui est femme de chambre. Mais celle-ci est actuellement à San Diego au chevet de sa mère. Julia Flores-Castillo est l'intendante de la maison. Elle est de repos le dimanche. J'ai également une compagnie de sécurité qui me fournit un garde pour l'entrée. Ils sont trois à se relayer pour être présents vingt-quatre heures sur vingt-quatre. Il y a parfois des journalistes ou des importuns. La nuit, le gardien lâche deux chiens pas très commodes.

— Hum, les gardiens n'ont rien vu, rien entendu ?

— Je ne leur ai pas demandé, ils m'en auraient informée de toute manière.

— Mouais. Interrogez-les quand même.

— Qu'allez-vous faire ?

— Il ne faut pas perdre de temps. Je vais tout de suite aller voir Julia et Rodrigo.

— Rodrigo m'a dit qu'il serait aujourd'hui à la pêche avec des amis et qu'ils grilleraient le poisson le soir sur la plage.

— Alors je viendrai demain matin chez vous, donnez-moi votre adresse.

— Mais je veux rester discrète ! s'exclama-t-elle.

Je soupirai.

— Je ne peux pas interroger des gens en restant invisible. Officiellement, je suis votre nouvelle assistante. J'aurai besoin de ce statut pour pénétrer les studios. Vous êtes bien en train de terminer de tourner avec Jack Hudson pour la MGM avant de continuer avec lui chez Lindqvist ?

— Oui, fit-elle d'un ton pincé.

— Parfait. On verra pour Lindqvist plus tard. Ne vous inquiétez pas, ma chérie, ajoutai-je en voyant son air paniqué, les grands de ce monde n'ont pas à s'en faire, je commence par le petit peuple ! Rien de particulier sur Julia et Rodrigo ?

— Ils travaillent pour moi depuis plus de trois ans sans incident à signaler.

À ce moment-là, je levai la tête de ma liste et la regardai droit dans les yeux. Elle cilla. Je sentis que la petite chipie venait de me mentir.

2

L'adultère, parfois nécessaire dans le contexte narratif d'un film, ne doit pas être présenté explicitement, ou justifié, ou présenté d'une manière attrayante.

À Atwater, dans le sol fertile de l'ancienne plaine inondable de la rivière Los Angeles, les maisons d'une nouvelle classe moyenne avaient poussé comme des champignons ces dernières années.

La migration jugée trop importante des Mexicains avait conduit à l'expulsion d'un demi-million d'entre eux entre 1910 et 1930. Puis on avait manqué de bras. On s'était alors tourné vers les Asiatiques. Une communauté mexicaine encore nombreuse résidait dans l'est de Los Angeles et autour d'Olvera Street, là où quarante colons avaient fondé ce qui deviendrait plus tard la Cité des anges.

Ombragé par des palmiers, le quartier propret d'Atwater regorgeait de petites maisons en stuc blanc et aux tuiles rouges. À l'ouest, on apercevait les hautes collines du Griffith Park coiffé de son observatoire.

Au bout d'une rue, un bungalow récent se dissimulait sous un bosquet de bougainvilliers. C'était dimanche, l'intendante de Lala répondit rapidement lorsque je toquai à sa porte. Quand elle ouvrit, je lui dis simplement :

— Votre patronne m'envoie.

Julia était une jolie Latino au teint de miel, aux traits délicats, mince comme un fil de pêche, avec comme hameçon des yeux sombres et des cheveux d'un noir corbeau. Tout à fait mon genre sauf que je n'aimais pas sa manière austère de relever ses cheveux en un chignon sans grâce alors qu'ils auraient dû ruisseler en une pluie noire sur ses épaules dorées. Elle jeta un coup d'œil rapide à ma tenue. On était loin de la grâce sophistiquée de Lala mais, pour rencontrer celle-ci, j'avais revêtu un tailleur de jour en lainage léger à très fines rayures, composé d'une jupe ajustée et d'une veste de style masculin. Un panama crème à large bord tombant sur les yeux et orné d'un ruban de gros-grain noir me donnait un air crâneur. Fronçant légèrement les sourcils, je lui tendis le mot de sa patronne à son intention :

« Julia, merci de répondre à toutes les questions de la dame porteuse de ce message. Elle a mon entière confiance. »

C'était moi qui l'avais dicté à Lala et j'en étais très fière. J'avais l'impression d'être l'envoyée de la reine.

— Je reçois quelqu'un pour le café, murmura Julia, gênée.

Curieusement, le mot n'avait pas eu l'air de l'étonner. Lala devait souvent laisser ses instructions par écrit.

— Cela ne me dérange pas, nous parlerons quand il sera parti !

J'étais curieuse de voir qui était son invité, aussi je m'incrustai sans complexe. Manifestement le jour de repos était aussi celui du Seigneur : Julia prenait le café avec un pasteur. Ses cheveux en brosse, grisonnants, se dressaient sur son crâne comme du fil barbelé. Je m'y serais déchiré la paume si j'avais eu l'absurde idée d'y promener la main. À mon entrée, il jaillit de son siège comme un diable hors de sa boîte, ce qui est étonnant pour un homme de Dieu.

— Pasteur Louis Miller.

— Mademoiselle Paulette Kylle, minaudai-je.

Il planta son regard bleu acier dans le mien.

— Pas mariée ?

— Vous voulez dire pas mariée à mon âge ? Non, pour l'instant le mariage ne m'attire pas.

— Dieu a pourtant conçu la femme pour se marier et engendrer.

Et torcher le cul des gosses, mais je le gardai pour moi. Le dimanche, je restais toujours polie. Je sentis Julia se raidir et il me sembla que tout son corps tendu m'envoyait un message de mise en garde. Le regard du pasteur se fit soupçonneux.

— À moins que vous ne soyez d'un autre genre de femmes.

Je frémis intérieurement. En Amérique, la notion de bien et de mal est encore si présente que l'amour saphique est considéré comme une insulte à Dieu. Homosexuels ou lesbiennes, aux yeux chastes de ce pasteur, nous étions des déviants. La loi quant à elle nous déclare délinquants sexuels méritant prison et casier judiciaire. Dans un État de la « ceinture biblique », Miller m'aurait fait envoyer en cellule pour m'y rééduquer. Les matons m'y auraient violée matin et soir pour me rappeler ce qui doit s'imbriquer dans quoi et me remettre dans le droit chemin de la soumission au mâle chrétien.

— En fait, fis-je du ton le plus vertueux possible, je travaille trop pour me poser. Je prendrai le temps de procréer au calme plus tard.

— La place d'une femme, quand elle n'est pas à la cuisine, est auprès de ses enfants. C'est là qu'elle est au plus près de Dieu. Est-il indiscret de vous demander dans quoi vous travaillez, miss ?

Dire que c'était moi l'enquêtrice ! En moins d'une minute, j'avais le sentiment d'avoir été sans ménagement fouillée de la tête aux pieds.

— Je suis secrétaire dans une société d'assurances, mentis-je avec humilité.

Cela sembla le rassurer. Me souvenant de mon catéchisme, je pris ensuite une grande inspiration évangélique pour éloigner ses soupçons sur mes mœurs. Manifestement habituée à dissimuler, la jeune Latino ne cilla même pas lorsque j'inventai une histoire pour justifier ma visite : Julia était une cliente de ma société d'assurances et nous avions sympathisé. Décidément, ce pasteur était très curieux. Et mon hôtesse très accommodante.

J'amadouai assez Miller pour apprendre qu'il prêchait pour l'Église du Seigneur revenu. J'évitai de lui parler des revenus du Seigneur. Les contraintes morales léguées par la prohibition et les églises évangélistes avaient fait des États-Unis un pays conservateur au puritanisme exacerbé avec comme seules valeurs le business et la réussite.

J'en profitai pour lui demander sa carte et lui offris la mienne. C'était celle de l'assistante d'une société d'assurances qui s'était montrée particulièrement désagréable avec moi à l'occasion d'un sinistre. Désormais, je me vengeais d'elle en distribuant sa carte à chaque fois que je me faisais passer pour qui je n'étais pas.

Je fus assez soulagée de voir Miller vider les lieux une fois sa seconde tasse de café terminée. Tout à coup, la tension dans la pièce se relâcha. Julia se détendit et, à son invitation, nous passâmes au salon attenant. La maison était manifestement très propre et tenue avec soin, le mobilier de bonne qualité. Je m'installai dans un canapé dont le dossier ne me scia pas le dos.

— Vous vous appelez réellement Paulette? demanda la Latino avec curiosité.

— Mon nom est Vicky Mallone, je suis enquêtrice. Les représentants en crucifix et autres objets de culte n'ont pas à le savoir. Vous avez eu une réception hier chez Lala, vous avez dû travailler tard.

— Je couche chez elle quand c'est comme ça. Mais cela s'est bien passé. Je n'avais que trois personnes à servir.

— On a volé quelque chose dans le coffre de votre patronne pendant la journée d'hier, annonçai-je sans préambule.

— Oh! Mais quoi?

C'était la bonne question mais le coupable, s'il avait été suffisamment malin, l'aurait posée de toute façon pour détourner la suspicion. Comme elle comprit que je ne répondrais pas, elle prit un air suffisamment offusqué pour être convaincante.

— Elle me soupçonne? s'indigna Julia.

— Elle non, moi oui. Comme toutes les personnes présentes ce jour-là, n'y voyez rien de personnel. Vous avez vu quelqu'un entrer dans la chambre de votre patronne ?

— Non, mais je suis restée constamment au rez-de-chaussée ou dehors, sauf le soir où je suis montée avec Lala pour l'aider à s'habiller.

— Avez-vous surpris les invités à errer dans la maison pendant la journée ?

— Ils étaient dans le jardin, sous les arbres, et rentraient parfois pour aller à la salle de bains ou aux toilettes. Jack Hudson, le réalisateur, m'a même suivie à un moment pour essayer de me peloter à l'intérieur. J'ai coupé court et il n'a pas insisté.

Manifestement, la chose ne l'avait pas émue outre mesure. L'expérience de la vie. Depuis le temps des cavernes, le droit de cuissage reste un élément très présent dans la psyché du mâle.

— Quelqu'un aurait donc pu monter sans se faire voir ?

— Sans trop de problème.

Cela corroborait les dires de la star mais n'arrangeait pas mon affaire. Julia me proposa un autre café.

— Vous n'auriez pas quelque chose pour l'allonger ? demandai-je avec espoir.

Elle eut un sourire complice, se leva et disparut derrière le rideau de perles marquant l'entrée de la cuisine. Elle en revint avec une bouteille de tequila, la boisson nationale du Mexique, dont les effluves me chatouillèrent les narines. La vraie tequila, celle de Herradura, extraite d'agave bleu. Elle m'en versa une généreuse rasade et, après une légère hésitation, en ajouta quelques gouttes dans sa propre tasse.

— Je ne m'attendais pas à trouver un pasteur chez vous, fis-je en goûtant mon café délicieusement parfumé.

Sans un battement de paupière en plus, Julia me fit alors une surprenante confidence.

— Le second mari de Madame m'a baisée dans leur lit. Elle avait pris un somnifère pour dormir. Mais nous avons fait du bruit et, à un moment, elle a ouvert un œil et m'a regardée, surprise. Elle s'est rendormie aussitôt. Seulement voilà, le lendemain, elle s'est rendue chez son avocat pour demander le divorce. J'ai aussitôt rompu avec le mari. Ensuite, il est mort. Vous savez, l'accident de voiture quand il était saoul. Malgré tout ça, Lala m'a conservée à son service. Depuis, je vais à l'église pour expier ma faute et remercier le Seigneur de sa miséricorde.

Je la jaugeai du regard. Elle paraissait convaincue par ce qu'elle disait. Convaincue ou très maligne car cet aveu signifiait : *Je suis reconnaissante à Madame de m'avoir gardée à son service et je suis très attachée à elle. Il ne me viendrait même pas à l'idée, surtout pour une pécheresse repentie comme moi, de la voler !*

— Avez-vous couché depuis avec Lala ? demandai-je.

Cela pouvait expliquer que la star l'ait gardée auprès d'elle. Julia était un joli brin de Latino. Elle baissa les yeux.

— Vos questions sont très indiscrètes.

— Vous venez de me révéler quelque chose de beaucoup plus indiscret, et je vous rappelle que votre patronne vous a ordonné de répondre à toutes mes questions.

Elle hésita et s'humecta les lèvres.

— Le sexe occupe une place importante dans la vie de

Madame. Alors oui, c'est arrivé. Avant et après l'épisode avec son mari.

— Je vois.

Surprenant. Lala était donc une vraie bisexuelle. Mais j'avais encore du mal à faire le lien entre Julia et le pasteur Louis Miller. La repentance, tu parles !

— Cela est-il bien compatible avec les prêches de l'Église du Seigneur revenu ?

Elle baissa pudiquement les yeux puis releva soudain le menton avec un petit air de défi.

— On m'a appris que Dieu est pardon.

— Oui, je connais cette intéressante théorie.

Je soutins son regard.

— Ce pasteur est un peu rigide sur les mœurs, non ? Pour lui, les femmes doivent être maman ou putain. Celles comme votre patronne, ça ne doit pas être sa tasse de thé.

— Il sait juste que je suis l'intendante d'une dame de la haute société.

Je haussai les sourcils en contemplant au mur une photo de Lala encadrée et dédicacée.

— Vous le croyez vraiment stupide ?

3

De manière générale, la passion doit être traitée de sorte que ces scènes restent au-dessus de la ceinture.

Rarement on m'avait servi autant de bobards en un laps de temps aussi court. Je fis le guet dans ma voiture garée plus loin. Une heure plus tard, alors que j'allais mettre les bouts, je vis Julia sortir de sa maison et se diriger vers l'arrêt de bus. Il me fallut patienter jusqu'à ce que celui-ci arrive et le suivre en marquant tous ses arrêts. Il n'y avait pas grand monde en ce dimanche après-midi sur Los Feliz Boulevard, juste assez pour ne pas me faire remarquer. Une fois descendue sur Hollywood Boulevard, la grande avenue bordée de palmiers, Julia se dirigea sans hésiter vers une salle de cinéma au charme hispanisant, tout en stuc et dorures.

J'ignorais s'il existait un cinéma à Atwater mais il y en avait un beaucoup plus près à Los Feliz, le Vista Theatre. Peut-être une histoire de programmation. Je jetai un coup d'œil à l'affiche pour découvrir *L'amour vient en dansant*, une comédie chantée et dansée, avec Fred Astaire, né Frederick

Austerlitz. Personne ne cire ses chaussures avec autant d'élégance que lui. On dit de Fred qu'il est né en habit et haut-de-forme. Quand il danse, il donne l'impression de tout faire naturellement. C'est ça le vrai talent : faire croire qu'une chose difficile est facile !

On laisse toujours un peu de sa vie derrière soi lorsqu'on entre dans un cinéma. Je traversai le foyer aux colonnes tout en guimauve, ses devantures en verre regorgeant de confiseries et de pop-corn. Des tentures pourpres délimitaient l'accès de la salle par l'escalier. Je pénétrai alors dans un monde feutré et propice à l'imagination. Là aussi, des colonnes lourdement chargées soutenaient sur le côté des caissons peints en vert et orange, d'où plongeaient des lampes reflétant une lueur rouge tamisée. Des fauteuils de velours de la même couleur offraient un confort relatif. Appuyée contre le mur, ses boucles blondes ruisselant sur ses épaules, l'ouvreuse semblait perdue en elle-même. On aurait dit un phare solitaire dont la lumière est sur le point de s'éteindre.

Le faisceau de sa lampe s'éleva un peu trop haut à mon goût, éclairant mon visage. Je clignai des yeux.

— Oh, pardon, fit-elle.

Elle baissa sa lampe et m'invita à la suivre. Je lui touchai légèrement l'épaule et elle tressaillit.

— Ici, c'est parfait.

Je m'assis au bout d'une rangée d'où je pouvais surveiller Julia. Un homme en costume de flanelle grise vint se placer juste à côté d'elle alors qu'il restait des rangées de places vides. Il ôta son chapeau. Un instant, j'eus l'impression que leurs épaules se touchaient. Peut-être s'étaient-ils brièvement donné la main. Si je déteste les coups de genoux dans mon dossier, j'adore en revanche les rencontres dans la pénombre des cinémas quand une jolie voisine se glisse à côté de vous et que son pied frôle le vôtre.

Dieu merci, j'étais arrivée après les bandes-annonces, les actualités, le dessin animé et le court métrage. *L'amour vient en dansant* était le premier des deux films de la séance. Viendrait ensuite un film de série B, policier ou western. Les gens qui avaient payé pour leurs quatre heures de séance restaient généralement jusqu'au bout.

Je surveillai Julia et l'inconnu pendant que Fred virevoltait autour de Rita Hayworth dont il était tombé amoureux. Les têtes de Julia et de l'inconnu se rapprochaient parfois imperceptiblement, mais j'avais l'impression qu'ils discutaient tout bas. Bras et bustes ne bougeaient pas. Même pas une petite gâterie dans le noir.

Au moment du générique de fin, je me levai pour aller m'asseoir à l'extrémité d'une autre rangée à côté d'un homme sapé comme un représentant de commerce. Seule sa cravate dénouée rappelait qu'on était dimanche. Une spectatrice derrière lui avait dû lui demander d'ôter son chapeau car il offrait à la vue de tous un crâne au duvet doux comme celui d'un poussin.

— Monsieur, murmurai-je, êtes-vous un gentleman et pouvez-vous m'aider ? J'ai suivi mon mari dans cette salle pour le surprendre avec une grue. Je veux voir son visage mais mon époux ne doit pas savoir que je les ai surpris. Je compte le confondre au dîner lorsqu'il m'aura menti sur son emploi du temps de l'après-midi.

J'avais usé d'un ton convaincu tout en croisant suffisamment haut les jambes pour dévoiler mes genoux. Ma manœuvre eut l'effet escompté. Quand on a la cinquantaine, une jolie trentenaire élancée qui vous demande de l'aide dans la pénombre d'une salle de cinéma pour une histoire d'adultère, cela ne se refuse pas !

— Bien entendu, madame, je vous aiderai volontiers. Que dois-je faire ?

— Quand je vous le dirai, vous vous tournerez vers moi et vous me masquerez des gens qui sortent.

— Entendu. Dois-je faire semblant de vous embrasser ?

— Surtout pas !

Je vis du coin de l'œil Julia et l'homme remonter l'allée. Sans être intime, leur attitude était toutefois familière. Curieusement, l'homme avait enfoncé le chapeau sur ses yeux et semblait sur le qui-vive. J'eus le temps d'apprécier une cinquantaine bien entamée, un regard dur et des épaules de lutteur. Je laissai les lumières s'éclairer, hésitant à les suivre.

— Madame, si je puis vous être d'une quelconque utilité par la suite, voici ma carte. Si un jour vous avez envie de boire un verre ou simplement un café, n'hésitez pas.

Je brandis la carte de mon sauveur comme un objet de valeur que j'allais faire encadrer. Pour sûr, j'allais d'abord la mettre dans mon soutien-gorge.

— Soyez certaine, monsieur, que je vous appellerai. Y compris pour lui rendre la pareille !

C'est ce qu'il voulait entendre. Je le laissai ravi. La salle s'était vidée. L'ouvreuse avait une épaule contre le mur et me fixait. Je lui souris. J'eus droit en retour au sourire du pauvre. En passant devant elle, je froissai la carte de visite et en fis une petite boule dans ma paume avant de la jeter dans une poubelle. L'ouvreuse me jeta un regard pensif.

Je retrouvai Julia et l'inconnu sur le trottoir au milieu des spectateurs qui clignaient des yeux comme des hiboux surpris par la lumière du jour. Ils semblaient s'être séparés dès la sortie de la salle ou peut-être avant. Julia prit un bus jusqu'à Downtown, le cœur historique de la Cité des anges. Elle y flâna le long d'Olvera Street, sa rue principale à l'architecture hispanique pleine de charme. On y trouve nombre de commerces et de restaurants mexicains. Personne ne l'aborda. Elle s'arrêta pour manger un hot-dog et boire un soda puis elle entra dans une de ces boutiques où l'on vend bonbons, tabac ou magazines, et même du produit contre la toux.

Je la suivis ensuite de loin jusqu'à ce qu'elle reprenne le bus. Une fois chez elle, Julia se changea et ressortit sur la véranda en short blanc court avec une chemise blanche nouée au nombril. Elle alluma des bougies à la citronnelle pour chasser les moustiques puis se prit une cigarette et un petit verre qu'elle savoura sans se presser.

Au bout d'une heure, je me lassai et remis le moteur en marche. Je terminai dans un bar à cocktails de Hollywood Boulevard envahi par une clientèle de jeunes couples et de célibataires en maraude. Le souvenir de mon café allongé chez Julia m'incita à commander une margarita. Le barman humecta correctement le verre évasé à l'aide d'un quartier de citron vert avant de le givrer en le retournant dans une coupelle de fleur de sel. J'eus droit à trois mesures de tequila, une de jus de citron vert et une mesure de triple sec dans un shaker rempli de glaçons.

Je pris le temps de déguster mon cocktail, il était délicieux et personne n'essaya de me l'offrir. Mon verre terminé, je fus saisie d'une inspiration et repris la direction du cinéma.

La dernière séance du week-end s'achevait. Quelques spectateurs s'attardaient dans le hall ou sous les ampoules lumineuses de l'auvent du cinéma. Dans sa pose habituelle, une épaule contre le mur, mon ouvreuse attendait sans impatience qu'ils sortent. Elle arborait toujours son air pensif. J'aime bien ce genre de femme qui semble toujours attendre que quelqu'un vienne la chercher. C'est pour ça que j'apprécie les halls de gares.

La foule éparpillée, elle m'aperçut seule sur le trottoir. Elle m'adressa un petit mouvement de tête imperceptible avant de se détourner pour dire quelques mots à la caissière. Elle sortit ensuite à pas hésitants, comme troublée par la tiédeur du soir.

Je m'éloignai un peu de la devanture du cinéma pour ne pas la gêner. Elle parut apprécier et me rejoignit. Sous la lueur des réverbères, je notai que ses yeux étaient d'un bleu très limpide.

— Salut, fis-je.

— Salut.

— Je me demandais si vous accepteriez de prendre un verre avec moi.

— Pourquoi ?

Elle ne paraissait pas surprise, simplement curieuse.

— Je n'ai pas l'habitude de dire ça d'emblée à une inconnue, dis-je, mais voilà : ça me plairait beaucoup de faire plus ample connaissance avec vous.

Elle rit. Un rire agréable, pas moqueur.

— Vous êtes décomplexée, vous ! Qu'est-ce qui vous fait croire que je suis ce genre de femme ?

— Ma sensibilité !

Ma réponse la rendit encore plus songeuse.

— J'ai vu votre petit manège dans la salle tout à l'heure, vous vous cachiez de quelqu'un.

— En fait, je l'espionnais.

Elle me considéra avec attention.

— Z'êtes flic ?

— Vous avez vu beaucoup de femmes enquêtrices dans la police ? Elles tapent à la machine à écrire, les hommes ont de trop gros doigts pour les touches. C'est comme leurs pieds qui sont trop grands pour leur permettre d'approcher de l'évier et de faire la vaisselle !

Facile, mais elle rit.

Femme, qui rit est à moitié dans ton lit.

— Non, repris-je en montrant ma carte, je suis détective privée.

Ses yeux étincelèrent en la prenant. *Vicky Mallone, enquêtrice,* en lettres calligraphiées ça en jetait.

— Oh ! Ça par exemple ! Ce doit être passionnant !

Manifestement, elle n'avait que les images sur écran pour s'évader.

— Vous avez déjà vu la petite Latino et l'homme plus âgé qui l'accompagnait dans votre salle ?

— Ah, celui dont vous vous cachiez ? Il est bizarre. Avant, la petite Latino venait seule mais, depuis une quinzaine de jours, cet homme la rejoint une fois la séance commencée et la quitte avant de sortir de la salle. On dirait qu'il n'a pas envie qu'on les voie ensemble.

— Ils ne font rien de répréhensible pendant la séance ?

Elle rosit.

— Oh, non ! Leur comportement m'a intriguée et je les ai surveillés. On n'apprécie pas les indécences dans ce cinéma. Ils ne font rien d'inconvenant, j'ai l'impression qu'ils se parlent, tout simplement.

Je hochai la tête. Une salle noire, la foule, un endroit discret pour donner quelques instructions ou acheter des informations. Mais c'était sans compter sur les ouvreuses curieuses ! Son regard s'assombrit.

— Maintenant que vous avez votre renseignement, je suppose que vous ne m'invitez plus à prendre un verre.

— Bien sûr que si. Désormais, le plaisir prend le pas sur les affaires !

~

Il n'y avait qu'à Paris qu'on pouvait se sentir à l'aise avant-guerre. C'était le paradis, à l'époque. Après l'armistice de 1918, beaucoup de soldats noirs, musiciens démobilisés, étaient restés car ils y étaient mieux considérés que chez eux. Comme disait une amie : « Ce n'est pas ce que la France vous donne mais ce qu'elle ne vous enlève pas ! »

Dieu merci, une nouvelle Babylone avait remplacé la capitale des lumières occupée : Hollywood. Les clubs pour filles restaient néanmoins discrets. Pas aussi ostentatoires qu'en France, où régnait avant la guerre une grande tolérance. Mais désormais, sous la botte nazie, Paris n'était plus qu'un rêve brisé.

L'air était lourd, saturé des parfums de femmes et de la

fumée des cigarettes. Une boule de cristal projetait des lueurs mordorées sur la piste. Les danses lentes ayant été jugées licencieuses par la Légion de la décence, on s'y trémoussait à coups de slim betty, charleston et black bottom. Un quartet composé d'un pianiste, un batteur, un bassiste et un trompettiste, aux lèvres épaisses comme il se doit, se donnait à fond. Les musiciens noirs aimaient bien jouer ici, ils n'avaient pas à baisser les yeux.

Cela aurait pu être un club comme les autres si les femmes ne s'y étaient pas embrassées à pleine bouche. Pendant que les pieds des danseuses polissaient la piste, je choisis une table au fond de la salle, histoire de garder un œil sur la porte d'entrée. Une mignonne au teint laiteux en tenue de matelot glissa vers nous d'un pas chaloupé afin de prendre notre commande. Elle revint avec deux rhums mélangés à des fruits frais. Comme elle avait l'air un peu perdue et dépassée par les événements, je renvoyai le plateau à une autre table, accompagné d'un sourire apaisant.

Ça swinguait beaucoup sur la piste. Mon ouvreuse semblait apprécier l'ambiance.

— Vous aimez ? demandai-je.

— Beaucoup. Je n'étais jamais venue ici. En fait, je vais plus souvent avec des hommes qu'avec des femmes. Alors, je ne connais pas trop ce genre d'endroits mais on s'y sent à l'aise.

Elle croisa les jambes et passa ses mains aux doigts réunis autour d'un de ses genoux, une posture classique d'attente. Son maquillage discret, ses ongles laqués de rose et son rouge à lèvres carmin révélaient le soin qu'elle prenait de son apparence. Je m'enhardis à prendre sa main sous la table. Elle ne la retira pas mais, sur la réserve, ne me rendit pas la légère pression que j'y exerçais.

— Vous préférez les hommes ? demandai-je.

Elle hésita une seconde.

— Pour faire la chose, oui, mais une fois que c'est fait, ils prennent leurs jambes à leur cou et vous ne les revoyez jamais. Ils ne sont pas fiables. Tout ce qu'ils veulent, c'est nous posséder et assouvir leur désir au plus vite. Les femmes sont plus tendres et plus loyales.

J'étrécis les yeux. Les hommes sont des queues sur pattes, mais j'ignore si je suis quelqu'un de particulièrement tendre et loyal.

— La petite Latino et l'inconnu se sont rencontrés combien de fois ?

— Oh ! Vous recommencez, se plaignit-elle.

— Dernière question. Après, je vous raconte ma vie, c'est promis !

— Trois fois, je crois.

— Je n'ai pas bien vu l'homme au cinéma, à quoi il ressemble ?

— Entre cinquante et soixante ans. Des cheveux très courts et l'air pas commode.

La vie de Julia s'annonçait passionnante à découvrir ! À cet instant, mon ouvreuse hérita d'un tourbillon de couleurs tropicales dans un verre qui fleurait bon le rhum ambré, la vodka et les agrumes. Elle prit l'ombrelle plantée dans un quartier d'orange et la rangea soigneusement dans son sac à main. Je trouvai ça chou. Du coup, je lui filai la mienne qu'elle mit également de côté. Je me suis toujours demandé ce que les gens en faisaient une fois chez eux.

— Vous buvez quoi déjà ? demanda-t-elle.

J'espérais qu'elle n'allait pas me faire le coup de vouloir échanger nos verres.

— Manhattan dry : bourbon, vermouth dry avec un trait d'Angostura. Servi avec de la glace pilée et un zeste de citron.

— C'est pas le manhattan perfect ?

— Le manhattan perfect, on ajoute le vermouth rouge, on enlève le citron et on décore avec une cerise.

— Ça, c'est le manhattan sweet.

— Non, dans le sweet on n'a pas le vermouth dry !

C'était du bon sens, nom de Dieu ! Elle dut sentir poindre mon agacement, car elle changea radicalement de sujet.

— Comment une femme peut-elle devenir détective privée ?

Je bus une gorgée de mon cocktail, le trouvai parfait et me détendis.

— Au départ, j'ai voulu faire du cinéma. J'ai commencé par de la figuration mais par malheur un réalisateur s'est entiché de moi. J'étais très admirative alors j'ai couché avec lui. Trop jeune et sotte, je n'avais pas encore conscience de ma vraie nature. À part deux ou trois flirts féminins sans conséquence à l'adolescence, je n'avais connu que des hommes. Mon réalisateur m'a mise en cloque et s'est senti obligé de m'épouser. J'ai laissé faire pour l'enfant. Mais un jour mes mœurs saphiques ont repris le dessus. Alors nous avons divorcé.

C'était une version expurgée mais pas très éloignée de la réalité. Est-ce que je me sentais si seule pour balancer ma vie à une inconnue ?

— Et ensuite ?

L'ouvreuse semblait fascinée par ma triste existence. Elle aspirait son cocktail à la paille sans me quitter des yeux.

— Ensuite, il m'a fallu trouver du travail. Mon père avait quelques connaissances. J'ai pu me faire engager comme assistante dans la police. Un vieux rêve. J'avais vu trop de films noirs dans ma jeunesse : *Scarface*, *Les carrefours de la ville*, *L'introuvable*. Quand j'en ai eu marre de me coltiner du travail de bureau, je suis allée bosser avec un privé qui m'a formée. Cinq ans après, j'avais ma licence et je me suis mise à mon compte. Je me suis constitué une clientèle essentiellement féminine. Les femmes ont moins de mal à se confier à l'une des leurs pour certaines choses.

— Et qu'est-ce qui vous plaît dans ce métier ?

— Découvrir qui se cache derrière le masque porté en société.

Captivée, ma compagne continua à aspirer son verre vide, produisant un bruit de succion désagréable. Elle rougit légèrement.

— Excusez-moi, je vais me repoudrer.

En son absence, je regardai avec un brin de nostalgie les petites frimousses grimacer et s'agiter en rythme sur la piste de danse minuscule. Peu à peu, l'âge me poussait hors de la piste. Il faudrait que je me risque à des clubs où la moyenne d'âge ne se situe pas entre vingt et vingt-cinq ans. J'observai une blonde qui ressemblait à l'actrice Veronica Lake. Sur la piste de danse, elle balançait ses hanches en essayant de dissimuler son ennui.

— Ça fait un bail, Vicky. Qu'est-ce que tu deviens ?

Je battis brièvement des paupières en reconnaissant celle qui m'apostrophait. Une ex au teint de rousse que je n'avais pas revue depuis longtemps. Je me rappelai avoir compté les taches de rousseur sur son dos pour passer le temps une nuit où elle avait décidé de me raconter sa vie captivante de secrétaire. J'essayai rapidement de me souvenir si c'était elle ou moi qui étais partie la première.

— Te fatigue pas, dit-elle, c'est toi qui m'as larguée. Et n'essaye pas de te rappeler mon prénom. Bon sang, tu es aussi dure qu'un mec, Vic.

L'ouvreuse revint. Aux toilettes, elle avait dû en profiter pour se donner un coup de brosse, car ses cheveux blonds ondulaient plus que jamais sur ses épaules. Elle se rassit tranquillement tandis que l'autre mettait les voiles sans attendre que le vent tourne.

— J'imagine que c'est ta nana ?

— Je n'ai personne actuellement, c'est juste une ex.

Il faudrait que je demande son prénom à mon ouvreuse avant de lui dire : *On va chez toi ou chez moi ?*

Je m'apprêtais à poser la question lorsque des éclats de voix m'alertèrent. Il y avait un remue-ménage à l'entrée. Je vis Charlie, le videur, reculer en essayant de repousser des gens mais il fut vite neutralisé par deux gros bras qui accompagnaient un type avec un tapis-brosse sur le crâne.

— Merde, murmurai-je.

Je me recroquevillai sur mon siège. C'était le pasteur rencontré chez Julia. J'essayai de mettre ma compagne d'un soir entre son champ de vision et moi. Louis Miller s'avança d'un pas assuré jusqu'à la piste que lui abandonnèrent précipitamment toutes les pécheresses.

— Louons le Seigneur, dit-il en préambule.

Et le Seigneur semblait de son côté car la musique cessa

à cet instant. Le quartet voulait se faire oublier. Les musiciens noirs ne voulaient pas se mêler à des problèmes de Blancs.

— Bonnes nouvelles de Jésus-Christ ! Vous êtes toutes des enfants de Dieu, je ne viens pas vous blâmer mais vous offrir le chemin du salut.

Il y eut un silence de mort, seulement troué de quelques sifflements timides du côté des plus courageuses.

— Pourquoi l'a-t-on laissé entrer ? murmura une de mes voisines. C'est censé être un endroit discret !

— Dieu ne veut pas la mort du pécheur, continua-t-il.

— Bon sang que quelqu'un sorte ce taré d'ici ! fit une voix.

Mais personne ne bougea. L'ouvreuse me regarda d'un air désespéré. Je lui pris les mains.

— Ne t'inquiète pas, continue à lui tourner le dos comme si tu me parlais et n'écoute pas ses conneries. Il va nous asséner son prêche tout droit sorti du Moyen Âge et s'en aller.

— Jésus a chassé les marchands du Temple. Il revient aujourd'hui pour nettoyer sa maison. Bonne nouvelle : Jésus est revenu !

— Et il est reparti dans la foulée, gloussa une brune au visage dur.

— Moi, je l'ai vu dans les vagues à Santa Monica ! cria une ravissante petite blonde. Il nageait comme une passoire !

— Ça c'était avant qu'il passe sous les chenilles d'un char Panzer !

Le pasteur fronça les sourcils et leva les mains au ciel. Je compris que nous allions avoir droit à la citation appropriée.

— « C'est pourquoi, tonna-t-il, Dieu les a livrés à des passions infâmes car leurs femmes ont changé l'usage naturel en celui qui est contre nature. Et de même les hommes, abandonnant l'usage naturel de la femme, se sont enflammés dans leurs désirs les uns pour les autres, commettant homme avec homme des choses infâmes, et recevant en eux-mêmes le salaire que méritait leur égarement ! »

L'hostilité de la salle et les moqueries ou insultes qui fusaient de-ci de-là eurent raison de la patience du pasteur. Il prit une grande respiration et le silence se fit quand il cria :

— Filles lubriques. Déchets de Hollywood. Excréments de Babylone ! Résidus de Sodome et Gomorrhe ! Vous finirez en enfer à copuler avec des boucs. Les démons vous travailleront du soir au matin avec leur queue fourchue !

La patronne du club, une femme d'allure carrée à la poitrine conquérante, se planta devant lui.

— J'ai appelé la police, ils arrivent.

Le pasteur reprit son souffle et eut un rictus ironique.

— Oh, ils vont protéger un club pour filles ?

— Oui, parce que je leur verse des pots-de-vin !

Son sourire disparut. Il fit signe à ses acolytes et ils se retirèrent sans un mot de plus.

— Loué soit le Seigneur, soupira quelqu'un, il est parti !

— Dieu nous préserve de son retour !

— Le seul mec sympa, c'est mon voisin du dessus, c'est Jésus !

Et tout le monde entreprit d'apporter sa pierre à l'édifice de l'humour biblique plutôt que de la jeter sur de pauvres pécheurs. Jugeant terminée l'affaire des Blancs, le quartet noir se remit à jouer mais la piste de danse resta déserte. La patronne s'avança au milieu du cercle de tables pour prendre la parole.

— Il n'y a plus personne devant l'entrée mais celles qui le souhaitent peuvent sortir par-derrière. La prochaine consommation est gratuite pour les filles qui restent.

Un geste commercial apprécié mais l'ambiance était plombée. Avant la ruée vers la sortie, je me saisis de la main de ma compagne et la forçai à se lever.

— On va se dégoter un endroit sympa loin de ce fou furieux. Je dois boire quelque chose de fort.

La douce envolée d'une trompette nous guida jusqu'à une boîte de jazz nichée entre deux immeubles. Étonnamment, des Noirs étaient assis à des tables mélangées avec celles des Blancs. Los Angeles, ville réformiste. L'absence de couples de même sexe rendait la venue du pasteur improbable, à moins que jouer du jazz ne soit aussi contraire aux commandements de Dieu. *Tu ne produiras pas de sons contraires à la nature !*

Le double menton du trompettiste pendait comme de la gelée. Trois pistons pour vous dire tant de choses. Un piano d'ébène s'ennuyait dans un coin, puis d'autres musiciens glissèrent jusqu'à leur instrument. Cuivre, batterie, piano et basse s'animèrent. Comme nous étions en public, je gardai avec ma compagne une distance raisonnable. Deux simples copines en sortie. Ses lèvres esquissèrent un sourire moqueur devant ma prudence ou mon manque de courage.

— Tu faisais quoi avant d'être ouvreuse ? demandai-je. Tu es d'où ?

J'avais cru percevoir l'accent un peu nasal de la Nouvelle-Angleterre, dans le Nord-Est, où ils avalent la lettre « r » comme en Angleterre et aplatissent la lettre « a ».

— New Hampshire, me confirma-t-elle. Mon père s'est barré très tôt de la maison, et ma mère a suivi un type jusqu'à Los Angeles. Au bout d'un an il l'a larguée et on est restées.

Les questions se pressaient sur mes lèvres. D'habitude, je ne suis pas aussi curieuse, mais d'habitude je ne me sens pas aussi troublée par la personne avec qui je sors.

— Les nouveaux petits amis de ma mère me reluquaient d'un peu trop près, continua-t-elle. Alors, je suis partie dès que j'ai pu. J'ai travaillé en journée dans une fabrique de confitures et le soir dans un diner. Maintenant, je bosse dans ce cinéma. J'espère tenir bientôt la caisse même si j'aime bien être ouvreuse. On est obligé de rester debout mais on peut voir tous les films.

Je jetai un coup d'œil au pianiste. Ses doigts volaient littéralement sur les touches, les effleuraient ou les percutaient. À l'image de la vie : tu l'effleures ou tu la percutes.

Lorsque nous sortîmes, il n'y avait personne dans la rue. Je l'entraînai hors de la lumière du réverbère et l'embrassai brièvement sur la bouche.

— Bon, fis-je essoufflée, on va chez toi ou on va chez moi ?

4

La naissance d'un enfant, en face ou en silhouette,
ne doit jamais être montrée.

Le matin, la ville se colorait de teintes pastel. Dans la voiture, j'allumai une cigarette. J'avais encore en bouche le goût de baisers sucrés. À l'aube, je m'étais éveillée avant elle. Son corps sans défense était baigné par l'éclat du soleil levant. Je pris plaisir à suivre la progression de la lumière sur sa chair nue, mais je m'éclipsai avant qu'elle n'ouvre les yeux. C'est toujours plus difficile au réveil. On se quitte souvent sans adieu car, une fois les tourments de la chair apaisés, il ne reste plus que la perspective impossible d'une vie à deux. Toutefois, je ne souhaitais pas qu'elle se souvienne de moi comme d'un de ces hommes qui se carapatent une fois leur coup tiré. Aussi, j'avais glissé dans sa boîte aux lettres ma carte avec un petit mot : « *Tu peux m'appeler* ». C'était ce dont j'étais capable de mieux à ce moment de ma vie.

Une clarté crue enveloppait la maison que je surveillais dans Beverly Hills, façonnant des lignes d'ombre. Comme chaque lundi matin, par la fenêtre de ma voiture, je contemplais mon fils en route pour l'école. L'enfant qu'on m'avait arraché parce que j'avais aimé une femme.

À l'époque, j'avais paniqué, par peur de perdre mon fils et de me retrouver en prison. Se battre ? Oui, mais se battre contre des moulins à vent ? Le monde est ce qu'il est aujourd'hui. Peut-être sera-t-il meilleur plus tard. Peut-être pas. Notre société est celle des mâles dominants. Une femme ayant une histoire avec une autre femme n'a aucune chance de gagner face à leur modèle de virilité à tout prix.

Mon fils venait d'avoir dix ans. Il était beau. Je le regardais s'éloigner, la main dans celle de sa belle-mère, une pouffiasse aux gros nichons avec laquelle mon ex-mari avait jugé bon de se remarier. J'avais noté qu'Andrew lui donnait la main avec plus de réticence cette année. Il était grand désormais. Cette pétasse ne l'avait pas remarqué.

Je fermai un instant les yeux, laissant la blessure se rouvrir et la douleur m'envahir. Mon âme s'y était accoutumée. Comme d'habitude, j'écrasai du doigt une larme.

Mon ex-mari sortit au moment où une voiture avec chauffeur s'arrêtait dans la rue. Il s'y engouffra sans même dire bonjour. Je le regardai s'éloigner. Mon colt 45 est chambré en une munition de fort calibre, du genre qui évite au gus qui la reçoit d'avoir à se relever pour vous remercier de votre attention. Je rêvais de lui en coller une dans le bide et de le regarder clamser pour m'avoir tant manqué de respect et brisé ma vie.

Il était trop tôt mais, après ça, j'eus envie d'un martini dry. De plusieurs en fait. Je me dépêchai de trouver un bar pour y noyer mon chagrin. En passant relever ma boîte aux lettres, j'avais découvert le laissez-passer promis par Lala pour l'accès aux studios de la Metro Goldwyn Mayer. Ma cliente m'attendait, et mes doigts pianotaient nerveusement tandis que le barman secouait son shaker et que des fragments glacés de souvenirs s'entrechoquaient entre les parois de mon crâne.

~

Après un été sec et brûlant, septembre s'annonçait doux même si le thermomètre dépassait encore les 22 degrés. Je pris la route en admirant les couleurs roses qui baignent au matin les collines parsemées d'eucalyptus, de bougainvilliers et de cyprès.

Le type de la boîte de sécurité, Morton Security, avait reçu des instructions de Lala. Il m'ouvrit la grille et je remontai l'allée de gravier blanc, bordée de vastes pelouses bien entretenues, de palmiers et de massifs de fleurs, jusqu'à une demeure aux grandes arches soutenues par des colonnades. Un cercle parfait permettait de repartir sans manœuvrer.

Je laissai la voiture devant l'entrée et j'allais frapper à la porte lorsque mes narines furent titillées par des odeurs alléchantes. Je remarquai une porte ouverte sur l'une des ailes de la maison et m'y dirigeai.

— Toc toc, fis-je. Je suis Vicky Mallone, la nouvelle assistante de Lala.

La cuisine embaumait les épices ainsi que l'ail et l'oignon revenus dans l'huile d'olive avec de la tomate. Un Mexicain d'une quarantaine d'années, court sur pattes et la moustache hérissée, se retourna. Il portait un incongru tablier de cuisine avec des fleurs roses.

— Lala m'a prévenu de votre visite. Je prépare le petit déjeuner. J'espère que vous aimez manger épicé.

— Le matin ? Pas du tout, mais je ne dis pas non à une tasse de café noir sans sucre, s'il vous plaît.

— Vous ne restez pas déjeuner ?

— J'accompagne Lala au studio pour la fin de matinée.

— Alors il faut absolument que je vous fasse goûter à mes tacos.

Je regardai ses gros doigts boudinés, pas très adaptés pour ouvrir un coffre. Mon regard se porta ensuite de nouveau sur son tablier.

— Oh ça, dit-il, c'est un cadeau de Julia. Une petite marrante !

— Vous leur avez cuisiné quoi samedi ? m'enquis-je par curiosité.

— Un *birria*. C'est un ragoût de chèvre avec des piments et des épices.

— Ils ont aimé ?

Il éclata de rire.

— Le réalisateur devait faire une réaction aux épices, il n'a pas arrêté de se rendre aux toilettes !

Je dressai l'oreille. S'il l'avait vu, cela signifiait également que Rodrigo quittait de temps en temps sa cuisine.

La porte intérieure s'ouvrit. Julia me jeta un regard inexpressif et vint s'attabler en face de moi après m'avoir saluée. Elle portait un pull-over rayé à manches courtes, un foulard assorti et une jupe à mi-mollet. Le cuisinier lui servit un taco bien garni, arrosé d'une sauce pimentée. Malgré moi, je me mis à saliver.

— Euh, je peux goûter finalement ?

Il sourit triomphalement et s'empressa de m'en préparer un. Il me l'apporta dans une assiette en me demandant en espagnol si je voulais de la sauce pimentée à côté.

— Désolée, mentis-je, je ne parle pas un traître mot de votre langue !

— Pardonnez-moi, reprit-il en anglais. Voulez-vous de la sauce piquante ?

— Merci, ça ira.

En se retournant, il lâcha en espagnol sur le ton de la réflexion :

— Tu sais ce qu'elle nous veut ?

Et Julia lui répondit dans la même langue, comme s'il s'agissait d'une plaisanterie habituelle entre eux :

— Ne parle pas de la vieille. Ferme ta bouche et tout ira bien.

Comme elle parlait de sa patronne ! Je fis mine de ne rien comprendre et poussai un gloussement en prenant une bouchée de taco.

— Mon Dieu, comme c'est bon !

Une sonnette retentit dans la cuisine.

— Je crois que Lala est réveillée, fit Julia en se levant.

Elle posa sur un plateau argenté une tasse de café et sa soucoupe, accompagnée d'un toast beurré et de son courrier du matin.

— Lala peut se montrer très désagréable avant son café, commenta-t-elle. Après aussi, remarquez…

J'avalai précipitamment une nouvelle bouchée. Délicieux !

— Je vais lui monter, indiquez-moi la direction.

La chambre de Lala était vaste et lumineuse. Deux larges baies vitrées donnaient sur une petite terrasse à colonnade recouverte de vigne vierge. On apercevait au-dehors des allées de buis bien taillés et des massifs de fleurs ou d'hortensias roses. Ses jardiniers travaillaient bien.

Un plancher et des panneaux de bois sombre apportaient à la pièce une touche ancienne. J'aperçus par une porte entrouverte une salle de bains de folie où brillait une lampe Gallé. Lala m'apparut en chemise de nuit en soie brodée de chez Juel Park, le magasin chic de Beverly Hills. Elle avait un visage taillé dans le marbre le plus exquis, des cheveux d'un noir parfait et son rouge à lèvres brillait comme une blessure ouverte.

En la contemplant, je songeai à ce conte de Grimm :

« Et tandis qu'elle cousait négligemment tout en regardant la belle neige au-dehors, la reine se piqua le doigt avec son aiguille et trois petites gouttes de sang tombèrent sur la neige. C'était si beau, ce rouge sur la neige, qu'en le voyant la reine songea : *Oh ! si je pouvais avoir un enfant aussi blanc que la neige, aux lèvres aussi vermeilles que le sang et aussi noir de cheveux que l'ébène de cette fenêtre !* »

Blanche Neige, c'était elle ! Mais pour l'instant elle arborait une mine chiffonnée et inquiète.

— Toujours pas de nouvelles, soupira-t-elle après avoir ouvert son courrier.

— Montrez-moi votre coffre-fort s'il vous plaît.

Classique. Derrière un tableau de Hopper à l'expressionnisme abstrait se dissimulait un Wickley à une seule combinaison. Solide.

— Vous l'ouvrez souvent et vous ne changez jamais la combinaison, devinai-je.

— Exact.

— Dans ce cas, avec le matériel nécessaire et un certain toucher, un cambrioleur chevronné peut repérer à l'oreille les chiffres les plus utilisés et tenter des combinaisons. Je dois essayer de relever des empreintes sur le coffre. J'y trouverai fatalement les vôtres, puisque vous l'avez ouvert en dernier, mais on ne sait jamais. Je vais donc prendre vos empreintes. Pour Julia et Rodrigo, j'ai une idée du tonnerre. Vous leur ferez mettre les mains dans une texture que je vous donnerai sur une plaque. Vous leur direz que vous allez créer une allée dans le gazon et poser des dalles avec vos empreintes et les leurs : caprice de star !

J'étais très fière de mon idée, mais Lala leva les yeux au ciel.

— Voulez-vous l'ouvrir pour moi mais cette fois en mettant des gants ? demandai-je plus sèchement.

Je jetai un rapide coup d'œil au contenu. Lala s'empressa de refermer le coffre. J'eus juste le temps d'apercevoir une boîte à bijoux et une sorte de cahier aux pages écornées. Cela m'avait l'air d'un scénario. Il y avait également un document de la Western Union, ressemblant à un formulaire pour une location de casier. Qu'est-ce que cela foutait dans son coffre ?

Une fois les empreintes relevées, je racontai à Lala mon après-midi d'hier. Sans broncher, elle m'écouta dérouler le curieux dimanche de son employée. La star sembla plus contrariée par la présence du pasteur chez la Latino et sa fréquentation de l'église que par ses rencontres dans le noir avec un inconnu. Même s'il est habituel de voir des pécheurs se repentir après chaque faute puis recommencer, tel ce roi de France qui faisait réciter leurs prières aux petites filles avant de les jeter dans son lit, Lala semblait avoir du mal à faire coller cette information avec la personnalité sensuelle de son employée.

— Comment avez-vous recruté Julia, il y trois ans ?

— C'était une figurante dans un de mes films. Très aimable et serviable. Je lui ai proposé ce poste car elle n'arrivait à rien au cinéma.

— Elle m'a raconté sa coucherie avec votre mari dans votre chambre. À votre place, je les aurais virés tous les deux. Pourquoi une telle mansuétude ?

Le regard de Lala s'assombrit considérablement. Des nuages annonciateurs d'un prochain orage.

— Lala, insistai-je, veuillez considérer Julia comme ma principale suspecte à l'instant. Je récapitule. Le lendemain de la disparition de vos photos, elle rencontre un pasteur pour qui vous devez représenter le mal incarné et un inconnu qui pourrait avoir pris possession de vos clichés dans une salle de cinéma, soit pour vous faire chanter, soit pour les publier dans un journal.

— Ça ne peut pas être Julia, me coupa froidement Lala, pour une bonne raison : c'est elle qui est avec moi sur les photos !

5

Les cérémonies de n'importe quelle religion définie doivent être présentées avec beaucoup de respect.

Incrédule, je regardai Lala.

— Sérieusement ? C'est maintenant que vous me le dites !

Elle baissa fugacement la tête.

— La situation était très gênante.

— Lala, insistai-je, je bosse pour vous. Cela nécessite un certain rapport de confiance.

— Il faut que je me prépare, dit-elle d'un ton détaché. Pourriez-vous m'aider à m'habiller ?

— Je ne suis pas votre bonne, appelez Julia !

— Vous revendiquiez un rapport de confiance, le voici.

Sa chemise de nuit glissa voluptueusement à terre. Ses épaules luisaient au soleil. Tout son corps était magnifique. C'était une de ces rares femmes capables de se tenir nues comme si elles restaient habillées. Alors que je demeurais silencieuse, le souffle court, un sourire glissa sur ses lèvres.

— Vous avez un air subtilement dépravé, mais il met en valeur une certaine fragilité.

— C'est drôle, répliquai-je, je pensais la même chose de vous !

Lala ne pouvait s'en prendre qu'à elle-même. Après avoir hésité avec un joli modèle corail en crêpe de Mongolie, je l'aidai à enfiler une robe de crêpe noir assortie d'un boléro à col large et d'une ceinture. Je m'assurai que le gros nœud soit bien ajusté sur ses reins. Mes mains s'attardèrent sur sa taille sans susciter de réaction.

Elle alla ensuite jusqu'à un placard qu'elle ouvrit des deux mains. Je réprimai un hoquet de stupéfaction devant la multitude de chapeaux qui s'offrait à mon regard. Elle se saisit d'un chapeau cloche en feutre taupé rouge brique, agrémenté d'un nœud en ottoman vert sur le devant.

— Il est joli, constata-t-elle, mais il ne va avec rien.

Lala le remit en place et opta pour un chapeau melon de feutre noir avec des bords étroits roulés sur les côtés. Une fois couverte, la star s'examina dans la glace de plain-pied. J'y croisai son regard. Elle me fit le coup de ses yeux de chat.

— Vous êtes dure mais je vous sens toute bosselée de l'intérieur. Votre armure a dû absorber pas mal de coups.

— Vous n'imaginez pas à quel point !

— Moi je suis une vraie toile cirée, les coups glissent sur moi.

— En avez-vous réellement pris ?

Elle se retourna vivement, indignée.

— Qu'est-ce que vous croyez ? Je n'ai pas un père scénariste, moi ! Je viens du Midwest, le grenier à blé de l'Amérique. Mes parents tenaient une quincaillerie dans la banlieue d'Omaha. Si ma mère n'avait pas eu l'idée de m'inscrire à un concours de beauté quand j'avais quinze ans, je serais aujourd'hui flanquée d'une tripotée de marmots, à préparer le ragoût et aider aux travaux des champs.

Elle grimaça.

— Adolescente, je sentais déjà le regard des hommes, jeunes ou vieux, s'alourdir sur moi à mesure que mes seins prenaient de l'ampleur. Un pelotage et une saillie qui tournent mal dans les buissons ou sur la banquette d'une voiture, et j'aurais été grosse et mariée. Une vie de mère de famille dans le Nebraska, voilà tout ce que je voulais éviter ! J'ai mis très longtemps à réaliser mes rêves.

Tu parles, star à vingt-cinq ans ! Je l'incitai à me raconter la suite.

Sans surprise, elle me déroula sa biographie officielle.

— Le théâtre à Broadway, de petits rôles d'abord, de plus grands ensuite. À Hollywood, je me suis présentée plusieurs fois aux studios avant d'être prise en remplaçant au pied levé une actrice qui venait de se casser la jambe.

Une belle histoire mais écrite par le service marketing de la Metro.

— Julia ne vous a-t-elle jamais demandé de l'aider à percer dans le cinéma ?

— Vous savez, elle a compris que Hollywood ne recherchait pas d'actrice mexicaine.

C'était dit sans méchanceté et cela reflétait parfaitement la réalité malgré la réussite de Lupe Vélez ou de Dolores del Río, une actrice venue du cinéma mexicain et la maîtresse actuelle d'Orson Welles.

— Pourriez-vous appeler Julia et la retenir ici quelques instants sous un prétexte que vous inventerez ?

— Pourquoi ?

— Je vous en prie. Je vous retrouverai plus tard au studio.

J'avais repéré le sac de Julia dans l'entrée. Je fis rapidement une empreinte de la clé de sa maison. Puis je restai un instant songeuse après avoir lu le petit dépliant dans son sac : « Christ est revenu. Prêche le 22 septembre à 11 heures au 10, Serrano Avenue avec le pasteur Louis Miller et la communauté de l'Église du Seigneur revenu. »

Grâce aux indications de Lala, je repérai les deux pièces où logeaient Rodrigo et son épouse. Je m'assurai que le cuisinier était occupé avant d'y jeter un coup d'œil. Une chambre avec un grand christ qui se tordait sur une croix au-dessus du lit pour couper court à toute velléité d'ébats intempestifs en dehors de la procréation, une salle de bains et un petit salon au confort douillet. Lala ne se moquait pas d'eux.

Je fouillai rapidement les lieux. Peu de chances que Rodrigo dissimule des photos volées dans son propre appartement, mais j'avais déjà vu des choses plus surprenantes dans ma vie. Une de mes clientes enfermait dans son coffre les abricots au sirop que lui envoyait sa mère ! Mais manifestement, à part la religion pour madame et la pêche pour monsieur, illustrée par la photo d'une belle prise de mer et un petit requin empaillé, la vie tournait autour des tacos et de Lala.

Je sortis bredouille sur le perron, au moment même où une splendide Cadillac orange et ocre aux chromes argentés passait la grille d'entrée. Le studio mettait voiture et chauffeur à disposition de sa star.

Au départ, New York était le centre de la production des films. Les acteurs tournaient en journée et jouaient le soir à Broadway. Mon père adoptif, qui écrivait pour le théâtre, fut transféré à prix d'or de Broadway à Hollywood qui manquait cruellement de plumes. Il émanait toujours de lui une odeur rassurante de café et de lotion après-rasage. Il m'emmenait parfois sur les plateaux. La première fois que je vis tourner un film, je m'écriai :

— Si c'est ça le cinéma, alors c'est exactement ce que je veux faire !

J'avais hâte de retrouver l'ambiance des plateaux après des années d'abstinence.

~

Je passai chez un serrurier avec qui j'avais l'habitude de bosser. Il ne me posait jamais de questions et n'avait tenté de m'inviter à boire un verre qu'une seule fois. Un homme discret et raisonnable, donc. Je pourrais revenir chercher la clé en fin d'après-midi. Il était onze heures quinze. J'arriverais en retard pour le prêche de Louis Miller, mais il serait intéressant de voir où Julia avait mis les pieds.

Je me garai sur Serrano Avenue et entrai dans le temple où se massait une petite foule exaltée.

— Jésus-Christ est ressuscité, il est revenu des Enfers.

Louis Miller le dit d'un ton si naturel qu'il devait l'avoir croisé en chemin.

— Seule une poignée de fidèles de Jésus, avec Marie sa mère, accompagnait le Christ au Calvaire. « Il est ressuscité, il n'est plus ici », dirent les anges aux femmes venues de bon matin pour les rites funéraires. Alléluia !

« Alléluia », chantonna un chœur derrière lui. Et il se mit à onduler au son de celui-ci.

J'observais l'assistance subjuguée. Il y avait dans ce temple austère toutes les classes de la société prises au piège de sa voix bien timbrée.

Miller parcourut rapidement l'estrade de long en large, sans perdre son public du regard. Il s'immobilisa soudain, raide comme un piquet.

— Tous étaient stupéfaits et se disaient interdits, l'un à l'autre : « Que peut bien être cela ? » D'autres encore disaient ou se moquaient : « Ils sont pleins de vin doux. »

Le pasteur marqua une pause et son regard balaya l'assemblée. Même dissimulée au fond, je frémis tant il semblait voir jusque dans votre âme.

— Et savez-vous ce qu'a dit Jésus lorsqu'il est apparu à ses disciples ? « Je suis avec vous jusqu'à la fin du monde ! »

Il se dépouilla de sa veste, comme un serpent de sa peau après la mue, et la jeta à terre.

— Alléluia, Jésus est revenu. Il est avec nous !

Il serra son poing qu'il leva à demi, tressautant sur place en parlant. Puis il se pencha vers son public en pointant un doigt qui semblait désigner tout le monde.

Dans le programme d'actualités au cinéma, j'avais vu des extraits des discours de Hitler. En habituée des salles obscures, j'avais repéré son utilisation d'une gestuelle et de mimiques très travaillées qui revenaient en boucle, provoquant un effet quasi hypnotique sur les spectateurs. Louis Miller usait-il d'une telle technique ?

— Alléluia ! Jésus va changer votre vie !

Le chœur chanta derrière lui. Comme s'il venait de mettre les doigts dans une prise électrique, le pasteur fut pris de convulsions et tomba à genoux, les bras en croix. L'assemblée fit de même. Comme une demeurée, je restai seule debout. Il releva alors la tête et me fixa.

J'eus la même réaction que l'huître face au citron. Je me recroquevillai instinctivement sur moi-même, avant de prendre conscience de mes capacités de mobilité, bien plus élevées que celles du mollusque. Je tentai de m'éclipser lorsque tout le monde se mit debout pour applaudir et pousser des alléluias orgasmiques. Mais je fus retardée par la foule qui se pressait. En bon berger, le pasteur délaissa son troupeau pour sa brebis égarée et se dirigea droit vers moi sans me quitter du regard. Comme une souris devant un reptile, je restai figée sur place, hypnotisée.

— Ah, l'amie de Julia. Paulette, c'est ça ? Paulette Kylle.

Il me prit familièrement le bras et me conduisit à l'écart.

— Je suis heureux de vous voir ici. À dire vrai, je ne pensais pas vous avoir convaincue de nous rejoindre.

— J'en ai eu la curiosité et Julia m'a dit tellement de bien de vous. Elle vous admire.

— Oh, Julia, elle est si désireuse de bien faire. Elle s'est repentie.

— De quoi ?

Il me considéra d'un air ironique.

— Stupide femelle ! Vous croyez que je ne vous ai pas vue dans ce club pour filles égarées avec votre petite amie du moment ?

J'eus l'impression d'être lacérée par un fouet de mille lanières.

— C'est un club de danse.

— Les mouvements de deux danseurs de sexe opposé l'un vers l'autre sont déjà dégoûtants, mais quand ils sont du même sexe…

— Alors, pourquoi m'inviter à vous rejoindre ?

— *Que soient maudits ceux qui vivent sans religion autant que ceux qui adhèrent à une mauvaise religion.* Je veux sauver votre âme.

— Mais peut-être n'ai-je pas d'âme…

Il n'allait pas au cinéma, sinon il aurait su que j'empruntais la réplique à Mae West, dame de petite vertu que veut sauver de l'enfer un jeune missionnaire joué par Cary Grant, lequel malheureusement ne s'intéresse pas à son corps. L'idiot !

Le pasteur soupira et prit un ton très patient pour m'expliquer.

— Zachée était un chef des collecteurs d'impôts. Il était riche. Il cherchait à voir Jésus mais n'y parvenait pas à cause de la foule et de sa petite taille. Il grimpa sur un arbre. Quand Jésus arriva à cet endroit, il leva les yeux et dit simplement : « Zachée, descends de cet arbre, il me faut aujourd'hui demeurer dans ta maison. » C'est chez un pécheur qu'il est allé loger. Vous voyez, Jésus ne rejette jamais personne.

— Il lui a ensuite demandé de faire don aux pauvres de ses biens. Moi, je ne possède rien qui puisse vous intéresser.

Il haussa un sourcil.

— En êtes-vous bien certaine ?

6

Aucune approbation du Code ne sera accordée à l'usage des mots et expressions suivants : chatte de gouttière, vampire femelle…

Qui a connu l'époque des studios vitrés, un temps où on n'utilisait que la lumière naturelle pour tourner ? Entre 1910 et 1920, Los Angeles a attiré les grandes compagnies de cinéma en promettant du soleil toute l'année ! Les studios ont migré dans cette ville dynamique où l'on pouvait vivre en plein air et acheter des terrains encore bon marché. L'usine à rêves de Hollywood a volé son nom à ce quartier de Los Angeles.

Quand l'ère du cinéma muet s'est achevée, les studios en verrière se sont clos et parés de lumières artificielles. La mue s'est terminée au sein de bâtiments massifs et insonorisés où l'on pouvait maîtriser bruits et lumières. Projecteurs à ampoule incandescente et à miroir parabolique sont apparus. Les microphones électrodynamiques à bobine mobile ou à ruban et les ingénieurs du son également. Désormais, le brouhaha s'éteint dès lors qu'on prononce ces mots magiques : « Silence s'il vous plaît, la caméra tourne ! »

En cette fin de matinée, une foule se pressait encore devant les grilles de la Metro Goldwyn Mayer, dans l'espoir d'être choisie pour faire de la figuration. Une silhouette dans un café bondé, un passant dans la rue : n'importe quoi pour mettre un pied à l'étrier en espérant être un jour remarqué même si l'on sait que recruteurs, agents, producteurs et réalisateurs abusent souvent de leur pouvoir sur les aspirantes comédiennes, et parfois même sur leurs congénères masculins.

Mais il y a loin de la coupe aux lèvres, y compris pour des comédiens confirmés. Actrice de théâtre, neuf ans plus tôt Peg Entwistle s'était jetée à vingt-quatre ans du haut de la lettre H du panneau Hollywoodland, accablée par l'absence de propositions théâtrales et les échecs de ses auditions au cinéma. Deux jours plus tard, une lettre arrivait à son domicile pour lui proposer le premier rôle d'une pièce de théâtre où elle se suicidait à la fin du dernier acte !

J'attendis un instant l'annonce du choix des figurants pour la journée avant de me frayer un chemin à travers la cohorte aigrie des laissés-pour-compte. Quand je présentai mon accréditation et que les grilles s'ouvrirent pour moi, j'entendis des voix me héler.

— Eh miss ! Faites-moi entrer s'il vous plaît ! Vous ne le regretterez pas !

Je me retournai. Un grand type m'envoyait des baisers. Je haussai les épaules et il me répondit par un geste masculin ancestral.

Il y a plus d'étoiles à Hollywood que dans le ciel. J'espérais apercevoir Veronica Lake, mais je ne croisai que le gendre de Cecil B. DeMille, Anthony Quinn, tout dans la moustache et la mèche, vu dans *Pacific Express* en 39. Mes paupières papillonnèrent quand soudain je me retrouvai à marcher côte à côte avec la Britannique Madeleine Carroll. J'avais admiré son jeu de jambes et son triple collier de perles dans *The Case Against Mrs Ames* en 36. Elle était divorcée mais ne m'accorda aucun regard.

J'aperçus Katharine Hepburn. Je l'avais adorée dans *Sylvia Scarlett* de Cukor en 35. Elle arborait une tenue masculine avec de grosses chaussures d'homme, un pantalon large, une veste, un chapeau et un nœud papillon. Assise, les pieds contre le mur, elle répétait son texte.

Grisée, je traversai les plateaux où se préparaient les tournages de la journée. Des morceaux de vie éparpillés : un salon, une cour de ferme, un harem oriental, un arbre déraciné dans une prairie sur lequel roucoulait un jeune couple répétant sa déclaration d'amour.

Bon Dieu ! Depuis la lanterne magique, on n'avait rien inventé de mieux que le cinéma !

Je retrouvai l'atmosphère habituelle. C'est toujours fascinant de voir la quantité de matériel qui peut envahir en quelques heures un gigantesque plateau vide : caméras, spots, grues, rails, câbles dollys, praticables, ventilateurs... Électriciens, accessoiristes, preneurs de son, une flopée de techniciens me bouscula. Ici, tout le monde semblait porter quelque chose, mais souvent on ne faisait que déplacer le même objet d'un endroit à l'autre.

Les techniciens réglaient la lumière sur Lala. Elle tournait une scène intimiste. Enfin, si l'on peut dire. Elle était allongée sur un lit avec une caméra Mitchell blimpée, deux projecteurs à un mètre cinquante de sa tête et au moins vingt personnes assises ou agenouillées autour d'elle : preneur de son, chef opérateur, cameraman, perchiste, scripte, éclairagiste, assistants, maquilleuse… Dans les décors exigus se tient plus de monde qu'on pourrait le croire.

— Vos projecteurs me brûlent les yeux, se plaignit-elle d'un ton calme.

Elle portait un déshabillé assez ample pour ne pas mouler ou dévoiler sa poitrine, mais ses épaules et ses bras nus étaient éblouissants.

Le code Hays, la ceinture de chasteté de Hollywood, avait fait rhabiller Betty Boop à la robe jugée trop courte et trop décolletée. Jane, la compagne de Tarzan, avait quitté sa peau de léopard pour une robe qu'elle aurait pu porter à un cocktail alors qu'elle se baladait de liane en liane dans la jungle !

Je fus sidérée lorsque à douze ans je découvris la vamp (vamp comme vampire) Theda Bara, une véritable prédatrice sexuelle dans ses films, avec son look gothique et ses costumes transparents. Et aussi des Cléopâtre ou des reines de Saba à demi nues, mollement allongées sur des peaux de grands fauves. Puis il y eut les films de Cecil B. DeMille, avec sexe et spectacle emballés dans un beau papier rose bonbon. Tout cela avait fini par susciter l'indignation des puritains et la fin d'un âge d'or où tout était permis.

La Légion de la décence avait appelé au boycott du cinéma et pesé de tout son poids pour rallier à sa cause les élus des villes. Craignant l'étendue des boycotts ou des interdictions de salles par des municipalités ainsi qu'un projet de loi de censure, les compagnies demandèrent très intelligemment à Will H. Hays, un ancien ministre, de rédiger un code de recommandations morales et de diriger la Motion Picture Producers and Distributors of America, chargée de donner l'autorisation de sortie en salles. Que pourraient alors dire les ligues de la vertu contre un film adoubé par un presbytérien insoupçonnable ?

La lampe rouge s'alluma pour indiquer le début du tournage sur le plateau. J'attendis sagement dans mon coin, sans un bruit. Personne ne faisait attention à moi. Lorsqu'il se releva, j'identifiai Jack Hudson, le réalisateur. Un grand type à la barbe de trois jours piquetée de poils blancs, au visage buriné de baroudeur et au front dégarni. Son regard perçant vous clouait sur place. C'était lui qui allait aussi réaliser le prochain film de Lala non plus à la MGM, mais chez Lindqvist cette fois.

— On va la refaire, ma chérie, je voudrais que tu pleures.

— Mes yeux sont secs à force d'être grillés par vos lumières.

— Je suis Dieu et je t'ordonne de pleurer ! Et regarde un peu au-dessus de mon épaule gauche.

On approcha des yeux de Lala un oignon pelé pour lui tirer quelques larmes.

— Silence ! fit l'assistant. Les caméras tournent.

— Et… action ! dit le réalisateur.

~

La spacieuse loge de Lala, avec son canapé et ses fauteuils confortables, était le lieu de passage obligé pour sa costumière, sa coiffeuse et sa maquilleuse. Elle était décorée de roses fraîches que le fleuriste du studio prenait soin de renouveler chaque jour. Dans un coin traînaient *Les Nouvelles Anti-Nazi, un journal de la défense de la démocratie américaine.* Quelqu'un l'avait probablement oublié là.

— Comment arrivez-vous à faire abstraction de tous ces gens pour tourner ? demandai-je à Lala, une fois la coiffeuse sortie.

— En fait, je ne les vois pas !

Je la contemplai fixement avant de hocher la tête.

— Les stars, ça ne voit pas le petit peuple, n'est-ce pas ?

Elle alluma une cigarette. Un instant, la fumée forma un élégant halo au-dessus d'elle.

— Comme je vous l'ai déjà dit, je ne suis pas née avec une cuillère d'argent dans la bouche. J'ai travaillé dur pour obtenir ma place. Pour mon premier film, mon nom n'a même pas été mentionné au générique.

Seul le contrat des stars mentionnait la taille et l'emplacement de leur nom au générique et sur les affiches.

— Vous savez ce que c'est, quand on débute, d'avoir seulement deux scènes et de craindre qu'on vous les coupe au montage ?

Oui, je savais.

— Qu'est-ce que ça vous fait de retrouver les plateaux ? s'enquit-elle soudain.

— Pardon ?

— Oh, pas avec moi ! Je sais que vous avez fricoté en coulisses !

Je restai de marbre et pris soin de vider mon regard de tout sentiment, adoptant l'expression placide d'une vache du Midwest en pleine digestion.

— Comment va votre papa ? relança Lala. C'est le meilleur dialoguiste que j'aie connu.

— Quand la Metro l'a poliment remercié, il a été approché par Columbia, Warner et la Fox, mais il en avait assez des compromis et de la pression des studios. Il s'est retiré à Pacific Palisades avec ma mère. Elle peint et cultive son jardin, mon père collabore à une feuille de chou locale et écrit ses Mémoires. Il envisage même de se lancer dans une carrière de romancier.

— Je connais bien votre père. C'est quelqu'un que j'apprécie beaucoup.

— Ah, c'est bizarre, il ne m'a jamais parlé de vous. En revanche, Greta Garbo et Marlene Dietrich l'ont marqué à vie !

Ma pique envoyée, la maquilleuse, une jolie petite bouclée comme un caniche, fit son apparition dans la loge. Une fois le maquillage refait, un assistant réalisateur vint chercher l'actrice pour la scène suivante. Comme l'employée s'attardait pour ranger son matériel, je m'accoudai à la table de barbouillage, histoire de tailler la bavette.

— Alors comme ça, c'est vous la nouvelle assistante de Lala ? me demanda la jeune femme.

La vingtaine et un regard de petite fille mal élevée à qui on a envie de donner une leçon. Je relevai le menton, histoire de m'affirmer.

— Oui. Comme ce doit être passionnant d'être maquilleuse dans un studio !

— Pas du tout ! À part les actrices, personne ne nous voit. J'aimerais mieux être chef costumière pour proposer les costumes pour un film. Pas les accessoires car on court de partout pour satisfaire le moindre caprice du metteur en scène. À vrai dire, je préférerais les décors. On a le temps de les construire. Ou chef opérateur, mais ce n'est pas un travail de femme. En fait, dans les studios, à part scripte, secrétaire, coiffeuse, maquilleuse ou habilleuse, on ne peut être qu'actrice si on est une femme. Pourtant, au début il y avait des productrices ou des réalisatrices. Mais où est Mary Pickford aujourd'hui ?

Aux dernières nouvelles, elle éclusait sec, ne se remettant pas d'avoir loupé le passage du muet au parlant. La maquilleuse semblait douée pour perdre son temps à se plaindre. Une fois lancée, on ne l'arrêtait plus.

— C'est pas juste, reprit-elle en lissant nerveusement les plis de sa jupe, ici on est très proche du but, mais on n'y arrive pas. C'est comme si on vous disait : venez sur le plateau, vous verrez de plus près ce que vous n'aurez jamais !

— À moins de coucher…

Elle haussa les épaules.

— Vous croyez quoi ? Des femmes, ils en ont tellement à leur disposition. Nous ne sommes que du bétail pour eux. Ils ne prennent même plus le temps de nous allonger, ils nous baisent debout contre le mur.

À cet instant, la porte s'ouvrit pour laisser place à une des bouilles les plus fameuses de Hollywood : Errol Flynn. Grand, baraqué, une fine moustache, un sourire désinvolte que certains jugeaient suffisant, une démarche de sportif et une allure élégante. L'air suffisamment crâneur pour avoir du charme. Tondeur de moutons en Australie, chercheur d'or en Nouvelle-Guinée et cueilleur de tabac avant d'être happé par le cinéma, il promenait sur les plateaux son insolence et son goût pour les mauvaises blagues, jusqu'à dissimuler un serpent mort dans la culotte de l'actrice Olivia de Havilland, qui vivait les tournages avec lui dans la terreur de ses blagues potaches.

— Que faites-vous ici ? demandai-je. Vous êtes bien sous contrat avec la Warner ?

— Oui mais Jack m'a prêté à la MGM. Ça lui fait des vacances quand je ne suis pas au studio. Mon dernier déni d'autorité l'a conduit à l'hôpital !

À trente-deux ans, Flynn l'intrépide faisait plus vieux que dans ses films. L'alcool et une vie trop débridée, même pour Hollywood. Pilier de bar et grand amateur de femmes, il disait très sincèrement qu'il rentrait toujours dans un bordel avec le même intérêt qu'au British Museum ou au Metropolitan Opera. À jeun, il était terrible, mais saoul, il devenait carrément intenable.

— Vous n'êtes pas Lala, déclara-t-il, amusé.

— En fait je suis sa doublure, répliquai-je, bras croisés et sourcil relevé. Si c'était elle, Lala vous aurait foutu à la porte pour ne pas avoir frappé avant d'entrer !

J'avais appris à mater les mauvais garçons d'entrée de jeu pour éviter tout dérapage. Peu impressionné, il s'amusa à m'imiter en croisant les bras à son tour et en jouant du sourcil.

— La doublure pour les scènes de sexe ?

— Quel sexe ?

Il rit.

— Oui, Hollywood est très fort pour dissimuler ses pulsions les plus inavouables ! Tout ce qu'ils ne font pas à l'écran, ils le font en privé !

À ce moment, la maquilleuse tint à nous rappeler son existence.

— Lala est sur le plateau 9, dit-elle à l'attention de Flynn.

Silence.

— Bon, fit-elle dépitée, je vous laisse !

Une fois la porte refermée, Errol éclata de rire.

— Je crois que nous l'avons fait fuir !

— Vous ne lui avez accordé aucun regard, garnement.

— Je n'avais d'yeux que pour vous.

— Vous n'avez aucun goût, elle est plus jeune et plus jolie que moi.

— C'est vrai qu'elle est plus fraîche mais vous êtes diablement plus attirante, avec vos longues jambes et votre petit air dur.

— M. Flynn, allez donc remettre vos charmants collants verts pour grimper dans les arbres et tirer des flèches. Lala ne me paye pas pour vous faire la conversation.

— Oh, toujours ces allusions ! Je ne m'en remets pas d'avoir tourné *Robin des Bois* ! Les dames disent pourtant que le collant moulait à mon avantage mes parties intimes. Vous ne trouvez pas ?

— Je n'ai aucun avis sur la question mais j'ai bien aimé *Capitaine Blood.*

— Décidément, les films en costume me collent à la peau !

Je pris une cigarette dans mon sac. Il chercha immédiatement du feu mais n'en trouva pas dans ses poches. Il y découvrit en revanche une flasque qu'il déboucha et me tendit.

— Vodka ?

On disait qu'il en buvait une bouteille par jour, les jours où il restait sobre.

— Sans façon.

J'allumai ma cibiche et rejetai la fumée dans sa direction.

— Dites-moi, que pensez-vous de Jack Hudson ?

— Un dur à cuire. Il boit presque autant que moi et ça ne se voit pas. Enfin, un jour il s'est quand même fait arrêter en voiture par la police. Saoul, il conduisait d'une main, et de l'autre tirait au pistolet sur les boîtes aux lettres !

Une manière d'entretenir sa légende personnelle.

— Vous connaissez Lindqvist ?

— Le producteur ? Il est entreprenant et courageux. C'est culotté de tourner un film aussi ouvertement antinazi. Jusqu'à présent, les studios s'engageaient timidement.

Je sursautai. Quand Lala m'avait donné les noms de Hudson et de Lindqvist, je n'avais pas eu la curiosité de la questionner sur le film qu'elle allait tourner. Bon, ça n'avait rien à voir, non ?

— Il y a déjà eu des films contre le régime de Hitler, remarquai-je.

J'avais vu *Évasion*, où Robert Taylor tentait de délivrer sa mère d'un camp nazi.

— Là c'est différent. Dans cette histoire, les nazis sont des citoyens américains. Ils ne viennent pas de l'extérieur. En plus, avec la présence d'une star comme Lala, ce film aura un retentissement certain. Et puis il y a cette affaire juive...

— Quelle affaire juive ?

— Ben, vous savez que Hitler adore tellement les Juifs qu'il les a promus shérifs. Ils portent maintenant tous une étoile !

— Flynn ! Un peu de respect !

— Mais j'en ai. Les nazis sont de gros enfoirés, et on va leur botter le cul !

7

La présentation du drapeau se fera toujours de manière respectueuse.

La Metro Goldwyn Mayer, c'est 35 000 hectares de studios et 6 000 employés. Une vraie petite ville avec son salon de coiffure et un magasin de bonbons. Il n'y manque qu'une église.

Errol me fit faire le tour des studios en voiture. Je découvris le lac de Tarzan, un château médiéval, des rues chinoises ou espagnoles, le Waterloo Bridge, la Copperfield Street, le square de Vérone pour Roméo et Juliette.

Les murs du restaurant étaient recouverts de photos colorisées de stars sous contrat : Greta Garbo, Hedy Lamarr, Clark Gable, Katharine Hepburn, Cary Grant, Fred Astaire… Peu de célébrités y déjeunaient toutefois, préférant le restaurant des grands cadres du studio. Je trouvai donc surtout des seconds rôles, des techniciens et des figurants. Ces derniers avaient rarement le temps de se changer pour le repas. Certains d'entre eux déjeunaient là en tenue biblique aux côtés d'un centurion romain. À une autre table siégeaient des soldats confédérés à l'uniforme gris. Ils se poussèrent pour faire de la place à une jeune femme portant un serpent autour du cou. Elle était si peu vêtue que cela en devenait embarrassant.

Lala venait rarement ici. On lui apportait ses repas en loge où elle répétait ses prochaines scènes. Une scripte lui donnait la réplique. Louis B. Mayer qui dirigeait les studios adorait la soupe au poulet. Il s'en faisait apporter à chaque déjeuner et en faisait livrer à ses stars préférées en gage d'amitié. Je me figeai en découvrant Rita Hayworth entourée d'une flopée d'acteurs et d'assistants. Rita rend les hommes fous rien qu'en retirant un gant.

L'arrivée d'Errol Flynn en ma compagnie provoqua de multiples chuchotements et exclamations étouffées chez la gent féminine. J'ignorais pourquoi il avait jeté sur moi son dévolu et cela contrariait mon désir de rester discrète.

Je choisis une table libre à côté de celle du réalisateur du film de Lala et tendis l'oreille. Des petites figurantes reluquaient Jack Hudson qui apparemment préférait déjeuner avec son équipe. Le regard de certaines indiquait clairement qu'elles étaient prêtes à tout pour entrer dans le cadre de sa caméra. Hollywood broyait les âmes, les espoirs et les vertus. Le réalisateur avalait son chili con carne sans leur prêter la moindre attention. Bizarre, Rodrigo ne m'avait-il pas dit qu'il ne supportait pas les épices ?

— Salut Errol, fit Jack Hudson.

Et à cette occasion il me jeta un coup d'œil intrigué, l'air de dire : *vous n'êtes ici que depuis ce matin et vous avez déjà tiré un coup avec Flynn ?*

— Jack, comment allez-vous ? dit Errol. J'organise des combats de coqs samedi soir dans mon écurie, vous voulez venir ?

— Amenez plutôt Madame !

— Oh, elle, je tente de la séduire depuis ce matin mais elle me résiste plus que de raison !

— Ne vous dérangez pas, fis-je, continuez à parler de moi comme si je n'étais pas là !

Le réalisateur me dévisagea cette fois avec curiosité.

— Vous êtes la nouvelle assistante de Lala, hein ? C'est pour ça que vous l'accompagnez sur le tournage ?

— Lala souhaite consacrer un peu plus de temps à ses affaires mais le soir, après le travail, elle préfère décompresser.

— Hum...

Sa curiosité épuisée, Hudson replongea sans façon le nez dans ses haricots rouges.

— C'est chouette de vouloir faire un film contre les nazis, fis-je pour relancer la conversation.

Il ne se tourna même pas vers moi et se contenta de grommeler.

— Je fais des films, pas de politique.

— Mouais, je crois que vous avez oublié votre journal dans la loge de Lala.

— Je ne vois pas de quoi vous parlez.

— *Les Nouvelles Anti-Nazi.*

— Les nazis croient remplacer Dieu, grommela Hudson. Qu'ils aillent se faire foutre, Dieu c'est moi !

La flopée d'assistants serviles hennit pour marquer son hilarité. Errol Flynn me jeta un regard plein d'espoir.

— Je suis contre les nazis, moi ! On peut coucher ensemble ? Ça se fait entre antinazis ! Il faut se serrer les coudes !

~

En début d'après-midi, je glissai deux billets à mon informateur, un journaliste du *Los Angeles Times*, bedonnant et suant. Son salaire ne lui permettait pas de payer les études de ses gosses ni d'aller une fois par semaine dans un établissement où il faisait preuve d'une rare ouverture d'esprit en couchant avec des femmes noires.

— As-tu entendu parler de l'Église du Seigneur revenu ?

— L'Église de la Sainte Culbute ! Ils veulent nous ramener au temps du *Mayflower*. Tu peux allonger un billet de plus ? Ma femme veut qu'on achète un lave-vaisselle. Je n'en vois pas l'utilité vu qu'elle peut le faire elle-même mais elle insiste.

Lala était généreuse et m'avait dotée d'une confortable avance, je pouvais donc me le permettre.

— Toujours heureuse de contribuer à l'émancipation des femmes, dis-je en sortant un autre billet.

— Christ est revenu sur terre, dit-il en empochant l'argent.

— Ça je le savais, on parle souvent ensemble, Christ et moi !

— C'est le credo du pasteur Louis Miller et ça marche. Tu ne l'entends pas à la radio ?

Depuis 1922 et les débuts à la radio de l'évangéliste canadienne Aimee Semple McPherson à Los Angeles, ses confrères avaient découvert la portée de cet outil pour atteindre un très large public. L'International Church of the Foursquare Gospel de McPherson avait ouvert la voie à des myriades de *megachurches* évangéliques dans tout le pays et à l'étranger.

— Louis Miller est né au milieu de la ceinture biblique, dans une famille aisée. Il est venu étudier à Los Angeles à l'Occidental University, une institution évangélique presbytérienne renommée. Il n'est jamais reparti.

— Il m'a l'air très charismatique mais c'est un fondamentaliste, non ?

Son prêche au club semblait tout droit sortir de la Très Sainte Inquisition espagnole.

— Oui. Il a rejoint le mouvement évangéliste sur les neuf dons du Saint-Esprit : Sagesse, Connaissance, Foi, Guérison, Miracle, Prophétie, Discernement, Parler en langues et Interprétation. Il insiste beaucoup sur le miracle et la guérison.

— Tu veux dire qu'il accomplit des miracles ?

— La foi guérit, dit-on. En tout cas, c'est ce que croient beaucoup de chrétiens évangéliques. Pas de cérémonie réussie sans imposition des mains. C'est l'Église du Seigneur revenu, non ? Mort et résurrection…

Il s'interrompit pour s'éponger le front. Les bureaux étaient en plein soleil à cette heure-là. Les touches de sa machine à écrire brillaient comme des petits diamants bien alignés.

— L'homme a un ego surdéveloppé. Il a fondé assez tôt sa propre église et ses fidèles l'ont suivi. Apparemment, des donateurs très généreux l'ont soutenu.

— Tu sais lesquels ?

— Non. Au fil du temps, il a développé son audience auprès de tous les publics. Il aime la célébrité. Il peut se montrer charmant ou vindicatif. En fait, Miller aime qu'on parle de lui et il fait tout pour. Lorsqu'on aperçoit l'ombre d'un sein dans un film à l'affiche, il n'hésite pas à mobiliser ses fidèles pour défiler devant les salles ou à adresser une pétition au maire de la ville ou au gouverneur.

— Il s'intéresse aux stars de Hollywood ?

— Voyons Vicky, aux États-Unis tout le monde s'intéresse aux stars de Hollywood ! Alors, à Los Angeles, tu parles ! Sûr qu'il voudrait en baptiser une, ça lui ferait une sacrée publicité ! On raconte qu'il baptise les gens de force. Plus ils ont péché et plus il leur laisse la tête longtemps dans le baquet d'eau ! Ne t'approche pas de lui, il n'aime pas les gens comme toi.

~

Mon informateur m'escorta jusqu'aux archives du journal où il me laissa aux bons soins d'une documentaliste très aimable.

Mes premières recherches concernèrent le producteur Lindqvist. Un pionnier du cinéma, discret mais efficace malgré son manque de moyens. Il avait réussi à fédérer des talents européens, notamment des cinéastes et techniciens allemands exilés après l'arrivée au pouvoir de Hitler. Il savait aussi acheter les droits de bons romans anglais et français pour les porter à l'écran. Marié depuis vingt ans et père de quatre enfants, on ne lui connaissait apparemment ni vices, ni aventures à Hollywood. Un esprit *white anglo-saxon protestant* qui dénotait dans le sérail des marchands de rêve.

C'était lui qui avait découvert la pépite Lala avant de la revendre à la Metro Goldwyn Mayer. De toute manière, elle aurait fini tôt ou tard dans l'escarcelle d'un grand studio. Depuis, les studios Lindqvist étaient restés à la porte du paradis, tandis que Lala y était entrée. Ce devait être une chance extraordinaire pour lui de l'avoir le temps d'un film.

Je passai ensuite à Jack Hudson. La quarantaine bien entamée. Craint et respecté. Un type assez doué, mais aussi un pilier de bar. Ses tournages semblaient homériques : alcool, femmes et grands coups de gueule. Au départ, il s'était fait un nom dans ce que l'on appelait le cinéma de série B : le western et le film de gangsters. Depuis, il tournait des films grand public et partageait pour la septième fois l'affiche avec Lala. Ces deux-là devaient donc bien se connaître. Honnêtement, ses images étaient bien léchées et il possédait un vrai sens de la direction d'acteurs. Nommé trois fois aux Oscars sans toutefois en décrocher un, il avait la réputation d'être quelqu'un de très indépendant et ne supportait pas que l'on coupe ses films. De fait, il essayait toujours d'en maîtriser le montage et de conserver le *final cut*.

J'en profitai pour jeter un coup d'œil sur les articles, nettement plus nombreux, sur Lala, la petite fiancée de l'Amérique. Le département marketing du studio avait fabriqué une biographie idéale à la déesse au visage d'albâtre. À défaut d'être de sang royal, on l'avait sortie de l'Amérique rurale, elle qui venait du Nebraska, l'État des décortiqueurs de maïs !

De famille modeste, elle aurait eu pour berceau un bac à

sucre ! La petite fille de la campagne avait cru en ses rêves et en sa bonne étoile. Elle avait lu, participé à des concours de beauté, pris des cours de diction, de comédie, et de danse et joué sur des tréteaux avant de quitter le domicile familial pour Broadway. Sa notoriété théâtrale grandissant, elle avait gagné Hollywood à l'occasion du passage du cinéma muet au cinéma parlant.

Celui-ci avait ruiné la carrière de pas mal d'acteurs ou d'actrices. Désormais la qualité de la voix et de la diction prenait toute son importance. Le public ne supportait pas de découvrir que celle qui jouait les bourgeoises avait l'accent du Bronx ou qu'un jeune premier possédait une voix nasillarde. Balayés Fairbanks, Mary Pickford ou Wallace Reid. Même Buster Keaton n'avait pratiquement plus tourné. Celles et ceux qui survécurent au parlant furent appelés les *Lucky Stars*.

Dans ce naufrage, des places étaient à prendre. Ce fut la ruée vers de nouveaux talents et Lala arriva au bon moment en 1929, à l'âge de vingt-trois ans.

Quand elle devint célèbre, les médias s'intéressèrent naturellement à ses relations amoureuses. Des liaisons au départ puis un mariage avec un promoteur immobilier en 1935, suivi d'un divorce l'année d'après. On avait beaucoup parlé de sa séparation dans le *Los Angeles Times*. En justice, même lorsque les deux époux sont d'accord pour divorcer, on doit évoquer des motifs précis rendant le mariage impossible. Cela donnait lieu à des comptes rendus de séance au tribunal impressionnants de sottise. Le sujet de l'infidélité du mari de Lala était soigneusement évité. Elle prétendait que les dépenses de son mari avaient mis ses nerfs à rude épreuve et qu'il s'endormait le soir dans son fauteuil ! Un comble pour qui se rappelait ce joyeux drille connu pour être le tombeur de ces dames, avant et pendant son mariage avec Lala. De son côté, monsieur prétextait que sa femme rentrait tard le soir et faisait passer sa vie professionnelle avant sa vie privée. Sans doute plus plausible.

N'y voyant là rien d'immoral, le juge avait fait semblant de croire les motifs évoqués et ordonné le divorce. Le journal notait qu'avec une fière élégance, Lala avait refusé toute pension ou tout dédommagement de la part de son conjoint.

S'étant peut-être dit que seul un acteur pouvait comprendre une actrice, Lala avait succombé en 38 au charme de John Guardanio, spécialisé dans les rôles de voyou. Toujours la fascination du mauvais garçon. Les femmes imaginent qu'avec elles ils vont se ranger. Malheureusement le mariage n'avait calmé ni les ardeurs ni le penchant pour la boisson de ce comédien de séries B. Le *Los Angeles Times* rapportait trois arrestations pour ivresse sur des lieux publics et deux plaintes pour viol, l'une d'une figurante et l'autre d'une danseuse de boîte de nuit. Certainement imbibé, le triste individu avait terminé son passage sur terre deux ans plus tôt, au volant de sa voiture, par un vol plané dans un ravin. Mulholland Drive est parfois surnommée la route de la mort. Je pense plutôt qu'elle opère une espèce de tri sélectif parmi les déchets de l'humanité.

~

Je pris la direction des studios de la firme au lion. En rejoignant la loge de Lala, je fus bousculée par un groupe qui avançait au pas de charge, mené par Louis B. Mayer accompagné d'une nuée d'assistants. Du haut de son mètre soixante, ce fils de ferrailleur né en Russie était devenu un des maîtres de Hollywood et l'un des revenus les plus élevés du pays. Hollywood, c'était dix-neuf des vingt-cinq plus hauts salaires des États-Unis.

Mayer ressemblait à un gentil papa un peu enveloppé, mais sous des dehors bonhommes se dissimulait un homme d'affaires avisé qui n'avait pas froid aux yeux. Lorsque l'acteur et réalisateur Erich von Stroheim avait osé dire devant lui : « Toutes les femmes sont des putains ! », Louis B. Mayer l'avait envoyé au tapis d'un coup de poing vengeur en hurlant : « Personne ne parle comme ça des femmes devant moi sans en payer les conséquences ! »

Habituellement monstre de calme, Lala paraissait nerveuse. Elle le justifia avec un brin d'agressivité :

— Je reçois chez moi ce soir, je ne peux me permettre d'être en retard. Où étiez-vous donc ?

— Je dégustais des soupes au poulet avec Mayer. Ne boudez pas, il vous en a fait mettre une de côté.

Cela ne la fit pas rire.

— Je vous dépose si vous renvoyez votre Cadillac, proposai-je. Nous pourrons bavarder en cours de route.

— Oui, ce serait un gain de temps.

~

— Il paraît que vous vous entendez bien avec Errol Flynn, lança Lala alors que nous roulions sur Hollywood

Boulevard. Mais bon, toutes les femmes s'entendent bien avec Errol. Au moins au départ…

Les nouvelles vont toujours aussi vite sur les plateaux. Les gens y passent leur temps à attendre et à jacasser sur tout ce qu'ils ont observé pendant la journée.

— Errol a surtout envie de me sauter. On se demande bien pourquoi.

Lala me jeta un regard amusé.

— Ne sous-estimez pas votre pouvoir de séduction. Vous êtes grande et bien faite, avec des hanches étroites et de longues jambes. De jolis yeux et de l'assurance. Vous dégagez aussi un certain charisme. Un fond de dureté tempéré par un certain humour, ça plaît toujours chez la classe moyenne.

— Chic ! Est-ce que mon sourire est aussi éclatant que le vôtre ?

— Non.

Elle sortit de son sac ses lunettes de soleil, et ses beaux yeux de poupée de porcelaine disparurent derrière les verres fumés comme pour me punir de mon insolence.

— En revanche, votre coupe, là, ce n'est possible : on dirait qu'on a taillé vos cheveux au couteau !

Je me renfrognai. Rien de pire pour une femme que d'entendre critiquer sa coiffure. Je pris la direction de Hollywood Hills, dans les monts Santa Monica. On y avait construit ces dernières années mais la route de Mulholland Drive serpentait dangereusement dans une nature encore sauvage, laissant apercevoir derrière de hautes grilles quelques magnifiques propriétés. Je suivis une ligne de crête vertigineuse au bord de ravins. Mulholland Drive offrait une vue remarquable sur

Downtown et la vallée de San Fernando au nord des collines de Hollywood.

— Je n'aime pas ce pasteur, Louis Miller, que fréquente votre intendante. Vous en avez entendu parler ? A-t-il tenté de se rapprocher de vous ?

Elle eut un instant d'hésitation.

— Lala !

— C'est juste que je reçois des invitations à ses prêches, fit-elle sur la défensive. Vous pensez bien qu'elles finissent à la poubelle. Je n'ai pas de religion ou si peu.

Je fronçai les sourcils.

— Quand avez-vous reçu sa première invitation ?

— Oh, il y a bien un an. Peut-être deux.

— C'était avant que Julia ne le rencontre, si j'ai bien compris. Il faut que je la questionne plus précisément pour savoir si c'est Miller qui est venu à elle ou l'inverse. Cela pourrait faire l'objet d'un plan préétabli.

Lala cilla nerveusement mais peut-être étaient-ce les derniers reflets de soleil sur Mulholland Drive qui l'éblouissaient ?

— Si Julia est sur les photos avec vous, ajoutai-je, elle ne souhaitera pas les faire publier. En revanche, elle peut essayer de vous les revendre par un intermédiaire. Je pense qu'il est prématuré de la rayer de ma liste des suspects.

— Je le pense également.

Je masquai ma surprise devant son retournement.

— Il faut que vous avanciez rapidement dans votre enquête, dit-elle.

— Vous n'avez pas oublié, j'espère, que vous m'avez confié cette affaire hier à treize heures ?

— Désolée ! Mystérieusement, le temps passe plus vite qu'ailleurs à Hollywood.

— J'ai l'impression qu'on ne vous fera pas chanter, la rassurai-je, du moins pas tout de suite. Et si le but est plutôt de ternir votre image, on attendra la sortie de votre film pour que les gens le boudent. D'ailleurs, vous ne m'aviez pas dit que vous alliez débuter un film contre les nazis.

— Quel rapport ? Ce n'est pas le premier.

— Il me semble quand même que celui-ci est un peu spécial. La sortie de ces photos dans la presse serait contre-productive, non ?

— J'ai une clause dans mon contrat, je n'ai pas le droit de parler de ce film.

— Les moutons n'ont plus le droit de bêler ? ironisai-je.

Les vedettes n'apprécient pas d'être bousculées par quelqu'un n'appartenant pas à leur caste. Devant son silence hostile, je tentai une approche plus douce.

— C'est votre premier film engagé politiquement, si je ne me m'abuse.

Son visage se durcit.

— Personne ne croyait en moi au départ. Eh bien, je leur ai prouvé que je savais jouer, et même chanter et danser. Je continuerai à leur montrer, à tous ces crétins qui m'ont tripoté les fesses, ce dont je suis capable !

J'avais vu le film de Griffith, *Naissance d'une nation*. Lala me jouait-elle *Naissance d'une conscience politique* ou tout cela était-il bien réel ?

~

Après avoir déposé la star, je repris la route pour me placer en surplomb de sa maison. Je me garai sur une petite aire gravillonnée, bordée de bruyère sauvage. Je substituai à mes talons des chaussures de sport que je gardais pour l'occasion dans mon coffre. La végétation était encore sèche. Je descendis à travers les broussailles pour trouver le poste d'observation adéquat. Un bosquet de cyprès me dissimulait des regards. J'avais pris mes jumelles dans ma boîte à gants pour surveiller les lieux.

Mon impression était différente de ce matin. Vue d'en haut, la maison aux murs blancs et au style hispanique paraissait moins vaste, mais le jardin l'entourant, plus imposant. Protégés du vent en flanc de colline, des citronniers proliféraient à l'état presque sauvage en compagnie d'oliviers et d'orangers. Au loin, je distinguais l'océan immuable.

« Seule la patience anime le singe géant », disent les spécialistes des effets spéciaux qui ont monté King Kong jusqu'au toit de l'Empire State Building. Je ne patientai qu'une demi-heure avant de voir les premiers invités arriver. Edward G. Robinson descendit de voiture, bientôt suivi par la belle gueule de voyou de James Cagney, puis la haute silhouette de Henry Fonda, l'élégante Joan Crawford et la fascinante Bette Davis. Dans *Ombres vers le sud*, j'adorais sa manière de dire : « J'aimerais bien vous embrasser mais j'ai les cheveux mouillés. » Le facétieux Groucho Marx apparut le dernier en tirant sur son cigare. Je m'attendais qu'il cache ses frères du chaos sous son manteau mais il n'en était rien.

OK, je voyais maintenant à qui j'avais affaire. La *Hollywood Anti-Nazi League*, fondée en 1939, comptait 4000 membres et essayait d'alerter l'opinion publique. Elle publiait les *Hollywood Anti-Nazi News* avec, dès 1936, une carte indiquant l'implantation de camps de concentration. Elle avait organisé des manifestations contre l'Allemagne nazie et contre les Japonais après l'invasion de la Chine.

En décembre 38, une brochette d'acteurs et d'actrices s'était réunie chez Robinson afin d'envoyer une déclaration au président Roosevelt et au Congrès pour réclamer la suppression de tout lien économique et politique avec l'Allemagne nazie. Une partie d'entre eux se réunissait ce soir chez Lala !

8

Les méthodes criminelles ne doivent pas être explicitement présentées.

Qu'est-ce qui m'avait poussée à y retourner ? Parfois, je me dis que je deviens romantique avec l'âge. Le cinéma venait de fermer ses portes et mon ouvreuse marchait sur le trottoir comme une petite fille en détresse, ses boucles blondes flottant sur ses épaules au milieu de Hollywood Boulevard. Je ralentis à sa hauteur et baissai la glace.

— On peut vous reconduire chez vous, ma p'tite dame ? fis-je en prenant un accent de taxi new-yorkais.

Elle tressaillit en me découvrant et me jeta un regard douloureux.

— Tu aurais pu me réveiller avant de partir ce matin ou bien me laisser un mot !

— Mais je t'ai laissé ma carte de visite.

— Oh, mais c'est formidable ça, une carte de visite ! Tu as écrit quelque chose dessus ?

— Oui : « Tu peux m'appeler » !

— Très romantique !

Elle continuait de marcher et moi de conduire. La conversation s'annonçait difficile.

— Allez, monte, insistai-je, je t'emmène boire un verre.

— Quel est mon prénom ?

— Pardon ?

— Quel est mon prénom ?

— Euh… Ruby ?

— Non, tu ne le connais pas parce que tu ne me l'as jamais demandé.

— Mais si !

Elle s'arrêta de marcher et tourna vers moi son beau visage qu'une enseigne lumineuse peuplait d'ombres et de lumière.

— Alors, tu ne t'en souviens pas et c'est encore plus grave.

Je pilai brusquement, la voiture derrière klaxonna et son conducteur me dépassa en me prouvant d'un geste éloquent toute son estime envers les femmes au volant.

— Edith ? hasardai-je.

Ses longs cils noirs papillonnèrent un instant comme à l'approche d'une lampe brûlante.

— Vicky, quand tu t'en souviendras, tu pourras revenir me voir, mais pas avant. Ne me suis pas.

— Si je t'ai blessée, je m'en excuse. Mais pourquoi tu prends la mouche comme ça ?

Elle appuya ses mains sur le rebord de ma portière. Ses doigts étaient longs et fins comme ceux d'une pianiste. J'eus envie de les mettre dans ma bouche, mais elle se pencha vers moi et me fixa droit dans les yeux.

— Quel genre de femme es-tu ? Je ne suis pas une sucrerie

d'une nuit. J'ai besoin d'exister, j'ai besoin qu'on se souvienne de moi !

~

À ce stade de la soirée, j'avais le choix entre boire un verre et voir un film. Un verre en entraînant forcément d'autres, je préférai garder la tête froide et me garer dans l'immense parking d'un drive-in équipé d'une cabine de projection, d'un grand écran et d'un stand de hot-dogs et de sandwichs. Il y avait beaucoup de jeunes couples avec leurs enfants en bas âge dans les voitures. Le drive-in coûtait moins cher qu'une place en salle et leur permettait d'emmener leur marmaille et d'économiser une nounou. Et puis il y avait les premiers flirts. Votre voisin ne pouvait pas voir quand vous fourriez la main sous la jupe de votre compagne. J'étais garée à l'écart pour ne pas avoir à supporter les piailleries d'une famille nombreuse à mes côtés.

J'avais beau l'avoir vu déjà trois fois, *Autant en emporte le vent* me remuait toujours autant. *Glorious* Technicolor qui commençait à voir le jour. Comme un symbole, Dorothy passe du noir et blanc de son Kansas à la route colorée de briques du pays d'Oz tandis qu'Errol Flynn se pavane en couleurs dans *Robin des Bois*.

Je puisais dans mes pop-corns en admirant Vivien Leigh dans une merveilleuse robe pleine de froufrous lorsqu'on frappa à ma portière passager.

Je ne l'avais pas entendu descendre de sa voiture. Pas jeune mais l'air en forme. Des cheveux coupés très court et un visage rasé de près malgré l'heure tardive. Un maintien de militaire mais en plus souple. Ses traits dénotaient force et intelligence ainsi qu'une certaine brutalité. Je me penchai pour baisser prudemment la vitre.

— C'est à quel sujet ?

La plaque fédérale brilla un instant au creux de sa paume avant de disparaître comme par magie, mais je n'avais pas affaire à un illusionniste.

— FBI, bureau de Los Angeles. Madame Mallone, je voudrais vous parler de Lala.

Il avait une voix basse et un peu rocailleuse. J'aperçus la gaine pendue sous son aisselle et la crosse d'un pistolet. Un type armé, ça suscite toujours un minimum d'attention. Je déverrouillai la porte et il s'assit près de moi puis remonta la glace. Je fus submergée par une odeur musquée de café et de mâle très viril.

Il se tourna vers moi pour me regarder en face. Si j'avais été réalisatrice, j'aurais opéré une prise de trois quarts, éclairée et cadrée serré. Les épaules carrées et une assurance nonchalante, il aurait pu jouer, dans un polar très noir, le rôle d'un vieux dur à cuire. Était-ce l'homme vu avec Julia au cinéma ?

— Arkel, dit-il simplement.

J'en déduisis que c'était son nom. De près, il avait la cinquantaine bien tassée comme un bourbon sans eau ni glace, un visage marqué par les épreuves de la vie, des rides au front, une cicatrice à la tempe et des poches sous les yeux. Ceux-ci exprimaient une vitalité sombre et terrible. L'ensemble ne manquait pas de charme malgré une certaine dureté. Ce n'était pas un visage facile à oublier.

— Fédéral ? fis-je pour lancer la conversation.

Je n'avais pas eu le temps de bien voir la plaque. Il répondit par une autre question.

— Êtes-vous convaincue de la nécessité pour les États-Unis d'Amérique d'entrer en guerre contre cette putain d'Allemagne nazie ?

J'ignorais alors que je ne faisais que découvrir le langage très imagé d'Arkel.

— Je suis toujours partisane d'entrer en guerre contre les cons, répondis-je, alors pensez : les nazis !

Les nazis : la quintessence de la bêtise et de la monstruosité. Ce que l'espèce humaine, pourtant déjà experte dans ce domaine, est capable d'engendrer de pire.

Il ne m'avait pas lâchée du regard, comme pour s'assurer que je disais vrai. Mal à l'aise sous son regard inquisiteur, j'allumai une cigarette. Il fronça le nez et descendit un peu la glace. Je réagis enfin de manière appropriée.

— Pourquoi me demandez-vous ça ? Et d'abord qui êtes-vous ?

— Certains ici ne sont pas indifférents aux sirènes du fascisme, répondit-il comme si j'avais posé une autre question. L'antiparlementarisme et le culte de l'homme fort, les masses populaires qui se sentent abandonnées. Vous y ajoutez la théorie de la race supérieure et celle du complot juif, puis vous secouez dans un shaker. Vous savez comment je baptise ce cocktail ? Le complotisme. Tout ce qui ne va pas sur terre est la faute de l'autre.

Je tentais de découvrir l'origine de son accent. Les États-Unis sont un vaste territoire avec des différences d'expressions idiomatiques, de grammaire, de vocabulaire et de prononciation entre les États. Au Sud, on ajoute des voyelles qui n'existent pas à l'écrit et on possède un accent traînant. Arkel venait du Sud, comme Vivien Leigh et Clark Gable dans mon film du soir.

— Cette idée que le monde va à sa perte, reprit-il, parce qu'il est manipulé comme une marionnette par des hommes dans l'ombre qui tirent les fils de nos destinées. Des marionnettistes juifs de préférence.

— Vous êtes monté dans ma voiture pour me parler de Lala, rappelai-je, impressionnée malgré moi par le bonhomme.

— Lala n'a pas bien saisi toute la portée de cette affaire. Ce n'est pas seulement son statut personnel qui est en jeu mais la cause à laquelle elle est désormais identifiée à travers ce film qu'elle s'apprête à tourner : l'entrée en guerre contre les nazis.

— De quelle affaire parlez-vous ?

— De celle qui requiert les services d'une détective privée nommée Vicky Mallone, spécialiste appréciée par toutes les femmes de Hollywood pour régler les problèmes liés à des écarts de conduite et aux tentatives de chantage.

Une seule conclusion : Julia lui avait parlé de ma visite chez elle. Mais Arkel ignorait que j'avais déjà établi un lien entre eux. Un coup d'avance. Le silence était ma seule arme. Je lui tendis mon pot de pop-corn.

— Vous en voulez ?

Il y jeta un bref regard dégoûté.

— C'est bourré de sel, ces saloperies !

— Ceux-là sont sucrés.

— C'est pire ! Putain, faites gaffe à votre santé ! Vous voulez me parler du problème de Lala ?

— Non.

— Elle aurait dû venir nous voir si elle avait des ennuis plutôt que se confier à une privée.

— Elle vous connaît ?

— Oui, mais elle a un officier référent à Washington à appeler en cas de problème. Je préfère rester dans l'ombre.

— Et moi, je n'ai rien à vous dire.

Il soupira.

— Vous avez conscience que le film qu'elle va tourner a pour objectif de préparer cette foutue opinion publique à l'entrée en guerre contre le IIIe Reich et ses alliés japonais ?

— Je croyais qu'on faisait des films pour faire rêver les gens.

Il me sourit comme on sourit au gosse du voisin qui vient de vous tirer la langue, mais qu'on n'ose pas gifler sous les yeux de sa mère.

— Nous avons besoin de la majorité au Congrès, affirma-t-il, et donc dans l'opinion publique, pour entrer en guerre.

— Vous aurez avec vous tous les gens intelligents de ce pays.

— Je viens de vous dire que nous avions besoin de la majorité !

Il jeta un coup d'œil à l'écran géant et au film grand vainqueur de la cérémonie des Oscars de l'an dernier. Hattie McDaniel, la première femme noire à remporter un Oscar pour son rôle de Mamma dans *Autant en emporte le vent*, n'avait même pas été invitée à la première du film ! Et à la cérémonie des Oscars, elle patientait dans le coin réservé aux Noirs. Mais la relation compliquée entre Clark Gable et Vivien Leigh ne sembla pas intéresser le moins du monde Arkel et ne lui arracha qu'un :

— Putain de Sudistes !

Je connaissais le film, mais je ne voulais pas manquer l'incendie d'Atlanta. Le réalisateur avait brûlé pour ça tous les vieux décors de *King Kong*.

— Qui êtes-vous, Arkel ? demandai-je impatiemment.

— Un témoin de moralité ! À Washington, on voudrait que ce film se tourne et qu'il sorte en salles sans que Lala soit éclaboussée par un scandale.

— Ça veut dire que vous la faites surveiller ?

— On garde un œil sur elle. Un peu comme une future mariée dont on voudrait s'assurer qu'elle conserve sa virginité jusqu'au mariage. Enfin, c'est une façon de parler, vous m'avez compris. Bordel, la virginité à Hollywood, c'est seulement dans le code Hays !

Je fourrai un pop-corn dans ma bouche. Hollywood mettait au jour les obsessions les plus secrètes.

— Arkel, pourquoi a-t-on choisi Lala pour ce film ?

— On pense en haut lieu que ses atouts physiques ont autant de valeur qu'un corps expéditionnaire !

Je méditai un instant sur cette réponse.

— La Ligue *Anti-Nazi* de Hollywood, ça vous parle, non ? Vous savez où ils se réunissent ce soir ?

Il me jeta un coup d'œil vaguement intéressé.

— J'ai ma petite idée.

— Chez Lala. Les principaux membres fondateurs y sont. Vous croyez que c'est pour manger des tacos ou pour la féliciter de ses nouvelles responsabilités ?

Moi qui pensais avant de la connaître qu'elle se souciait

comme d'une guigne du sort du monde, j'étais désormais fière de ma cliente.

— Ce pays va comprendre que la guerre est inévitable, affirmai-je dans un sursaut d'optimisme causé par l'excès de sucre.

En même temps, je me rendis compte qu'à part signer deux ou trois pétitions et vociférer un soir contre les nazis au comptoir d'un bar, je n'avais rien fait d'autre que brûler une bougie à ma fenêtre le jour où la France avait capitulé. Sacrée militante de l'entrée en guerre, Vicky Mallone !

— Ce pays est isolationniste, lâcha Arkel d'un ton rogue. On fait l'autruche et on s'enterre la tête dans le sable pour ne plus rien voir ni entendre. Sinon, on s'apercevrait que la radio de propagande Radio-Paris diffuse des émissions du genre « Les Juifs contre la France ». On dresse dans ce pays un catalogue pour apprendre aux gens à les reconnaître par leurs spécificités physiques. Un chroniqueur commence toujours sa rubrique par : « Et l'Angleterre comme Carthage devra être détruite. » Un autre dit que, selon la prédiction du Christ, les Juifs seront chassés de partout jusqu'à la fin du monde ! Aujourd'hui, l'Europe occupée fustige les Juifs, les maçons, les chômeurs professionnels, les mendiants, ceux qui vivent de l'amour vénal, sans oublier les intellectuels et plus généralement tous ceux que le travail dégoûte.

Je ris.

— On a les mêmes ici !

— On les envoie dans des camps ?

— Vous voulez parler de...

— D'une « solution finale ». Là-bas, quand ils vous font prendre une douche, ce n'est pas pour l'hygiène !

Sur l'écran brûlait Tara, la maison familiale de Scarlett O'Hara, comme s'étaient consumés maisons et commerces des Juifs lors de la terrible nuit de Cristal dans l'Allemagne nazie.

— Vous êtes allé en Europe dernièrement, devinai-je.

— Oui, pour récupérer ma famille et la faire venir aux États-Unis.

— Et alors ?

— Alors, ils étaient déjà tous morts. Ils étaient juifs, voyez-vous.

9

Le blasphème est strictement interdit et les mots suivants sont à éviter : Enfer! P… de m…! Fils de p…!

Le matin, lorsque je ne suis pas pressée, j'aime contempler la progression de la lumière dans mon appartement. En me couchant je n'avais pas fermé les persiennes. Bientôt une lumière blanche m'éclaboussa de la tête aux pieds alors que je me tenais assise, les mains autour des mollets, le menton sur les genoux. Un peintre comme Hopper aurait fait de moi un très beau tableau pour illustrer la solitude.

Arkel, m'avait-il affirmé s'appeler. Un nom tranchant. J'ignorais s'il s'agissait du vrai, en tout cas il ressemblait au bonhomme. Froid et coupant, tout en angles durs. Même quand il vous souriait, il vous donnait l'impression d'être en faute de l'avoir obligé à sourire.

J'appelai le mentor qui m'avait formée et aidée à obtenir ma plaque de privé. Il avait pris sa retraite il y a deux ans mais il connaissait tout le monde en ville.

— Vicky, ça va les affaires ? Tu ne sais pas la dernière ? Je me suis mis au golf !

— Contente pour toi, rien de tel qu'un peu d'exercice pour évacuer les bières. Tu connais un dénommé Arkel, entre cinquante et soixante ans, un membre du FBI ?

— Jamais entendu parler. Je connais les gars du bureau de Los Angeles, il n'en fait pas partie, à moins qu'il ne vienne d'arriver.

Je réfléchis.

— Arkel a dû être militaire. Un flic ne se comporterait pas comme lui. Et il a cette rigidité, cette rigueur qu'on n'acquiert qu'à l'armée. Il a sans doute fait la Grande Guerre en Europe comme toi et ça ne devait pas être un sous-fifre.

— J'ai quelques vieux hauts gradés comme partenaires au golf, je peux me renseigner.

— Je te revaudrai ça.

Je jouai avec un de mes doigts de pied.

— Par hasard, tu connaîtrais une certaine Julia Flores-Castillo, une jeune Mexicaine ?

— Ça ne me dit rien.

Je changeai d'orteil à tourmenter.

— As-tu entendu parler d'un film contre le nazisme qu'on allait tourner au studio Lindqvist ?

— J'ai fait un dix-huit trous hier avec un gars de la Warner. Chez Jack, ils sont fous de ne pas avoir été choisis. D'un autre côté, ils sont soulagés de ne pas être boycottés par les sympathisants d'America First. Ça fait un paquet de monde, la moitié du pays ! Lindqvist a des couilles en acier pour oser se lancer, ou alors il est simplement inconscient.

— America First à Los Angeles, fis-je d'un ton nonchalant, c'est qui ?

— Un certain Arthur Bishop, patron d'une feuille de chou aux accents antisémites. C'est un des sous-produits de l'empire Hearst.

Le milliardaire William Randolph Hearst était un magnat de la presse même si la Grande Dépression des années trente avait fragilisé son empire. L'acteur et réalisateur Orson Welles venait de sortir en février un film appelé *Citizen Kane* dont le personnage principal, qu'il jouait, lui ressemblait étrangement. Welles avait appris le surnom donné par Hearst au sexe de sa maîtresse Marion Davies : Bouton de rose (*Rosebud*). Dans le film, il avait nommé ainsi la luge du personnage de Kane lorsque celui-ci était enfant. Fou de rage, Hearst avait menacé de révéler des détails de la vie privée des dirigeants des studios RKO qui produisaient le film. Faute de pouvoir en empêcher la sortie, il s'était rattrapé en organisant son lynchage médiatique et son boycott publicitaire. Il poursuivait désormais Welles de sa haine afin de le faire passer pour un communiste et le chasser de Hollywood.

La presse de Hearst était ouvertement isolationniste, ce qui le faisait apprécier d'un certain Adolf Hitler qu'il avait rencontré en 1934, s'enthousiasmant pour ce nouvel homme fort et son antisémitisme virulent. Je n'avais toutefois pas entendu dire que Hearst avait rejoint America First.

— Effectivement, me confirma mon interlocuteur, mais leur détestation des Juifs doit lui convenir. Il rend Louis B. Mayer, et à travers lui tous les producteurs juifs, responsable du déclin à l'écran de sa maîtresse Marion Davies, dont le public boude les films.

— Malgré les placards publicitaires gratuits de la presse de Hearst à la sortie de chacun d'eux !

C'était un sujet de plaisanterie commun à Hollywood.

— Ça me fait penser, reprit-il, qu'America First organise ce soir deux meetings, un à dix-sept heures, l'autre à vingt et une heures. Le héros de l'Amérique sera là.

— Lindbergh ?

— Charles Lindbergh en personne.

~

J'avais récupéré ma clé chez le serrurier. Je me garai à une centaine de mètres de la maison de Julia que je gagnai d'un pas faussement nonchalant. Il n'y avait pas âme qui vive lorsque j'ouvris la porte et me glissai à l'intérieur.

J'aime bien fouiller la maison des gens. Quand on vous reçoit, tout est bien rangé. Les éléments de la vie quotidienne ont été regroupés dans une autre pièce pour faire place à une apparence soignée. Mais Julia semblait une maniaque du rangement. Je l'imaginais rentrer chez elle après une journée de travail, balayant, passant la serpillière, faisant la poussière et cirant les meubles. Une vraie fée du logis.

La première chose qui me frappa fut l'absence de photos personnelles. Jolie à se damner, Julia devait avoir vingt-cinq ans. Pas de petit ami, de vie sentimentale affichée. J'eus un petit frisson en entrant dans la chambre. Comme chez Rodrigo, un crucifix ornait le mur au-dessus du lit. Un christ y semblait épinglé comme un papillon de nuit. Difficile de se livrer à des galipettes au-dessous de lui. Julia, la pécheresse repentie.

La fouille d'un placard m'apprit que la jeune femme savait se vêtir et consacrait sans doute pas mal d'argent à ses tenues. Je découvris dans le premier tiroir de la commode un album rempli d'articles et de coupures de presse ainsi que des photos de Lala. Trois d'entre elles étaient dédicacées. Aucune photo compromettante, en revanche. Le deuxième tiroir regorgeait de jolis pulls ou de shorts. Le troisième offrait de magnifiques soutiens-gorge, des bas noirs ou couleur chair, des porte-jarretelles et des culottes de soie.

En passant la main sous les tissus soyeux, je découvris un colt 38 avec chargeur de neuf coups. Une arme robuste et fiable si on maîtrise le recul.

La croix, la jarretière et le révolver. La Sainte Trinité revue et corrigée. Cela en disait long sur la personnalité complexe de Julia.

J'ôtai mes chaussures et m'allongeai sur le lit. Les yeux rivés au plafond, je laissai le matelas épouser les contours de mon corps et tentai de rentrer dans la peau de Julia.

Je m'appelle Julia. Je suis jeune, pas bête, des manières agréables, belle et mexicaine, intendante chez une grande star de Hollywood. Je suis là, sans attaches, j'attends quoi de la vie ? La guerre qui se prépare aura-t-elle des conséquences pour moi ?

La conclusion vint immédiatement :

J'aime Lala mais je ne resterai pas domestique toute ma vie !

Je me levai, lissai le drap et sortis de la chambre. On frappa à la porte. Je me figeai et arrêtai de respirer. Un autre coup. Quelques secondes plus tard, quelqu'un glissa une lettre sous la porte. Lorsque le bruit des pas s'atténua, je me précipitai à la fenêtre. Un postier s'éloignait, sa sacoche en bandoulière. Je ramassai le courrier qu'il venait de laisser pour Julia. Il provenait de Los Angeles. Je fis bouillir de l'eau dans une casserole et avec la vapeur je décollai le rabat. La mère de Julia lui souhaitait un bon anniversaire. Contrairement à sa fille, elle n'avait sans doute pas le téléphone. Je recollai soigneusement l'enveloppe, notai l'adresse de l'expéditrice, et remis tout en ordre de manière à ne pas laisser de traces de mon passage.

~

Je me glissai au volant de ma Buick Century, un cabriolet deux portes, modèle de 1939, que j'avais choisi d'une couleur terne qui n'éveille pas l'attention. J'avais à peine refermé ma portière qu'une voiture se gara juste à côté de moi, me serrant assez pour m'empêcher de démarrer. Je cessai de respirer en plongeant la main dans mon sac. Lorsque je l'en ressortis armée d'un pistolet, je vis Arkel descendre la glace de sa voiture et me faire signe de l'imiter.

— Bon Dieu, vous comptez me flinguer en pleine rue ?

Le cœur battant, je reposai mon arme sur le siège d'à côté. Le vieux fédéral respira fort puis me jeta un regard ironique.

— On devient nerveuse à ce que je vois ? Vous ne voulez toujours pas me dire ce que vous cherchez ?

Je secouai la tête.

— En tout cas, continua-t-il en fixant un point invisible devant lui, ce n'est pas chez Julia. Je n'y ai rien trouvé, pas même un grain de poussière ! Elle entretient foutrement bien sa maison !

— L'album…

— Ah ça oui, elle aime bien sa patronne !

— Le pistolet...

— On n'est jamais assez prudent avec les cambrioleurs, surtout une jeune femme seule !

— Les jarretières...

— Ben chez les dames ça sert à cacher un pistolet, non ?

Il débraya.

— Suivez-moi, je vous offre un verre avant qu'on nous remarque !

Ce qui était déjà largement le cas. Après nous être garés sur Sunset Boulevard, je suivis avec étonnement Arkel dans une épicerie. Au fond de celle-ci, une lourde porte donnait sur un de ces anciens bars clandestins qui servaient de l'alcool de contrebande pendant la prohibition. Malgré son abrogation huit ans plus tôt, les boiseries sombres et les banquettes de velours pourpre semblaient encore chargées d'histoire.

— C'est la *Black Room*, expliqua Arkel. Un ancien rendez-vous de gangsters, aujourd'hui un endroit discret avec ses habitués. Pendant la prohibition, on y livrait l'alcool dans des bidons de lait tous les matins.

Il posa les deux mains sur le comptoir.

— Bourbon pour les héros ! commanda-t-il. Un Wild Turkey si vous avez. Donnez ce qu'elle veut à la p'tite dame.

— Elle vous en remercie ! Je peux avoir un cocktail sans parapluie dedans ? Disons un trinidad, vous seriez bien aimable.

Un juke-box asthmatique toussait des notes de jazz. Au fond de la salle, des joueurs de billard mettaient de la craie au bout de leur queue.

— Pas de message pour moi ? demanda Arkel au barman.

— C'est pas la poste ici ! Pour les nouvelles, faut aller à la Western Union !

Arkel lui jeta un regard tellement froid que l'autre tourna aussitôt le dos avant de geler sur place. Ici, on jouait vraiment la carte du passé. Le bourbon fut servi à Arkel dans une tasse à thé comme à l'époque. À mon soulagement, le barman posa pour moi sur le comptoir un verre à cocktail évasé. Le curaçao colorait joliment de bleu la tequila allongée d'eau de Seltz et d'un peu de sucre.

Le meilleur barman c'est celui qui, d'un seul regard, vous fait croire l'espace d'un instant qu'il a attendu toute sa vie pour vous préparer ce cocktail et vous le sert comme si vous étiez la personne la plus importante au monde. Sans doute pour emmerder Arkel, le mien m'accorda ce privilège.

Deux filles aux lèvres excessivement rouges vinrent s'appuyer au bar, les seins au balcon. Si elles comptaient se faire payer à boire, elles en furent pour leurs frais. Arkel ne leur accorda pas plus d'attention qu'aux mouches anémiées qui bourdonnaient faiblement au-dessus du comptoir. Il me fit signe de prendre mon verre et de le suivre au fond de la salle, loin des oreilles indiscrètes.

— Votre cocktail est bon ? demanda-t-il une fois assis.

Ses lèvres restèrent bizarrement écartées. Je compris qu'il s'efforçait d'être aimable, mais j'avais déjà vu au zoo une hyène rire de manière plus sympathique.

— Bon Dieu, Arkel, arrêtez de sourire, vous me foutez les jetons !

Il ricana avant de me tendre une carte de visite.

— Vous pouvez m'appeler à tout moment à ce numéro. Si ce n'est pas moi qui réponds, vous ne direz pas votre nom, mais simplement *Dieu bénisse l'Amérique*. On devra vous répondre : SNAFU. Vous pourrez alors laisser un message. Si on ne vous dit pas ces mots, raccrochez immédiatement.

— Vous êtes bizarre.

— Prudent. Ils sont partout.

— Qui ça ?

— Nos ennemis.

— Dans quel monde vivez-vous ?

— La question est plutôt : dans quel monde vivrons-nous demain ?

Je pris une bonne gorgée de trinidad pour réfléchir à la question.

— Au fait, ça veut dire quoi SNAFU ?

— La situation est normale, c'est le bordel ! (*Situation normal, all fucked up* !)

Un instant, je crus qu'il se foutait de moi, mais manifestement il n'en était rien. Arkel et moi vivions juste dans deux univers différents. Celui glaçant de mon acolyte était simplement émaillé d'un humour bien à lui.

— Depuis quand Julia travaille pour vous ? demandai-je nonchalamment.

— Je l'ai recrutée il y a quelques semaines au nom de la sécurité nationale.

Je m'agaçai.

— Je n'en reviens pas de votre duplicité. Julia vous renseigne mais vous n'avez pas confiance en elle et vous fouillez sa maison ! En fait, vous ne faites confiance à personne.

— Et je vous conseille de faire de même ! Bon Dieu, comment avez-vous su pour Julia et moi ?

— Vos séances de cinéma. Si vous l'y aviez pelotée, vous seriez passé inaperçu !

— Sacré nom de Dieu, il n'y a donc pas un seul coin discret dans cette satanée ville ?

— C'est la récurrence qui vous a trahi !

Il s'envoya une grande lampée de Wild Turkey directement au fond du gosier. Cela eut pour effet de le détendre.

— Ce qui fait un bon whiskey, expliqua-t-il, c'est la quantité d'eau avec laquelle il est porté au degré d'alcool désiré. J'ai bu dans le Tennessee des whiskeys d'une étonnante douceur. Après leur séjour en fût, ils sont filtrés à travers quatre mètres de charbon de bois.

Il reposa sa tasse sans brusquerie.

— Vous cherchez pour Lala quelque chose de suffisamment compromettant pour qu'elle évite les voies officielles de la police ou de Washington. Alors je cherche moi aussi. Je ne peux pas blâmer votre discrétion. Un client, c'est sacré, mais comme je vous l'ai déjà dit, sacrée tête de pioche, les enjeux dépassent votre cliente.

— Combien payez-vous Julia pour qu'elle espionne Lala ?

— Elle fait ça pour la patrie !

— Vous me prenez vraiment pour une bille. Si vous avez besoin d'informations, allez directement demander à Lala. Un autre verre ?

— Merci, il ne faut pas abuser. J'en connais qui s'y sont gâté la main.

Il mima le geste de tirer au pistolet, pouce et index tendu.

— Vous protégez Lala contre qui, au juste ? demandai-je.

Il se laissa aller en arrière en soupirant.

— Vous êtes là à me soutirer des informations sans rien me donner en échange.

— Oui, mais je protège les fesses de votre petite star. Cela vaut bien un coup de main, non ?

Arkel haussa les épaules.

— Les États-Unis regorgent de pacifistes, d'isolationnistes et d'admirateurs de Mussolini et de Hitler. Vous avez vu le Bund germano-américain défilant sur la 85e Rue à New York en faisant le salut nazi ?

— Non, mais à Los Angeles, j'ai eu l'occasion de voir le Ku Klux Klan attaquer le syndicat de l'industrie et tabasser hommes, femmes et gosses.

— Ah, le Klan. Ouais, potentiellement ils pourraient rejoindre les petits fascistes en herbe et antisémites de notre pays pour former une cinquième colonne. Mais ceux qui ont le vent en poupe pour le moment, c'est America First et cet enfoiré de Lindbergh !

J'avais éprouvé de l'admiration pour Charles Lindbergh lorsqu'en 1927 il avait traversé d'une traite l'Atlantique nord, après trente-trois heures de vol sans dormir, dans son petit monoplan Ryan, le *Spirit of Saint Louis*. Du pur héroïsme. Et puis un jour, on s'aperçoit que le héros a mauvaise haleine.

Après le dramatique enlèvement et le meurtre de son premier enfant en 1932, le couple Lindbergh s'était établi en Angleterre où l'aviateur s'était rapproché du cercle de Cliveden, un groupe de pacifistes pronazi auquel appartenait l'ambassadeur Joseph Kennedy. L'armée américaine avait néanmoins loué ses services pour se rendre en Allemagne afin d'évaluer la puissance de la Luftwaffe. Son séjour là-bas semblait avoir fini de le faire basculer. Invité aux jeux Olympiques de Berlin, il s'y était livré à un hommage poussé à Hitler, « indubitablement un grand homme ». En 1938, Hermann Göring lui avait remis la croix de l'Aigle allemand pour services rendus au Reich. Lindbergh l'avait acceptée en connaissance de cause puisque en 1933 on avait brûlé les livres écrits par des Juifs et que les lois raciales dépouillant ceux-ci de tous leurs droits venaient d'être votées.

En septembre 1940, il avait participé à la création d'America First, une organisation ayant pour objectif de s'opposer à l'entrée en guerre des États-Unis contre le régime nazi.

— Vous croyez que les gens d'America First s'en prendraient à Lala ?

— Pour la discréditer ? Complètement ! Et s'ils sont malins, ce que je soupçonne, ils attendront la sortie de son film pour mettre sur la place publique ce qu'ils lui ont volé, vos...

— Bien essayé !

Arkel haussa les épaules, il semblait dénué de tout scrupule pour servir ses objectifs.

— Mais moi, si j'étais un America First très malin, je ferais autrement. Je me servirais de ce que je possède sur Lala pour l'obliger à adhérer à mon putain de comité. Quel camouflet pour Hollywood ! Et quelle brèche ouverte dans le flanc de l'adversaire !

— Vous êtes un stratège hors pair, Arkel. Heureusement que vous êtes du bon côté de la barrière !

Il me dévisagea d'un air sombre.

— La définition du bon côté dépend généralement d'une histoire personnelle, d'une culture et de l'adhésion à un certain nombre de valeurs. C'est presque reposant de lutter contre les nazis : ces raclures incarnent tellement le mal que l'on n'a pas besoin de se poser des questions existentielles !

Il jeta un regard acéré aux visages des joueurs éclairés par la lampe au-dessus du billard. Ils jouaient un point chèrement disputé.

— Le sénateur Clarke du comité America First vient de débarquer à LA. Il agite déjà sur Hollywood la menace d'une commission sénatoriale comme il y a deux ans. Et Charles Lindbergh tient deux meetings ce soir sur Pico-Union. Pourquoi quitte-t-il le Midwest et son fief de Chicago pour venir ici ? Par volonté expansionniste ? Certes, mais il vient provoquer Hollywood car il a senti que désormais le danger venait de là autant que de Washington.

— Lindbergh ne vole pas bien haut ! tentai-je de plaisanter.

— Ne le prenez pas à la légère, il représente un courant profond de l'Amérique. Et il a avec lui le sénateur Nye, un isolationniste intransigeant, le député du Montana Jacob Thorkelson, antisémite et profasciste, ainsi que le député Karl Mundt du Dakota du Sud :

— Ces gens-là ont vendu leur âme au diable !

Je terminai mon trinidad en grimaçant, les glaçons avaient trop fondu.

— À propos de diable, vous connaissez l'Église du Seigneur revenu que Julia fréquente ?

— Le retour de Jésus-Christ ? fit Arkel, goguenard. Les évangélistes ne se mêlent pas pour l'instant de ce qui se passe en Europe et de la possibilité de notre intervention.

— Jésus a souffert sous Ponce Pilate, a été sacrifié, est mort, a été enseveli, est descendu en enfer, le troisième jour est ressuscité des morts.

— Le texte dit « aux enfers », me corrigea-t-il, pas « en enfer ». Les enfers. Ce que les Juifs appellent le shéol, le royaume des imprécis.

— Vous êtes un drôle de Juif.

— Je n'ai jamais dit que j'étais juif.

— Votre famille !

— Et alors ? On peut avoir de la famille juive sans être juif.

Arkel tourna sa tasse entre ses doigts, le regard dans le vide.

— Trois jours aux enfers ! Nom de Dieu ! Qu'est-ce qu'il a bien pu y foutre pendant trois jours ?!

~

En 1872, une émeute antichinoise à Chinatown avait conduit au vote d'un acte d'expulsion de ceux-ci. Privée d'une main-d'œuvre dure à la tâche, l'industrie avait appelé des travailleurs japonais, d'où l'apparition de Little Tokyo qui tenait sur quatre pâtés de maisons. Exclus à leur tour en 1924, les Japonais avaient été remplacés par des Coréens et des Philippins qui avaient également fondé leur propre quartier. Il y a quelque chose de touchant dans la tentative des exilés de recréer la même communauté de vie qu'autrefois. D'autres trouvent cela agaçant.

Je fus un peu surprise en découvrant que la mère de Julia demeurait au cœur du quartier philippin. Surprise aussi de me retrouver face à une femme d'une quarantaine d'années. Elle devait avoir eu Julia très jeune. On retrouvait chez elle la beauté calme et lumineuse de sa fille, le mystère en moins. Ses bas noirs étaient parfaitement assortis à sa tenue sobre, mais de bonne qualité. Inutile de chercher de qui Julia tenait son bon goût.

Je me présentai comme une amie de celle-ci et une relation de Lala. Julia avait été si contente de recevoir sa carte d'anniversaire et m'avait parlé d'elle avec tellement d'enthousiasme que, passant dans le coin, j'avais été tentée de la rencontrer.

La plausibilité d'une histoire tenant beaucoup du sérieux et de l'enthousiasme avec lesquels on la raconte, la maman rosit de plaisir.

— Oh, je vous en prie, entrez mais je vous préviens, j'ai une heure pour déjeuner et retourner au travail et c'est à quinze minutes à pied.

— Je suis en voiture, je pourrai vous y déposer.

— Vous feriez cela ? Entendu, j'avoue que mes pauvres pieds me font mal.

Elle éteignit la radio où elle écoutait une comédie radiophonique pour se délasser et s'enquit des activités actuelles de Lala. Nous prîmes place dans le petit salon qui jouxtait la cuisine ouverte. Je m'en tins à une conversation anodine avant d'amener mon hôtesse à parler de sa fille.

— Julia voulait devenir actrice, dit sa mère, mais vous connaissez combien d'actrices à Hollywood qui n'ont pas la peau claire ?

Le code Hays tolérait la traite des Noirs dans les films mais interdisait celle des Blanches. Malgré des débuts prometteurs, on avait refusé à l'actrice sino-américaine Anna May Wong un rôle dans *Visages d'Orient* pour prendre à sa place une Blanche maquillée en Asiatique. Les principes du code Hays interdisaient en effet au cinéma les gestes intimes entre des races différentes. Les Mexicaines étaient tolérées comme des éléments exotiques mais en dose limitée.

— C'est vrai qu'il y a peu d'élues.

— Et pourtant, elle croit à son destin. Elle pense qu'un jour Lala lui ouvrira les portes de la Metro Goldwyn Mayer.

En débarquant, les colons avaient prouvé qu'à partir de rien, on pouvait obtenir quelque chose et devenir quelqu'un. On venait d'inventer la notion de self-made-man ! C'était cette croyance, le ciment de notre peuple. Et c'était sans doute elle qui animait aujourd'hui Julia.

— Quand j'aurai mis assez d'argent de côté, Julia et moi repartirons au Mexique, dit-elle. J'aime bien la Californie mais ce n'est pas chez moi.

Julia me paraissait parfaitement intégrée ici et je n'étais pas certaine que son plan de carrière soit d'aller s'affaler sur une plage mexicaine, les doigts de pied en éventail.

Je goûtai au café qu'elle m'avait servi, un liquide assez fort pour finir dans le réservoir de ma voiture et faire exploser le compteur. J'en profitai pour jeter un coup d'œil aux multiples photos exposées dans les cadres sur le buffet. Souvent, celles de famille synthétisent et figent dans le temps le récit d'un roman familial. Celui « des nôtres ». L'histoire racontée sur le buffet était celle de deux femmes seules et s'adorant. Leur vie ne devait pas avoir été simple.

Je tressaillis en découvrant la mère de Julia encore adolescente posant avec un jeune homme au regard déjà perçant. Louis Miller !

— Qui est-ce ? demandai-je nonchalamment.

— Le père de Julia.

10

L'histoire des institutions, des gens connus et de la population en général d'autres nations sera présentée avec impartialité.

Je considérai plus attentivement la mère de Julia. La beauté de sa fille reflétait celle plus mûre de la mère. Elle ne devait pas exercer un travail très gratifiant mais on voyait qu'elle prenait soin de sa personne et n'avait pas l'habitude de baisser les yeux. Elle se méprit sur mon embarras.

— J'avais quinze ans, il en avait dix-huit. Ce sont des choses qui arrivent. Nous ne nous sommes pas mariés, cela n'entrait pas dans ses projets. Il étudiait à l'université mais il nous a versé de l'argent chaque mois car il venait d'une famille aisée. Il l'a fait jusqu'à ce que Julia trouve un travail. Quand elle était bébé puis enfant, il venait nous voir tous les mois puis, à mesure qu'elle grandissait, ses visites se sont espacées, mais nous sommes toujours restés en bons termes.

— Êtes-vous membre de l'Église du Seigneur revenu ?

Elle frémit.

— Vous connaissez Louis ?

— Je l'ai rencontré une fois et j'ai assisté à un de ses prêches.

— Ne lui dites pas que je vous ai raconté pour Julia. Je ne l'aurais jamais fait si j'avais su que vous le connaissiez.

Elle tremblait désormais de la tête aux pieds.

— Je vous en donne ma parole, la rassurai-je.

— Vous comprenez, c'est un homme parfois exalté.

Je la contemplai avec toute la compassion d'un loup pour une brebis égarée.

— Vous avez peur de lui ?

— Parfois, oui.

~

Aux studios, je retrouvai Lala dans sa loge. Elle ouvrait son courrier avec un coupe-papier au blason de la MGM. J'en profitai pour lui parler d'Arkel et vérifier ses dires.

— Un ange gardien de Washington, confirma-t-elle. Il est chargé de protéger ma vertu le temps du tournage chez Lindqvist et jusqu'à la sortie du film.

— Vous lui avez parlé des photos volées ? De moi ?

Lala secoua la tête.

— Absolument pas. D'ailleurs, je ne l'ai vu qu'une fois.

— Il a appris pour mon enquête, continuai-je. Sans doute Julia, lorsqu'elle l'a rencontré au cinéma. Arkel prétend qu'elle travaille pour lui.

Ma cliente tressaillit. Je vis une goutte de sang tomber sur une enveloppe. Elle venait de se couper.

— Pourquoi m'avoir choisie moi et ne pas avoir prévenu Washington ? demandai-je.

Elle suçota son doigt d'un air absent.

— Je veux faire ce film, dit-elle. C'est dans mes convictions. Je ne veux pas être remplacée. Washington ne doit rien savoir de ces photos.

— Vous n'avez pas répondu à ma première question.

— Comme je vous l'ai déjà dit, j'avais entendu parler de vous par une amie, mais c'est Arkel qui vous a sélectionnée.

— Pourquoi moi ?

J'étais fatiguée de devoir insister.

— Je n'en ai aucune idée.

À nouveau, elle évita mon regard. J'inclinai la tête pour l'observer de côté. Au cinéma, on appelle ça un plan désaxé, tourné de biais pour obtenir une distorsion de l'image.

— J'ai élaboré une nouvelle théorie. Et si Julia vous avait volé ces photos sur ordre de son pasteur de père ?

Lala n'en revint pas lorsque je lui appris la filiation de Julia. Mais pour des stars de Hollywood capables de simuler l'amour, feindre l'étonnement est un jeu d'enfant.

— Elle peut être manipulée par un père aussi charismatique, hasardai-je, qui veut soit effacer les traces du péché de Julia, soit avoir un moyen de pression sur vous.

— Mais si c'est sa fille sur les photos, il ne les utilisera pas…

— Vous n'êtes pas censée connaître leur lien de parenté. La menace peut suffire, sans avoir besoin de passer à l'acte. Louis Miller est un illuminé qui a soif de reconnaissance. La conversion d'une dangereuse pécheresse comme vous pourrait être son heure de gloire.

Elle haussa les épaules d'un geste désinvolte.

— Deux mariages, un divorce, un veuvage et un nombre raisonnable de liaisons, il y a pire que moi à Hollywood.

— Mais vous êtes la seule star à employer la fille du pasteur ! Cela dit, peut-être nous faisons-nous des nœuds au cerveau. Julia agissant seule voudrait effacer les traces de ses erreurs passées. J'ignore son niveau de dévotion envers son père et l'Église du Seigneur revenu, mais vous ne pouvez plus lui faire confiance.

— Oui, admit Lala du bout des lèvres.

— Pour autant, ne changez pas votre comportement avec elle. On peut se servir de Julia comme d'un cheval de Troie. Cela peut être utile de laisser filtrer quelques informations soigneusement choisies à un espion que l'on a repéré.

— Et si ce n'était pas elle ? Il y avait trois autres personnes chez moi le jour où l'on a volé les photos.

Je réfléchis un instant.

— Comment rencontrer ce producteur ?

— Justement, je suis invitée tout à l'heure à une soirée chez lui, vous pouvez m'accompagner.

— J'imagine qu'il me faudra une robe chic ?

Elle ne prit pas la peine de me répondre.

~

À dix-sept heures, je m'assis dans une grande salle de conférences sur Pico-Union. Deux bons milliers d'hommes et de femmes étaient présents, dont beaucoup de journalistes.

Au mois de mai, le président Roosevelt avait ordonné à Lindbergh de renvoyer en Allemagne la médaille de la honte dont Göring l'avait décoré. Lindbergh avait refusé et préféré démissionner de son poste de colonel au département de la Guerre. Le ministre de l'Intérieur, Ickes, avait ironisé en constatant que Lindbergh tenait plus à sa décoration nazie qu'à son grade dans l'armée américaine.

Le 11 septembre dernier, le discours de Lindbergh à Des Moines dans l'Iowa avait concentré sur lui toute l'attention du pays en préconisant de reconnaître les nouvelles puissances en Europe et en accusant les Juifs de vouloir pousser le pays à la guerre. D'abord pacifiste, Lindbergh exprimait désormais ouvertement son antisémitisme et sa sympathie envers les nazis.

L'arrivée savamment orchestrée de l'aigle solitaire suscita l'enthousiasme. Il était grand et beau, d'allure sportive. Dans un tonnerre d'ovations, il monta souplement sur l'estrade et s'empara du micro. Depuis un an, son discours complotiste était bien rodé.

Il commença par regretter l'intervention inutile des États-Unis en Europe en 1917. Son père, à l'époque au Congrès, s'y était violemment opposé. Une guerre onéreuse, et trop chère en vies de soldats américains.

— Pourquoi verser notre sang et nos dollars pour un continent lointain ?

Il rappela que les auditions du comité Nye entre 1934 et 1936 avaient démontré que l'entrée en guerre de son pays en 17 avait été l'œuvre des banquiers et des marchands d'armes.

Une manière de réécrire l'histoire. En janvier 1917, l'Allemagne avait déclaré une guerre sous-marine à outrance contre les navires neutres qui commerçaient avec ses ennemis. La liberté des mers menacée, l'affaire du télégramme

Zimmermann avait eu raison de la neutralité américaine. Dans ce télégramme intercepté par les services de renseignements, le ministre allemand des Affaires étrangères, Zimmermann, demandait à son ambassadeur à Mexico de négocier une alliance avec le Mexique contre les États-Unis afin de leur assurer la reconquête de leurs anciens territoires. Le télégramme révélé à la presse, l'opinion publique bouleversée s'était retournée comme une crêpe pour demander l'entrée en guerre des États-Unis en Europe.

Lindbergh semait habilement le doute dans les esprits en dénaturant les faits. Le comité spécial d'enquête sur l'industrie des munitions du Sénat, chargé d'investiguer sur le rôle des banques et de l'industrie de l'armement dans l'entrée en guerre des États-Unis, n'avait produit qu'un rapport sordide. Si tout naturellement l'industrie de l'armement s'était enrichie, rien ne prouvait qu'elle était à l'origine de l'entrée en guerre du pays. Ni que les banquiers avaient poussé à l'intervention pour assurer le recouvrement de leurs prêts. Mais en ces temps troublés, il suffisait de prononcer les mots *industrie* et *banque* pour exciter une foule de complotistes se nourrissant d'un seul horizon intellectuel.

Quoi qu'il en soit, la commission avait réussi à ancrer la neutralité américaine pour ne pas dire l'isolationnisme et le non-interventionisme. Lâché par ses représentants démocrates des États du Sud, Franklin Roosevelt avait dû se résoudre à contrecœur à promulguer les lois de neutralité.

— Qui sont les agitateurs bellicistes ? demanda le grand aviateur. Qui pousse l'Amérique à la guerre pour des raisons qui ne sont pas qu'américaines ? Les Britanniques, l'administration Roosevelt et la race juive !

Il y eut des ovations et des applaudissements, mais aussi des silences gênés. Je vis quelques personnes, des gens sensés, se lever pour quitter la salle.

Cela dit, Lindbergh répéta peu ou prou son discours de Des Moines, fustigeant les va-t-en guerre de la Maison-Blanche.

— Il est temps pour l'Amérique de reconnaître les nouvelles puissances en Europe, conclut-il.

Je sentis qu'il hésitait à aller plus loin. En public, Lindbergh se contenait mais on disait qu'en privé il laissait se déchaîner son violent antisémitisme. Sagement, il s'arrêta là pour cette fois. Un sous-fifre vint le remplacer au micro pour enfoncer le clou.

— Oh, Arthur Bishop, murmura, exaltée, ma voisine.

Après les Juifs était venu le temps des grands studios. Petite merde encore tiède et inconnue du grand public, Bishop pouvait se permettre d'aller plus loin que Lindbergh. Il ne s'en priva pas.

— Dans la dernière décennie, Hollywood vous a habitués à l'idée de la guerre. Combien de films relatant les aventures des engagés ? Les avez-vous vus ? Leurs camps ressemblent à des colonies de vacances et l'uniforme permet des aventures sentimentales torrides car les femmes raffolent des soldats, c'est bien connu ! On prend l'uniforme, on chante, on danse et on séduit !

Il leva les bras au ciel et roula des yeux exorbités.

— Mais la guerre, ce n'est pas ça ! On y meurt, on y désespère, on y laisse ses membres et son âme ! Mettez votre uniforme pour aller sauver la démocratie américaine en Europe, qu'ils nous disent ! Mais là-bas nos gars ne récolteront que la mort ! Il ne revient pas aux États-Unis de régenter le monde et d'aller faire massacrer ses jeunes loin de chez eux.

Mon voisin approuva de la tête et murmura :

— Chacun chez soi et les chèvres seront bien gardées.

Une opinion commune.

Bishop serra le poing et prit un air farouche, levant la tête et fixant un point un peu au-dessus de la foule. On aurait dit Chaplin singeant Hitler.

— Hollywood a-t-elle pour vocation d'exercer un magistère moral, intellectuel et artistique dans ce pays, voire dans le monde ? Devrons-nous subir son influence, sa tyrannie des idées ? Nous appelons au boycott de toutes les compagnies qui violeront l'obligation de neutralité !

Il retroussa ses lèvres en un sourire carnassier et pointa le doigt sur la salle.

— Mettons fin à ce complot contre l'Amérique ! Hollywood est une machine à duperie. Et voilà qu'elle révèle sa vraie nature en produisant des films bellicistes. Mais n'en soyez pas surpris car à la Metro Goldwyn Mayer, vous trouvez Ezemiel Mayer qui se fait appeler Louis B. Mayer, ses complices se nomment Samuel Goldwyn et Marcus Loew. Dois-je vous parler de Jacob Warner qui se fait appeler Jack ? Il faut se rendre à l'évidence, Hollywood n'est plus qu'une fête juive !

Des shtetls et des ghettos de Russie, de Pologne ou d'Europe centrale, ces gens dont Bishop se délectait à rappeler l'origine avaient immigré en Amérique avec des parents pratiquement indigents. Dans les quartiers pauvres de New York, ils avaient commencé à travailler dès onze ans comme vendeur de journaux, ferrailleur, apprenti forgeron ou cireur de chaussures. Un jour, ils avaient découvert qu'avec une tente, quelques sièges et des bobines de films ils pouvaient attirer le public. Puis qu'avec un piano pour accompagner ces films muets c'était encore mieux. Les Nickelodeons étaient nés. Ces bobines de films, bientôt, ce seraient ces immigrés qui allaient les produire en fondant Universal Pictures, Paramount Pictures, la Fox Film Corporation, la Warner Brothers… Ils avaient ensuite changé leurs prénoms ou leurs noms. En fait, les Juifs essayaient de faire oublier qu'ils l'étaient.

Je déglutis. Tout cela, Bishop et sa clique s'en foutaient. Arkel avait raison. Ils étaient venus porter le fer au sein même de Hollywood. La Mecque du cinéma allait devenir la cible de tous les mouvements isolationnistes.

Secouée par ce que j'avais entendu, je me levai à mon tour pour sortir. J'aperçus une silhouette connue : Julia ! Personne ne l'accompagnait et Arkel n'était pas dans les parages. Mon attention fut alors attirée par l'attitude d'une femme maigre et brune d'une trentaine d'années, deux rangs derrière la Latino. Son regard restait posé en permanence sur la nuque de Julia.

Je me rassis, la femme reporta son attention sur l'orateur. À en juger par sa posture raidie, elle ne semblait pas partager ses convictions. Lorsque je vis Julia commencer à ramasser son sac à main, je gagnai cette fois la sortie. J'y fus légèrement bousculé par un des hommes de la sécurité qui ne s'excusa pas. Je me retournais pour lui dire ce que j'en pensais lorsque je lus un nom sur son uniforme. Je repris mon chemin sans faire d'esclandre tout en réfléchissant où j'avais déjà aperçu ce logo. *Morton Security.*

11

Les danses lascives, celles qui suggèrent ou représentent des relations sexuelles, sont interdites.

Je suivis Julia. L'inconnue qui l'observait était restée à l'intérieur. Sans doute une consœur de mêmes mœurs. Julia était une très jolie jeune femme. Elle prit le trolley puis marcha jusque chez elle sans se presser.

La nuit tombait doucement. Le ballet lumineux des lucioles commençait. La Mexicaine entra puis ressortit, habillée de son fameux short blanc court et d'une chemise de même couleur nouée au-dessus du nombril. Elle alluma deux bougies dans sa véranda. Je la vis porter une bouteille de bière à ses lèvres. Son portique éclairé offrait dans la nuit un repère rassurant tant la rue était sombre.

J'hésitais à aller lui parler. Qu'apprendrais-je de plus ? J'allais redémarrer lorsqu'un bruit de moteur troubla la quiétude de l'endroit. Je vis les phares dans mon rétroviseur et plongeai en avant. J'avais espéré que ma visite à l'Église du Seigneur revenu déclenche une réaction, j'étais payée en retour.

Le pasteur rejoignit Julia et s'installa sans façon sur un rocking-chair où il se mit à se balancer de manière hypnotique. Comme une gamine prise en faute, Julia se tortilla pour défaire le nœud à sa chemise et cacher son nombril. Je me glissai à l'extérieur et fis un grand détour pour me présenter par l'arrière de la maison. Sur la véranda, la discussion était animée même s'ils parlaient tous les deux à voix basse. J'y glissai un œil et vis Miller serrer les poings en élevant la voix.

— Dans tous ces films, on trompe, on désire la femme de l'autre, on fornique, on vole, on tue !

J'avais déjà observé un escargot rentrer dans sa coquille ou un hérisson se mettre en boule. La fille du pasteur fit de même.

— Ce n'est que du cinéma, protesta-t-elle faiblement.

Entre eux, les liens de famille semblaient avoir l'épaisseur du papier à cigarette et on devinait sans mal qui mettait l'autre mal à l'aise.

— On perd son âme dans cette boîte aux images maudites, reprit le pasteur. Elles ne sont pas le reflet de la réalité mais de la perversion. Elles révèlent toutes les pulsions et tous les fantasmes dégénérés de notre humanité. Tous ces vices, ces indécences, ces femmes adultères ou en petite tenue. Il faut m'aider, Julia. Je dois rencontrer Lala. M'aideras-tu à nouveau ?

~

Je passai précipitamment chez moi pour revêtir la toilette adéquate pour rencontrer tant de beau linge : une robe pailletée de nacre. Mon père l'avait récupérée pour moi après le tournage d'une comédie musicale. La discrétion à une soirée n'excluant pas l'élégance, je n'avais aucune intention de déparer au milieu des stars.

Le producteur habitait une grande maison sur Venice dans l'ouest de Los Angeles, entre Santa Monica et Marina Del Rey. Le fondateur de ce quartier était un amoureux de la vraie Venise qu'il avait essayé de recréer avec ses canaux romantiques. Il y a vingt ans, on y trouvait même des gondoles importées spécialement d'Italie.

J'empruntai Venice Boulevard et sentis bientôt les embruns de l'océan. Venice s'annonça avec ses canaux où l'eau clapotait doucement, ses maisons en bois et ses jardins débordant de fleurs.

Trois membres de la sécurité du studio Lindqvist contrôlaient les invités devant le domicile du producteur. Dans la rue, je remarquai une Pontiac huit-cylindres aux courbes harmonieuses. À l'intérieur, deux hommes tiraient sur leur cigarette, enveloppés d'un épais nuage de fumée. Discrète, la surveillance d'Arkel !

La demeure du producteur était résolument moderne. Une série de blocs de béton superposés ou formant des terrasses. Panneaux de verre, d'acier et de béton se succédaient. De la salle on pouvait accéder à l'esplanade qui surplombait de quelques marches une piscine autour de laquelle les hommes dégustaient un cigare, un verre à la main. Telles des lucioles qui amèneraient la lumière au monde, les femmes folâtraient autour d'eux dans leurs robes moulantes en satin à la Jean Harlow.

Pour fêter le début du tournage de son prochain film avec

Lala, Lindqvist avait invité du beau monde. La présence de la star avait attiré la curiosité de celles d'autres studios : Rita Hayworth de la Columbia en fourreau de soie et Bette Davis de la MGM en robe faille de taffetas métallisée. Même les huîtres bayaient d'admiration devant elles. J'entendis une femme à la jeunesse éclatante murmurer extasiée au passage d'un petit homme viril :

— C'est Bogart! Son nouveau film va bientôt sortir.

— Une histoire à la con, rétorqua sa compagne. Un détective privé qui recherche la statuette d'un faucon maltais.

— C'est vrai qu'il est communiste?

— Ma chère, Jack Warner est progressiste mais pas au point d'employer un acteur bolchevique!

Lorsque vous arrivez dans une soirée à Hollywood, vous avez le choix entre vous intégrer à un groupe déjà formé ou rôder seul tel le Juif errant. Dans ce cas, la meilleure chose à faire est encore d'humecter votre gosier avec un cocktail maison.

Un pingouin à livrée protégeait le buffet pour endiguer l'assaut des pique-assiettes ou inciter à un peu de retenue. Personne ne faisait attention à moi. Je sirotai mon martini dry pas assez dry. Au troisième, je commençai à me détendre. Aussi m'arrêtai-je afin de conserver ma concentration.

On était loin des soirées organisées par le réalisateur George Cukor qui régalait ses invités de fin de soirée d'une flopée d'éphèbes mâles. Ici on parlait et on se montrait. Les yeux étranges de Bette Davis se posèrent un instant sur moi. Grisée, je respirai le parfum de Rita Hayworth, la déesse de l'amour. Pour échapper à une mère alcoolique et à un père qui abusait d'elle, elle s'était mariée à un homme plus âgé qui avait fait redessiner son visage et l'implantation de ses cheveux à coups de billets, de scalpels et d'électrolyse avant de la vendre au patron de la Columbia. Elle était désormais parfaite. Je l'avais vue deux ans plus tôt dans *Seuls les anges ont des ailes* et je savais qu'elle irait loin et qu'elle serait sans doute très malheureuse.

— Vous vous amusez bien ?

Je me retournai pour me retrouver face à Jack Hudson. Lorsque je l'avais vu la première fois, il se trouvait assis. Debout, il était très grand. Imposant. Son regard était particulièrement dérangeant. Il avait le tranchant d'un rasoir à barbe.

— Oui, mais je mangerais bien quelque chose, soupirai-je. J'ai l'estomac qui touche la colonne vertébrale !

Il rit.

— Allons au buffet, proposa-t-il. C'est l'intérêt principal de ces soirées !

— Ils n'ont que des canapés, moi je préfère la cuisine très épicée.

— Pareil. Les canapés, c'est fait pour s'asseoir dessus. Les hommes sont chasseurs et cultivateurs. Donnez-moi de la viande, du riz et des piments, j'adore les piments.

Dans ce cas, pourquoi en avoir été incommodé chez Lala, sinon pour avoir le prétexte d'entrer dans la maison ?

— Mais avec ça, ajouta-t-il, il faut boire la *charanda*, une boisson fermentée à partir de canne à sucre. Tout se passe bien avec Lala ?

Même si la question paraissait anodine, je ne me trompai pas sur l'intonation protectrice. J'avais entendu dire que Jack

Hudson affirmait souvent que Lala était sa création à lui. Je lui en fis part.

— Deux fois plus que de raison, confirma-t-il avant de se plonger dans son verre.

Lala vint à nous, souriante.

— Vous pouvez me présenter à Veronica Lake ? lui demandai-je pleine d'espoir.

— Elle est en tournage mais ne vous inquiétez pas, je vais vous présenter à ma copine Rita Hayworth.

— Bon Dieu ! Moi, je voulais voir Veronica Lake !

Ma cliente haussa légèrement les épaules et, engageant la conversation avec Hudson, ne me prêta plus attention. Professionnelle jusqu'au bout des ongles, elle posait des questions techniques très précises à son réalisateur.

Lala resplendissait dans une robe en soie rouge flamboyant, froncée à la taille et ornée d'une large boucle en vieil or. Je laissai mon regard errer sur l'assemblée. Seule la concurrençait la grâce sophistiquée de Marlene Dietrich, radieuse dans une robe de velours noir au décolleté prononcé, les ongles vernis en carmin et un boa blanc sur les épaules. À l'écran, plumes et fourrures lui vont comme une seconde peau. Dans *Désir* en 36, l'Ange bleu m'avait envoûtée. On surnommait son club de petites amies « l'atelier de couture de Marlene ». En entrant, elle m'adressa un sourire lointain. J'eus envie de me coucher à ses pieds.

Élégant dans son costume-cravate gris perle, chemise italienne sur mesure, Lindqvist traçait sa route comme le *Titanic* à travers les récifs. Je me débrouillai pour être l'iceberg sur son passage et ne pas en bouger. Louis B. Mayer ou un autre m'aurait tapé sur la main ou gentiment tripoté les fesses pour que je m'écarte, lui s'immobilisa seulement, attentif.

— Je m'appelle Vicky Mallone, fis-je en lui tendant la main.

Pour un homme venu du Nord, il avait la peau sèche et brûlante comme les lézards qu'enfant je m'amusais à saisir lors de leur sieste au soleil.

— Mallone, répéta-t-il d'un ton hésitant. Mais oui, bien sûr.

Il jeta un regard alentour, le plus sûr moyen de montrer qu'on était nerveux.

— Venez, dit-il d'un ton plus ferme.

Maîtrisant parfaitement l'architecture cubique de sa demeure, il me fit passer d'un bloc à l'autre pour terminer sur une terrasse qui offrait une vue unique sur l'océan. Un instant, la lune éclaira son visage tendu. Je fus dérangée par l'aspect très aryen de son regard.

— Est-ce que je dois m'inquiéter de la présence d'une détective privée auprès de Lala ? s'enquit-il.

— Non, je veille à son bien-être, mais comment savez-vous pour moi ?

— Oh, la rumeur va bon train et vous n'êtes pas tout à fait une inconnue à Hollywood, miss Mallone. Figurante, comédienne de second rang puis détective pour femmes, un parcours tout à fait singulier. Sans compter que vous travaillez beaucoup pour des actrices.

— Elles ont toujours plein de petits problèmes à régler ou de souvenirs à effacer.

— Comme Lala ?

— Lala est blanche comme neige. D'ailleurs, ne l'a-t-on pas surnommée Blanche Neige quand elle était plus jeune ?

Il hocha la tête.

— Cela doit bien faire vingt ans que je n'ai pas vu de neige. Foutue Californie !

Je scrutai l'océan noyé dans une brume irréelle.

— C'est vrai que vous êtes bien loin de votre pays, commentai-je.

— Mon pays c'est l'Amérique !

Il soupira.

— Vous ne me dites pas tout mais je comprends bien que ce diable d'Arkel est l'instigateur de tout cela. Et derrière lui se cachent Alabama et Anderson.

Même si l'obscurité dissimulait mes traits, mon silence surpris dut être éloquent. Il se mordit les lèvres, mécontent d'avoir lâché ces deux noms.

— Ne vous posez pas trop de questions, fis-je pour meubler le silence. Même s'il est bourru, Arkel est compétent et protège vos arrières. Moi je veille à ce que l'on n'ennuie pas Lala.

J'avais espéré relancer la conversation mais Lindqvist venait de me cataloguer comme la sous-fifre de service.

— Prenez garde à America First, fis-je pour rattraper le coup. Et n'employez pas les gens de Morton Security. Ils bossent pour eux.

Le bleu translucide de ses yeux disparut derrière ses paupières. J'eus à peine le temps d'apercevoir une lueur de pure panique dans ses prunelles. Je regagnai la salle de réception à sa suite. Toute seule, j'aurais craint de ne pas retrouver mon chemin.

— Aller à l'école, c'est apprendre à rester pauvre, disait James Cagney à la belle Rita.

L'ennemi public à l'écran avait bon cœur : il n'hésitait pas à faire traîner les tournages pour laisser du travail aux figurants.

Errol Flynn fit son entrée et porta deux doigts à sa bouche pour siffler. Comme tous les regards convergeaient vers lui, il s'inclina avec grâce et dit :

— Ladies et gentlemen, ce soir je peux enfin vous l'avouer : à douze ans, j'ai enculé un canard !

Il y eut des rires et quelques mines gênées. Les conversations glissèrent ensuite inévitablement sur lui. Quelqu'un mit en doute sa virilité. Un peu éméchée, Tallulah Bankhead, bisexuelle notoire, éleva la voix :

— Qu'est-ce que j'en sais, moi, si Errol est homosexuel ? Il ne m'a jamais sucé la bite !

On assista à des éclats de rire démocrates et des froncements de sourcils républicains. J'essayai de me dissimuler de son regard en l'entendant demander à voix haute :

— Elle est ici la jolie brune qui a l'air un peu mystérieux ? Du genre qui n'a peur de rien…

Instinctivement, Jack Hudson se tourna vers moi. Marlene Dietrich me regarda. Je me serais bien évanouie dans ses bras mais, après un bref sourire, elle me laissa, le cœur en émoi. Errol vint à moi et s'inclina outrageusement bas pour me baiser la main.

— Vous voilà donc, ma petite dure à cuire, dit-il en se relevant. C'est avec vous que je veux finir la semaine !

Je me sentais sans charme ni conversation face aux stars, l'intérêt d'Errol pour moi était une bouffée d'oxygène. L'instant d'après, son naturel revint au galop et il me fit effectuer un demi-tour complet pour m'entraîner au bar. Le serveur lui proposa une flûte de champagne.

— Non, ça c'est pour me laver les dents le matin. Donnez-moi une vodka. Eh ! Pas un verre, la bouteille !

Il se pencha vers moi.

— Alors maintenant que faisons-nous ?

Il me montra l'intérieur de sa veste. Un grand point d'interrogation y était cousu.

— On danse ?

Pendant qu'il me conduisait sur un fox-trot endiablé, je surpris le regard attentif de Jack Hudson sur moi.

Après le fox-trot, nous enchaînâmes avec Errol sur un charleston. Ce n'était pas exactement la soirée que j'avais imaginée.

— Pourquoi Jack vous épie-t-il en coin ? s'enquit mon cavalier.

— Parce qu'il a bon goût ?

Au bout d'une heure de ces mondanités endiablées, j'eus mal aux pieds. Errol se rabattit sur Lala. Ainsi délaissée, je me sentis aussi utile que la vieille eau des fleurs qu'on a oublié de jeter. Je décidai de rentrer. J'avais gardé mon sac à main de soirée avant de le donner au vestiaire pour danser. Lorsque je l'ouvris pour prendre les clés de mon auto, je vis un papier qu'on y avait glissé. Je réfléchis rapidement. Seuls Hudson, Lala, Lindqvist et Flynn avaient été assez proches de moi en début de soirée pour l'y mettre. Cela dit, au buffet, quelqu'un aurait pu opérer sans trop de risques. Je sortis et lus le billet sous le porche éclairé.

Soyez à minuit à Hollywoodland, au pied de la lettre H. Nous discuterons sur le prix à nous remettre pour ce que vous cherchez. Venez seule.

12

L'utilisation d'armes à feu doit être limitée.

Le cinéma fermait ses portes à vingt-trois heures. Je me garai à proximité, pas encore certaine de ce que j'allais faire. Ce fut alors que l'averse tomba. Bien à l'abri dans la voiture, je relus le message tracé en majuscules pendant qu'il pleuvait des grenouilles en veux-tu en voilà. Il s'agissait bien d'un chantage. J'étais presque déçue. Je commençais à imaginer quelque chose de plus exaltant. Je regardais trop de films, Hollywood avait déteint sur moi.

L'averse cessa soudainement et mon ouvreuse sortit du cinéma. Des flaques de lumière luisaient sur le trottoir et s'évanouissaient à son approche. Comme à la fin de la séance de la veille, elle semblait dominée par un sentiment de solitude et d'isolement. Puis elle s'immobilisa, leva la tête dans ma direction et un sourire éclaira son visage. Je lui rendis son sourire. J'allais descendre pour la rejoindre lorsqu'un jeune homme sortit de la voiture garée devant la mienne et agita la main en réponse. Il la rejoignit en courant et elle se jeta dans ses bras.

Je me hâtai de démarrer et de mettre les voiles.

~

En 1923, désirant promouvoir les hauteurs de Los Angeles pour y construire des maisons, une société immobilière érigea sur une colline au nord de Hollywood, le mont Lee, une série de treize lettres, HOLLYWOODLAND, de neuf mètres de large sur quinze mètres de haut, éclairées par 4 000 ampoules électriques. Dix-huit ans plus tard, elles étaient encore là même si leur signification avait changé. Hollywoodland était devenu le domaine du rêve.

Je pris Beachwood Drive puis de petites rues jusqu'à Mulholland Highway avant de me garer à une cinquantaine de mètres des grandes lettres lumineuses.

Après la pluie, l'air me parut sucré. Les senteurs d'eucalyptus s'exhalaient doucement dans la nuit. Je m'arrêtai sous la lettre H, m'attendant presque à voir la malheureuse Peg en sauter et s'écraser à mes pieds. L'homme surgit de derrière le panneau qui supportait la lettre L. L comme Lala ? Il avait un visage en cœur de beignet comme Buster Keaton et lui aussi semblait ignorer ce que sourire veut dire.

— Mallone ?

— Je vous écoute, fis-je.

— Cinquante mille dollars.

— Contre quoi ?

— Ce que vous recherchez.

Il me fallut improviser au jugé.

— Qu'est-ce qui me prouve que vous avez bien son journal intime ? Montrez-moi la première page afin de pouvoir entamer la négociation.

— Nous l'avons.

Il avait mordu à l'hameçon. Il ne possédait rien. Tout ce qu'il voulait, c'était savoir ce que je recherchais. Était-ce un agent d'Arkel ? Si Arkel avait l'air d'un homme dur et sans pitié, celui-ci paraissait sans limite. Il me dévisageait avec la même intensité qu'un loup affamé regarde une côtelette d'agneau.

— Mais je tiens à vous dire que c'est beaucoup trop cher pour un journal intime, fis-je. Ma cliente pensait à huit mille dollars.

Il eut un rire méprisant mais peu convaincant.

— Continuez comme ça, mademoiselle, et vous allez vous attirer des désagréments.

— Est-ce une menace de mort ?

— Juridiquement non, techniquement oui.

D'un doigt, je défis la boucle de mon sac, prête à saisir mon flingue.

— Allons, soyez sérieux. Un journal intime dans la nature, c'est un peu ennuyeux mais franchement, quelques coucheries de notoriété publique commises sans adultère, ça ne vaut pas plus. Allez, je vous donne ma limite : dix mille dollars.

Ses yeux s'étrécirent.

— Vous m'avez piégé, petite pute, ce n'est pas son journal intime que vous cherchez, n'est-ce pas ?

— Mais si !

Il ne faut pas préjuger la force d'un homme selon son apparence. Celui-ci m'envoya valser à terre d'une chiquenaude qui manqua faire tourner ma tête sur elle-même. Je compris alors la signification exacte de l'expression *entendre chanter les anges*.

L'instant d'après, il m'arracha mon sac et le pétard qui s'y trouvait pour les jeter à quelques mètres de là. Puis il sortit une arme de sa poche.

— Vous voulez toujours jouer à la plus forte ? demanda-t-il en me fixant avec hauteur, ce qui n'était pas difficile vu qu'il était debout et moi couchée.

J'évitais de le défier du regard. Un flingot à la main on a toujours l'air plus convaincant. J'essayais de paraître courageuse. Face à un prédateur, montrer sa peur ne fait qu'accélérer le cours des événements.

— Vous avez les chocottes ? demanda-t-il avec curiosité.

— Je n'ai pas encore mouillé ma culotte, mais ça ne va pas tarder.

Il eut un air vaguement intrigué. Il n'avait pas l'intention de m'occire tout de suite. Ce n'était pas un sadique irréfléchi : il attendait des informations. Après seulement, il laisserait libre cours à sa perversité.

— Vous croyez que ça me dérangerait de vous tuer ? demanda-t-il avec lenteur.

— Non, mais ça ne vous mènerait à rien.

Il ne me tuera pas tout de suite, décidai-je, sauf si je commets un impair.

— Dis-moi immédiatement ce qu'on a volé à Lala. Sinon, je t'attache à un de ces poteaux. J'ai toute la nuit pour te faire parler façon Moyen Âge, mais généralement cinq minutes suffisent. Je connais mille manières de te faire ouvrir ta jolie petite gueule !

Un moment, j'avais eu peur qu'il déchire ma robe, une

de mes préférées. En fait, ce qui paradoxalement n'était pas rassurant, il ne paraissait pas porter sur la bagatelle. Lui, c'était plutôt la souffrance.

Tout à l'heure sur la route, j'avais cru voir une paire de phares derrière moi et il me semblait qu'aucune voiture n'était passée depuis. Je cherchai à gagner du temps.

— Bon, OK, je vais vous dire ce qu'on a dérobé à Lala, mais je voudrais le faire dans un endroit civilisé. Vous m'autorisez à me relever ? Cette robe m'a coûté un bras !

Son sourire n'atteignit pas ses yeux.

— Tu vas parler, maintenant, sale petite chienne ?

— Eh bien alors, voilà…

Au cinéma, le héros arrive toujours au bon moment, mais je ne pensais pas que c'était possible dans la vraie vie. Une voix connue résonna dans le dos de mon futur tortionnaire.

— Te retourne pas et lâche ton flingue ou je tire.

L'interpellé ne fit ni l'un ni l'autre. Résultat des courses, il se prit deux pruneaux dans la poitrine sans avoir eu le temps de dire « Amen ». J'entendis Arkel jurer :

— Putain, mais pourquoi ils ne font jamais ce qu'on leur dit !

Mon sauveur se précipita en écrasant les broussailles et en faisant voler un nuage de poussière. Il jeta un coup d'œil à l'homme à terre, dont les lèvres s'écartèrent difficilement pour cracher :

— Tu m'as crevé, salopard.

— Je ne te le fais pas dire !

Une écume rougeâtre moussa de la bouche de l'homme qui agonisait. Arkel écarta du pied son arme et s'agenouilla près de moi.

— La cavalerie arrive ! Notez que je n'ai rien contre les Indiens. Après tout, ils étaient là avant nous !

— J'en sais quelque chose, j'ai un quart de sang indien dans les veines. Je survivrai. Occupez-vous plutôt de l'autre.

— C'est fait ! dit-il sans la moindre trace d'émotion. Je lui ai perforé les poumons. Il n'en a plus pour longtemps, il ne pourra pas parler.

Il crut lire dans mes yeux une lueur de réprobation, car il s'empressa d'ajouter :

— N'ayez aucune pitié pour lui car il n'en aurait eu aucune pour vous. Il vous aurait tuée sans hésiter.

— Et se serait envoyé trois tacos sans remords dans la foulée.

— Pourquoi parlez-vous de tacos ?

— Ses vêtements sont imprégnés de leur odeur.

— Bien observé. C'est une piste à creuser.

Il suivait sa propre logique mais au moins il m'en faisait part. Je poussai un petit gémissement. Manifestement, mes côtes aussi avaient morflé.

— Comment vous vous sentez ? demanda-t-il en m'éventant, ce qui était parfaitement inutile.

— J'entends une voix dans ma tête.

— Que vous dit-elle ?

— De rentrer à la maison !

Il m'examina sans rire.

— Vous feriez une sacrée dialoguiste à Hollywood.

— Je voulais être actrice !

— Laissez tomber, vous seriez bien meilleure dialoguiste !

Une conversation avec Arkel pouvait prendre une tournure surréaliste.

— Qui était ce type ? demandai-je en me relevant avec son aide.

— Un mercenaire. Ne croyez pas que je l'ai tué exprès. Il s'est retourné et allait appuyer sur la gâchette ; j'étais encore loin et les ampoules du panneau me gênaient. Ça tue la vision, ça ! Je n'ai pas eu le temps de l'ajuster convenablement.

— La nuit à vingt mètres, c'est déjà pas mal de toucher sa cible.

— Mon père était chasseur, il m'a appris à tirer avant que j'apprenne à me branler.

~

Au fond de la salle, des joueurs se pressaient autour d'un billard. On entendit claquer sèchement les boules l'une contre l'autre.

— Il a un bon coup de queue, celui-là, commenta Arkel sans humour.

Au comptoir, on nous servit religieusement deux bourbons secs. Je demandai en sus quelques glaçons pour les appliquer, dans un mouchoir, contre ma joue tuméfiée.

— Pardon, s'excusa mon sauveur, le fonctionnement de ma tuyauterie n'est plus ce qu'il était.

Lorsqu'il revint, j'avais vidé mon bourbon et l'avais discrètement remplacé par un autre. Je le suivis jusqu'à une table. Comme moi, il préférait s'asseoir dos au mur et garder un œil sur la salle.

— Vous avez prétexté aller aux toilettes pour donner un coup de fil de la cabine en bas, devinai-je. C'était pour faire embarquer le corps ?

— Oui.

— Comme ça ?

— Vous vouliez un reçu ?

Je secouai la tête.

— Pourquoi tous ces hommes me fixent ? demandai-je en prenant conscience du poids des regards sur moi.

— Parce que votre splendide robe de soirée est sale et maculée de poussière. Ils pensent que vous êtes une traînée et que vous vous êtes roulée dans les fourrés avec moi.

— Dieu m'en garde !

— Même si j'ai passé l'âge de ces broutilles, rien ne vous contraint à être désobligeante !

Je bus une grande gorgée sans ciller.

— Pourquoi d'habitude vous prenez un cocktail alors qu'apparemment vous supportez bien un bourbon sec ? me demanda-t-il, intrigué.

— J'ai un goût certain pour l'alcool, avouai-je, alors je m'efforce d'y mettre quelque chose dedans pour ne pas finir mes journées en triste état.

Il haussa les épaules.

— Bon, je vais vous apprendre quelques mouvements de défense de base lorsque vous êtes à mains nues, et aussi comment désarmer un type avec une arme pointée sur vous. Les gens ont tendance à trop se rapprocher. Un flingue en main, ça leur donne un excès de confiance.

— Je sais pratiquer le coup de genou dans les parties, vous voulez voir ?

Pour la première fois depuis que je le connaissais, un sourire fugitif traversa le visage d'Arkel.

— Je vous crois sur parole.

Son verre disparaissait dans ses mains puissantes. Je fis tourner le mien entre mes doigts et lui racontai avoir aperçu Julia au meeting de Lindbergh.

— Vous m'avez dit l'avoir recrutée pour vous, mais êtes-vous certain qu'elle ne joue pas un double jeu ?

— Je l'ai mise en garde quant à America First et je lui ai conseillé d'aller à ce meeting pour savoir à qui Lala pourrait avoir à faire. Règle numéro un au combat : connaître son adversaire.

— Qui sont Alabama et Anderson ?

Le front d'Arkel se plissa de mille rides.

— Quoi ? fit-il d'un ton faussement nonchalant. Un État et une ville ?

— Ou plutôt les organisateurs de votre petite sauterie ?

— Hum, c'est forcément Lindqvist qui vous a parlé d'eux. Quel amateur ! Bon sang, oubliez ça !

— OK, ça veut dire qu'ils sont proches de Roosevelt, c'est ça ?

— Allez savoir.

— C'est étonnant, vous avez une tête à voter républicain.

Il me considéra, perplexe.

— Je ne savais pas que les gens avaient la même tête que leur bulletin de vote !

— Alors, vous votez démocrate ?

— Non, communiste.

J'ouvris la bouche toute grande.

— C'est vrai ?

— Non, faut pas déconner quand même ! Je vote démocrate.

J'écarquillai les yeux de surprise.

— Arkel, je rêve ou quoi ? Vous venez de faire de l'humour !

Il fit claquer sa langue contre son palais.

— Je pourrai encore vous étonner, ma p'tite dame.

Son accent traînant du Sud avait ressurgi. Par la fenêtre du café, une enseigne lumineuse clignotait, éclairant par intermittence la devanture d'un diner. Des habitués y considéraient le menu comme des écoliers un devoir de classe, avant de commander sans doute la même chose que d'habitude.

— C'est bizarre toute cette histoire, fis-je. Une disparition compromettante, pas de chantage, pas de publication intempestive, un agent fédéral qui se montre un peu trop pour quelqu'un qui veut rester discret, un tueur qui se fait passer pour un maître chanteur afin de découvrir ce que je cherche.

Je bus une gorgée de mon bourbon et fixai Arkel droit dans les yeux.

— Vous ne seriez pas en train de me prendre pour une buse ?

13

La présentation de la chambre à coucher doit être dirigée par le bon goût et la délicatesse.

— Il n'y a jamais eu de photos volées, n'est-ce pas ?

Le visage d'Arkel offrait en cet instant à peu près autant de diversité d'expressions qu'un masque de théâtre grec.

— N'est-ce pas ? répétai-je.

Il sembla s'ébrouer doucement, comme un jeune chiot qui apprend à marcher ou un type qui fait attention à ses rhumatismes au réveil.

— Exact, c'était une idée à moi. J'ai chapeauté l'affaire sur le plan de la sécurité. Je leur ai dit dès le départ que le point faible, c'est Lala. Les stars de cinéma sont des déesses qui reposent sur un socle fragile. Des gens malveillants veulent empêcher ce film ou le discréditer. Alors on les lance sur une fausse piste. Tout le monde surveille notre vedette. On la voit s'adresser à une détective privée discrète et efficace dans un bar. Nos ennemis se lancent donc à la recherche de la mission de notre détective.

Pendant ce temps, ils sont trop occupés pour faire autre chose.

— Et c'est moi qui ramasse !

— Je protégeais vos arrières, comme vous avez pu le voir.

— Vous êtes le matador qui agite la muleta sous les naseaux du taureau, glapis-je indignée, et l'étoffe rouge qui excite la bête c'est moi !

— En 28, j'ai vu Manolo et Pepe Bienvenida toréer à New York, au Madison Square Garden. Ils utilisaient des étoffes vertes !

Il vida son verre et grimaça.

— Écoutez, jusqu'ici c'est parfait, dit-il d'une voix n'exprimant aucun regret. Vous avez toute l'attention de nos adversaires. Mes gars sont allés récupérer le cadavre. On va essayer de remonter à son commanditaire. Je trouve qu'on forme une bonne équipe, vous et moi.

Je le regardai, stupéfaite.

— Bon Dieu, vous comptez continuer à jouer au matador ?

— La muleta permet une très grande variété de passes avec le taureau. La corrida ne fait que commencer !

~

Il était deux heures du matin lorsque je rentrai chez moi. Plusieurs routes sinueuses mènent de Los Angeles à San Fernando Valley. J'habitais au début de l'une d'elles, dans une résidence composée d'une vingtaine de petites villas disséminées au creux d'un immense jardin avec des palmiers et des massifs d'hortensias d'un rose vif. L'architecture y était d'inspiration mauresque, avec ses porches à l'orientale et ses colonnades. Le promoteur avait voulu reproduire là un double du Jardin d'Allah, un hôtel avec bungalows face à Sunset Boulevard, où résidaient des tas de musiciens et de stars lors de leurs tournages, quand ils n'y habitaient pas à l'année. En Amérique, on vit volontiers à hôtel.

À l'origine, il avait été la demeure de l'actrice Alla Nazimova. Sa carrière contrariée, elle l'avait transformée en un complexe de vingt-cinq villas locatives autour de sa résidence. Trahie par ses partenaires financiers et quasiment ruinée, elle avait tout vendu pour regagner Broadway. Dix ans plus tôt, les propriétaires de l'hôtel avaient transformé le nom de *Jardin d'Alla* en *Jardin d'Allah*, devenu le lieu de villégiature préféré des artistes à Los Angeles. Celui-ci avait fait des émules dont le mien, le Nouveau Jardin d'Allah.

Les maisons étaient peu éloignées les unes des autres mais, perdues au milieu d'une végétation luxuriante, elles gardaient leur charme et leur intimité. Les silhouettes des habitants prenant le frais semblaient se dissoudre dans la nuit. Des rires féminins s'échappaient de fenêtres ouvertes. Étaient-ce des hommes qui les faisaient rire ?

Je m'immobilisai, stupéfaite. Sur le rocking-chair de ma véranda dormait mon ouvreuse roulée en boule.

Par souci de discrétion, je me tenais loin de Pershing Square et de ses amours illégales cachées par de denses feuillages. Je ne mettais jamais les pieds au Mary's, le bar lesbien trop connu de Sunset Trip. J'évitais également de ramener mes conquêtes féminines à la maison pour ne pas dévoiler mes mœurs à mon voisinage. Pour faire diversion, j'invitais même de temps à autre un homme à boire un verre chez moi ou à venir me chercher pour m'emmener au cinéma. Et voilà qu'une femme roupillait devant ma porte !

Je la secouai doucement.

— Qu'est-ce que tu fais là ?

Elle cligna des paupières et s'étira comme un petit chat après la sieste. Elle était un peu comme cet animal domestique qui fait oublier à son maître qu'à la base il est félin.

— J'avais ta carte et, sans nouvelles de ta part, je me suis dit que j'allais te rendre visite. Je suis passée après la séance. Je me suis assise pour t'attendre et je me suis endormie.

Je secouai la tête.

— Ce soir j'ai voulu te prendre au cinéma, mais j'ai vu que tu m'avais déjà remplacée. Ou alors, tu ne m'as pas remplacée, il était déjà là quand on a couché ensemble !

La surprise creusa un joli pli entre ses yeux, puis son regard s'éclaira.

— Mon frère ! C'était mon frère. Je ne l'avais pas revu depuis des mois. On est allés prendre un verre ensemble avant que je te retrouve.

Je me balançai d'un pied sur l'autre, gênée.

— Entre, tu vas prendre froid à dormir dehors.

— Pourquoi tu es venue au cinéma ce soir ?

— Parce que je venais de me souvenir de ton nom, Sybil.

Mon ouvreuse a le regard triste et ça me touche beaucoup. Je m'aperçus également que cela me plaisait quand il s'illuminait.

Elle entra derrière moi et j'allumai les lumières. Elle découvrit les murs ocre, la porte-fenêtre aux motifs fleuris, les rideaux colorés et le tapis de style berbère sur le sol aux tomettes rouges polies par mille passages de pieds.

— Je n'imaginais pas ta maison comme ça, dit-elle.

— Bienvenue chez Shéhérazade ! Tu vas passer la nuit la plus ennuyeuse de ta vie à m'écouter raconter mes histoires !

Je nous préparai un old fashioned, le cocktail préféré de Roosevelt, tout droit sorti du Kentucky où, du temps de la prohibition, on rajoutait sucre, citron et cerises au marasquin pour couvrir le goût du whiskey de seigle et du bitter.

— Une cigarette ?

Elle accepta, et ses doigts frôlèrent les miens quand j'approchai mon Zippo.

— Seriez-vous choquée si je mettais quelque chose de plus confortable ? fis-je en effleurant les bretelles de ma robe.

Sybil rit.

— C'est une réplique de Jean Harlow dans *Les anges de l'enfer*.

— « Les hommes m'aiment parce que je ne porte pas de sous-vêtements ! »

— Pareil ! Tu es une admiratrice ?

Jean Harlow, la blonde platine morte à vingt-six ans d'une néphrite grâce sans doute à sa mère, une scientiste qui refusait les consultations médicales et les médicaments.

— Elle se faisait dessiner un grain de beauté pour chaque film, mais jamais au même endroit. Quand j'allais la voir, j'étais toujours impatiente de découvrir la place du suivant. J'avais fait un croquis de son visage où je m'appliquais après chaque film à dessiner le nouveau. J'étais convaincue qu'une fois sa filmographie terminée, ils formeraient une figure ésotérique ou une constellation.

Je bus une gorgée de mon cocktail.

— Une fois, elle s'en dessina un sous l'œil gauche, ce qui

me troubla beaucoup. Malheureusement, elle tourna son dernier film sans grain de beauté et cela ne lui porta pas chance, car elle mourut pendant le tournage. La pellicule ne voulait pas d'elle sans cet artifice.

Un silence connaisseur succéda à cette conclusion avant qu'elle ne glisse vers moi. Son parfum m'envahit, un mélange ambré et poivré.

— Tu as toujours vécu seule ?

— Après mon mariage, oui, pratiquement.

— Pourquoi tu ne prends pas un chat ?

— Parce que tu ne sais jamais si c'est toi qui joues avec lui ou lui qui joue avec toi.

Sans un mot, sa main sur la nuque m'attira à elle et sa bouche passionnée vint noyer mes derniers doutes.

La Légion de la décence attribue aux films une note de A à C en fonction de critères moraux qui lui sont propres. Si un baiser dure plus de huit secondes, le film récolte un C qui dissuade les bonnes gens d'aller le voir. Je crois que la Légion nous aurait notées D, Sybil et moi.

~

Les filles de l'aurore, j'en ai connu tellement sans vraiment les connaître. Car l'aube les chasse lorsqu'elles se glissent au-dehors et je ne les revois plus jamais. Sybil était différente. Qu'est-ce qu'elle voyait en moi que les autres ne distinguaient pas ?

Je m'éveillai sans avoir beaucoup dormi mais on ne me payait pas pour roupiller. En fait, on me rémunérait pour m'agiter et prendre des coups. Une muleta ! Par bravade, je décidai de m'habiller en rouge. Des étoffes vertes, tu parles !

Je préparai un café très corsé avant de prendre mon téléphone. N'ayant pas les moyens de m'offrir une secrétaire, je confiais la gestion de mes appels téléphoniques à une société de services. Je m'efforçais de les appeler trois fois par jour afin de relever les messages qui m'étaient destinés.

— Un certain Arthur Bishop a cherché à vous joindre il y a une dizaine de minutes. Il souhaite que vous preniez rapidement contact avec lui.

Le journaliste et dirigeant d'America First à Los Angeles ! Mon cœur battit plus vite tandis que j'inscrivais son numéro. Je me hâtai de lui téléphoner.

— Mademoiselle Mallone ? Merci de me rappeler aussi vite. Est-il possible de se rencontrer ?

— Pourquoi ?

— Une affaire à vous confier. Je peux venir à votre bureau.

Je réfléchis rapidement. Je louais deux pièces banales dans un immeuble discret d'Orange Drive, uniquement pour recevoir les personnes que ça rassurait de me rencontrer là. Je n'avais aucune envie de m'y rendre. Il dut sentir mes réticences car il proposa :

— Sinon, je vous invite à déjeuner quelque part. Midi au restaurant du Beverly Hills Hotel ? Mais si vous préférez boire un verre au Polo Lounge…

— Non, c'est parfait.

Le terrain de jeu me convenait. Suffisamment de beau monde pour éviter les embrouilles.

— Qui était-ce ? fit une petite voix venant de la chambre toute proche.

— Le grand méchant loup.

— Tu as des ennuis ?

— Pas plus que d'habitude !

Je la rejoignis. Pelotonnée au fond du lit, Sybil ressemblait à une gamine apeurée. J'allai chercher sa main sous les draps pour la rassurer et, nos doigts entremêlés, nous nous sourîmes tendrement.

— Tu peux rester là, fis-je. Je laisserai la clé dans la serrure, j'ai la mienne.

J'hésitais. Je n'avais pas eu de liaison sérieuse depuis ma séparation avec une chanteuse de blues aux mauvaises manières trois ans plus tôt.

— Tu peux rester ou t'en aller, dis-je d'une voix mal assurée. Si tu t'en vas, laisse la clé dans ma boîte aux lettres, à moins que tu ne désires revenir. Dans ce cas, tu peux la conserver.

Elle me regarda en souriant.

— Je crois que je vais garder la clé.

~

J'arrivai à neuf heures à la Metro. Lala devait tourner deux scènes. Je dus patienter avant de pouvoir la suivre dans sa loge.

— Heureusement, soupira Lala en s'asseyant à la table de maquillage, ce ne sont que des scènes de raccords. Le film est terminé. Il y a une petite fête ce soir au studio. J'y ferai mon apparition mais je rentrerai tôt. Demain matin, je commence à tourner chez Lindqvist. Quelle cadence infernale !

— Pire qu'à l'usine, ma petite dame.

À mon ton gouailleur, elle fronça les sourcils.

— J'espère que vous avancez dans votre enquête. Je n'ai toujours reçu aucune demande de rançon.

— Moi, j'ai failli me faire liquider hier à cause de vos conneries.

Elle tressaillit.

— Que s'est-il passé ?

— Arrêtez votre numéro. Arkel m'a tout avoué. Pas de photos volées, mais on débusque les malveillants du coin et on les occupe en leur faisant renifler une culotte sale !

Lala appuya son menton sur ses mains entrelacées et leva vers moi un regard d'enfant innocent.

— Je n'ai pas aimé vous mentir, mais Arkel m'avait affirmé qu'il était essentiel que vous croyiez à cette histoire.

— Julia et vous n'avez jamais couché ensemble ?

— Évidemment que non. Je préfère les hommes et il me semble que Julia aussi. Qu'allez-vous faire maintenant ?

— Je m'agite suffisamment pour continuer d'attirer l'attention. Ah, un conseil : changez vos vigiles. Morton Security, c'est pas bon pour vous.

— Où allez-vous ?

— Probablement rencontrer le commanditaire de mon meurtre !

~

Sur Beverly Hills, les immenses demeures blanches aux haies bien taillées défilaient derrière leurs grilles. Une fois arrivée, je tendis les clés de mon auto à un voiturier. Ma jolie Buick Century ne détonnait pas trop au milieu des beaux chromes de ses consœurs rutilantes. Malgré tout, je traversai avec l'assurance d'un nourrisson la cour du restaurant aux décors rocailleux entourés de petits palmiers. Lorsque j'indiquai que je déjeunais avec Arthur Bishop, on m'introduisit dans un salon particulier. La table était si longue qu'elle aurait pu servir dans la salle à manger d'un de ces manoirs anglais où la distanciation sociale est de mise entre convives de la même famille. Les murs étaient garnis de miroirs. On pouvait s'y admirer sous toutes les coutures. Par réflexe, je jetai un rapide coup d'œil à l'un d'eux pour vérifier ma coiffure et mon maquillage.

— Je me suis permis de commander l'apéritif, dit Bishop en se levant.

Le visage maigre, les yeux froids, une dégaine d'homme d'affaires pressé qui tire son coup trop vite. Il portait un costume au pli impeccable mais la cravate à son cou était dénouée.

À peine assis, on nous apporta deux vodkas-martini. Le serveur nous tendit le menu. Je choisis des œufs Bénédicte et Bishop un tournedos Rossini. L'homme avait de l'appétit pour un corps aussi fluet.

— Que me vaut le plaisir de cette invitation ? m'enquis-je poliment.

— J'aimerais vous convertir à notre cause.

— Vous appelez convertir ce que votre homme de main me réservait hier soir au pied des panneaux de Hollywoodland ?

— Mon homme de main ? Les panneaux ?

Il semblait réellement abasourdi.

— Mais je n'ai envoyé personne.

Décontenancée, je m'octroyai une généreuse lampée de vodka-martini.

— Admettons, fis-je. Votre cause, c'est America First ?

— Vous le savez bien. Vous travaillez pour les Juifs de Hollywood, mais je ne désespère pas de vous démontrer que ces producteurs et ces banquiers nous entraînent à la guerre pour des motifs personnels.

Les Juifs de Hollywood…

— Pourquoi dites-vous que je suis à leur service ?

— Vous travaillez pour Lala.

— Lala n'est pas juive.

Il eut un geste agacé.

— Non, mais c'est le système qui l'est. Les Juifs et tous ceux qui usent de leur influence pour mener ce pays à la destruction en raison de leurs capitaux dans le monde du cinéma, de la presse et de la politique. La banque Morgan a des intérêts dans bien des studios. Hollywood n'est plus que le réservoir des putains du monde et des Juifs naturalisés !

Je bus une nouvelle gorgée de ma vodka-martini sans parvenir à lui trouver le même goût qu'à la première.

— Est-il vrai qu'en privé, Lindbergh dit qu'il ne faut pas nous laisser diluer par les races étrangères et un sang inférieur ? demandai-je d'un ton neutre.

Les coudes sur la table, il posa son menton sur ses mains croisées et me parla avec une douceur inattendue.

— L'Allemagne nouvelle n'a rien inventé. Il a toujours existé des divisions entre les peuples. Pour les Égyptiens, les Grecs ou les Romains de l'Antiquité, leur peuple était tout, l'habitant des territoires conquis un demi-homme et le reste du monde empli de barbares. Et qu'est-ce qu'un barbare, sinon un être inférieur ?

M'attendant au pire, j'hésitais entre économiser le reste de ma vodka-martini ou la terminer rapidement pour en commander une autre.

— Avez-vous lu Morton ou Gobineau dans son *Essai sur l'inégalité des races humaines* ? s'enquit-il.

Je hochai la tête. Quatre-vingt-dix ans auparavant, ce dernier avait classé les races en plusieurs catégories : blanche, jaune et noire. Une quatrième, celle des sauvages, était simplement qualifiée de dégénérée et ne méritait que l'extermination. Nos pauvres Indiens d'Amérique en faisaient partie. Pour Gobineau et d'autres, la race blanche, en particulier aryenne, était supérieure aux autres sur les plans physique, intellectuel et moral.

— Je connais ces théories, dis-je d'un ton sec. En fait, c'est la confrontation de la doctrine polygéniste, selon laquelle l'espèce humaine est apparue sur Terre dans des endroits différents, développant ainsi plusieurs races avec chacune leurs particularités, qui va à l'encontre de la doctrine monogéniste soutenue par l'Église.

Bishop faillit siffler d'admiration.

— Pas mal pour une…

— Pour une femme ? Avez-vous inventé une cinquième race pour nous ?

Il secoua la tête en souriant.

— Puisque vous avez des lettres, je vous citerai un philosophe français du XVIIIe siècle : Voltaire. « Il me semble alors que je suis assez bien fondé à croire qu'il en est des hommes comme des arbres ; que les poiriers, les sapins, les chênes et les abricotiers, ne viennent point d'un même arbre, et que les blancs barbus, les nègres portant laine, les jaunes portant crins, et les hommes sans barbe, ne viennent pas du même homme. Il n'est permis qu'à un aveugle de douter que les blancs, les nègres, les albinos, les Hottentots, les Chinois, les Américains, soient des races entièrement différentes. »

— Vous ne resituez pas les choses dans leur contexte, répliquai-je. Les philosophes du XVIIIe siècle s'opposent à l'Église et, pour cela, remettent en question sa théorie selon laquelle nous sommes tous des enfants d'Adam.

Ma résistance eut raison de sa patience. Lorsqu'il reposa brutalement son verre, les glaçons s'entrechoquèrent.

— Laissons cela et parlons plutôt de vous, décréta-t-il. Vous avez dépassé les limites de votre terrain de chasse habituel, petite louve. Désormais vous vous trouvez en territoire hostile.

— Quelle est votre définition d'un territoire hostile ?

— Celui d'un prédateur plus dangereux que vous.

Un bourdonnement agaçant se fit entendre à mes oreilles. Le moustique se posa au bord de la table, près de Bishop. J'espérai qu'il le pique

— Je ne vois pas de quoi vous parlez.

— Force est de constater que vous battez des ailes sans aucun but. Je ne vous demande pas de travailler pour moi par amour de la patrie mais pour de l'argent. Sinon…

Il abattit sa main sur le moustique.

— Il n'a rien senti ni vu venir. Un jour, c'est ce qui vous arrivera. Vous allez vous prendre une énorme claque.

Il avait vraiment dit ça ? Désormais, je pouvais mentir à ma guise. Toute de rouge vêtue, j'étais une splendide muleta et lui un gros con de taureau.

— Je recherche des photos compromettantes de Lala avec une autre femme.

Un sourire s'épanouit sur son visage.

— Enfin, on voit le bleu du ciel !

La porte s'ouvrit pour laisser place à un serveur guindé qui apportait nos plats. Je jetai un coup d'œil blasé à l'épaisse tranche de bœuf recouverte d'un médaillon de foie gras accompagné d'une rondelle de truffes, de sauce madère et de petites pommes de terre qu'on servait à Bishop. Un plat typiquement masculin. Cher et tout en lourdeur. Je fis un geste discret au serveur pour qu'il me rapporte un apéritif.

— Alors comme ça on fait chanter Lala, constata-t-il en découpant adroitement sa viande. Et elle paye ?

— Oui.

— Vous avez une piste ? demanda-t-il avant d'enfourner un assortiment de tout ce qui se trouvait dans son assiette.

— Nous sommes mercredi, on m'a confié l'affaire dimanche après-midi.

Je crevai mes œufs pochés pour que le jaune humecte les muffins grillés avec la sauce hollandaise. Le bacon semblait frit à souhait. Dommage, je n'avais plus très faim. Bishop posa ses couverts et joignit les mains au-dessus de la table comme pour une prière.

— Nous sommes prêts à payer un très bon prix une épreuve de ces photos.

— Ce n'est pas très moral de trahir une cliente, remarquai-je en coupant un morceau de muffin et en le noyant dans le jaune d'œuf.

Il réprima un mouvement d'humeur.

— Vous êtes une petite futée qui se prétend intègre mais

chaque personne ici-bas a son prix. Quelqu'un se met à aligner les zéros sur un chèque et votre système de valeurs en prend un coup. Vous étiez incorruptible et vous vous rendez compte que votre intégrité valait seulement un peu plus cher que celle des autres. Que diriez-vous d'un montant égal à quelques années d'honoraires ?

— Vous voulez nuire à Lala ?

— La dissuader de tourner ce film sera suffisant. Nous ne lui voulons aucun mal personnellement.

Je mâchonnai un instant avant de l'interroger à nouveau.

— Pourquoi ce film est-il si important pour vous ? Il y a eu *Évasion* de Mervyn LeRoy et *L'appel des ailes* de Borzage l'an dernier, sans compter *Le dictateur* de Chaplin.

— La mode des comédies contre les nazis est improductive. À force de les rendre grotesques, on les fait paraître inoffensifs. Quant aux divertissements, cela ne va pas loin. Non, c'est une histoire de scénario. Un sacré scénario à ce qu'il paraît !

— Vous ne l'avez pas lu ?

Il planta brutalement sa fourchette dans sa viande, un filet sanglant jaillit dans son assiette.

— Il est classé top secret mais demandez à celui qui l'écrit, il vous en dira certainement plus !

— Et qui est-il ?

— Votre papa !

14

Des titres licencieux, indécents ou obscènes ne seront pas employés.

Je suis une gamine adoptée. À ma naissance, on m'a écartée sans vergogne. Je n'étais qu'une chose pas souhaitée. Un professeur de droit, français d'origine, m'a parlé un jour de *res derelictae*, une chose en déréliction. C'est une expression latine utilisée dans leur droit civil pour désigner une chose qui a été abandonnée par son premier possesseur. Il la laisse de côté et n'a plus aucun droit dessus.

Je suis une *res derelictae*. J'ai beau avoir été adoptée et adorée par la suite, c'est dur à supporter, ce sentiment de rejet.

Mes premiers parents adoptifs étaient des agriculteurs. Leur vie était morne. Ça m'a rendue morose. Alors ils ont ramené aux Enfants assistés une gosse dont ils s'étaient vite lassés. Les suivants, des commerçants, semblaient m'avoir adoptée pour me faire travailler quinze heures par jour. Je suis devenue encore plus morose. Mon rendement a baissé, ils m'ont renvoyée. J'en ai conclu qu'à chaque fois qu'on me fourguerait quelque part, je serais à l'essai.

Mes parents définitifs vinrent un jour à l'orphelinat. Ils voulaient un enfant de cinq ans au plus. Ils repartirent avec une petite fille de dix ans. En passant devant moi, ils s'arrêtèrent instinctivement et je leur lançai mon sourire le plus éblouissant parce que je les trouvais beaux, gentils et bien habillés. Ils sentaient bon aussi.

— Celle-là est trop âgée, et pour tout vous dire pas très agréable, les mit en garde la sympathique directrice de l'orphelinat en réponse à mes efforts désespérés pour me vendre.

Contre toute attente, ce furent ces derniers mots qui firent s'approcher de moi mes futurs parents. Ce n'étaient pas des gens à qui l'on en contait et ils aimaient bien aller à contrecourant des idées reçues. Ils me sourirent gentiment en retour et je me mis à pleurer. Ma future maman s'agenouilla près de moi, je lui pris la main. Son mari resta debout en se mordant les lèvres. Finalement, il s'approcha à son tour. Je me saisis du bout de ses doigts et le tour fut joué. Ils ne me lâchèrent plus la main.

Ils m'ont aimée comme si j'étais leur enfant depuis toujours. Cet amour, je le leur rends encore. Je serais capable de tuer pour eux et je n'appréciais pas que mon père soit mêlé à cette histoire terriblement dangereuse.

Je pris la direction de Pacific Palisades, au nord de Santa Monica. Il y a trente ans, on y tournait encore des westerns. Les méthodistes étaient ensuite venus bâtir leur église et leurs maisons. Du coup, bien avant la prohibition, l'alcool y était interdit. Depuis l'arrivée de Hitler, nombre d'intellectuels allemands s'y étaient établis parce que c'est un endroit calme et charmant tout en étant relativement proche du centre de Hollywood. Mes parents habitaient une ravissante maison de style colonial avec un jardin en pente. J'empruntai San Vincente Boulevard pour m'y rendre. L'air me sembla tiède et parfumé. Ma mère était très fière de sa rangée d'orangers. Au fil du temps, trop de puits de pétrole avaient remplacé les orangeraies. Il y a encore quelques années, Los Angeles assurait le quart de la production mondiale de l'or noir.

Papa me serra dans ses bras. À bientôt soixante ans, je le trouvais en pleine forme, peut-être un peu amaigri. Il s'était mis dans l'idée de reprendre le tennis et de courir sur les plages.

— Vicky ! Quel plaisir ! Dommage que ta maman soit à son cours de peinture…

Je humais une odeur familière.

— Elle a fait des confitures ?

Je me précipitai à la cuisine. Maman aime faire des confitures. Nous pouvions jadis passer des heures à préparer des confiotes de pêches ou d'oranges dans une grande bassine de cuivre. Il m'était permis de lécher la cuillère et de promener mon doigt sur le fond encore gluant. Malheureusement, aujourd'hui je tombai sur un récipient parfaitement nettoyé. Les bocaux de verre étaient alignés en rangs bien disciplinés, remplis à ras bord comme il se doit.

— Tu en prendras quelques-uns, dit mon père, toujours attentionné.

Chez eux, la cuisine était un moyen de montrer leur affection.

— Papa, le coupai-je sans ménagement, je travaille pour

Lala et j'ai appris que tu as écrit un scénario sur le régime nazi et ses sympathisants aux États-Unis.

Il baissa la tête.

— Allons nous balader sur la plage, proposa-t-il.

Nous gagnâmes l'océan avant de marcher pieds nus dans l'écume mousseuse qui nous léchait les orteils. Je retrouvais le vent qui décoiffe, les grains de sable dans la bouche et ce parfum iodé si particulier. Cela avait été longtemps une de nos promenades favorites, à papa et moi. Parfois, nous faisions la course. Les premières années, il ralentissait subrepticement dans les derniers mètres pour me laisser gagner. Au bout d'un moment, il n'eut plus besoin de tricher, je le devançais toujours.

— Pourquoi ce scénario ? demandai-je.

Ses yeux brillèrent.

— En 1933, à Berlin et dans la plupart des villes d'Allemagne, ils ont brûlé en place publique tous les livres écrits par des Juifs. Même si j'ai reçu le baptême catholique, je n'appartiens à aucune religion, pourtant à cet instant, je me suis senti juif. Qui brûle un livre, brûle un homme. Trois ans plus tard, lorsque s'est créée la Ligue antinazie de Hollywood, j'ai adhéré.

— Tu ne m'en as jamais parlé.

— Je ne pensais pas que cela t'intéressait.

Je baissai la tête. J'avais trente-deux ans. On s'appelait souvent avec mes parents, mais je ne leur rendais visite qu'un ou deux dimanches par mois pour déjeuner et la conversation tournait alors toujours un peu autour des mêmes sujets.

— C'est quoi le titre de ce film ? demandai-je.

— *Cherchez le nazi* !

— Non, mais sérieusement ! *Cherchez le nazi* ? Et pourquoi pas *Balance ton nazi* ?

— J'avais pensé à *Réveillez le nazi qui dort en vous,* mais le titre est trop long et c'est hors sujet !

— Je ne trouve pas ça drôle. Tu joues un jeu dangereux, papa. Hollywood est la cible de tous les mouvements isolationnistes.

Il soupira.

— Je ne serai pas crédité de ce scénario à l'écran. Tout cela est censé rester discret. Arkel me l'a promis.

— Tu le connaissais auparavant ?

— Non, mais il m'a paru compétent dans son domaine.

— La question est : quel est son véritable domaine ?

Nous reprîmes notre marche sur la plage déserte, déchirée par les vents marins. Au-dessus de nos têtes, les mouettes tournoyaient en poussant des cris stridents.

— Papa, as-tu rencontré avec Arkel deux types qui s'appellent ou se font appeler : Alabama et Anderson ?

— Un type qui travaillait pour le gouvernement accompagnait Arkel. Il n'a pas voulu dire son nom mais il avait un accent traînant du Sud, peut-être de bien l'Alabama. J'ai un ami originaire de cet État qui utilisait cette expression locale employée par l'homme pour désigner les nazis : *plus moche que le péché fait maison* !

Alabama, donc.

— Je comprends que tu veuilles t'engager dans la lutte pour l'entrée en guerre des États-Unis, fis-je, mais est-il nécessaire de s'en prendre à America First dans ce film ?

Il ne faut jamais s'attendre à une réponse courte de la part de mon père, car pour lui toute réponse doit être argumentée. Rien ne l'agace plus que les gens qui parlent en l'air.

— Je suis en lutte contre un programme, expliqua-t-il. America First ne date pas de l'an dernier. C'était déjà le slogan populiste et nationaliste d'Andrew Jackson, puis du Parti républicain à la fin du dix-neuvième. *L'Amérique d'abord, le reste du monde après.*

Il s'assit par terre et je l'y rejoignis, posant mes chaussures à talons à côté de moi. Je savais que ce slogan dépassait les clivages politiques. En 1915, le président Wilson qui briguait un second mandat l'avait lui-même employé avant de se raviser deux ans plus tard.

— America First essaye de faire passer les antinazis pour des anti-Américains, reprit-il. L'objectif de notre film est de montrer que l'on glisse très vite d'une position isolationniste à celle des Amis de la Nouvelle-Allemagne avant de devenir un sympathisant nazi aux idées nauséabondes de race supérieure. Et n'oublions pas qu'en Amérique, le terreau pour ces idées est fertile, comme le prouvent les agissements du Ku Klux Klan.

— Papa, comment se fait-il que le leader d'America First à LA semble connaître le scénario ? Le studio n'en a pourtant pas parlé à la presse.

Mon père eut un geste docte.

— Entre 1920 et 1930, la libéralisation des mœurs au cinéma précédait trop celle de l'ensemble de la société. Cela nous a valu le code Hays.

Je me souvenais de cette époque heureuse succédant à mon adoption. On allait souvent au cinéma et mes parents m'achetaient toujours le plus gros seau de pop-corn.

— Quelqu'un d'accommodant finalement ce Hays, et qui ne faisait pas appliquer son code à la lettre. D'ailleurs, les studios se permettaient parfois de refuser ses coupures. Son collaborateur direct, Joseph L. Breen, rigoriste et antisémite, s'en est outré et s'est appuyé sur la Légion de la décence, soutenue par la confrérie des évêques catholiques, pour devenir en 1934 le directeur de censure qu'il rêvait d'être comme patron de la Product Code Administration.

Je savais tout cela, mais je laissais patiemment à mon père le plaisir de dérouler son exposé, distraite seulement par la présence de quelques pêcheurs de gros crabes.

— Hays a donc dû laisser les rênes de la censure à Breen et ceci, dès l'étape du scénario.

— Ce qui signifie qu'avec le processus d'autorisation actuel les fuites auraient eu lieu au niveau du cabinet de censure qui reçoit le scénario, résumai-je.

— Probablement, répondit mon père, déçu de cette conclusion trop rapide.

Je compris qu'il aurait bien aimé me narrer ses exploits passés pour contourner la censure. Il se vantait d'entrecouper les baisers par des bouts de dialogue pour ne jamais dépasser les huit secondes fixées par le code Hays aux embrassades.

— Et les censeurs vont laisser passer cela ?

— Dame, le sujet n'est en rien scabreux !

Il eut un petit ricanement méprisant.

— Et puis nous, les scénaristes, nous avons contourné la difficulté en intégrant dans nos manuscrits des passages scandaleux, dont nous n'avions que faire et qui seraient censurés, de manière à faire glisser le reste !

— Dans ce cabinet de censure, demandai-je, y a-t-il un collaborateur de Breen appartenant à l'Église du Seigneur revenu ?

Papa me jeta un regard surpris.

— Oui, il me semble. Harvey Machefer. Un sale con. C'est à lui que nous avons confié le manuscrit avant qu'il ne remonte à Breen.

~

Je m'arrêtai en route dans un diner aux banquettes matelassées de cuir rouge avec des lampes au plafond qui tombaient presque dans les assiettes. La serveuse me ravitailla généreusement en café et, une tasse à la main, je m'installai à la cabine pour appeler mon mentor. Heureusement pour moi, il n'était pas au golf mais s'occupait de ses fleurs en pot. Un fascinant voyage dans l'immobilité végétale. Bizarrement, il sembla hésitant, voire méfiant.

— Tu téléphones d'où ?

— Un diner mais personne ne m'écoute.

— Tant mieux, j'ai ton renseignement sur le dénommé Arkel.

Un silence gêné.

— Il a été officier des commandos pendant la Grande Guerre, aux Dardanelles et ailleurs. Il a fini commandant, des médailles plein la poitrine. Un pur héros de guerre.

— Et ensuite ?

— De ce que j'ai compris en lisant entre les lignes, il a travaillé pour les renseignements militaires un peu partout dans le monde. Tu sais, les théâtres de guerre ou de conflits n'ont pas manqué après 1918 : en Europe de l'Est, au Moyen-Orient et en Asie.

— Un homme de l'ombre.

— Mais ça, c'est la face glorieuse. En 36, il est allé entraîner les commandos nazis en Allemagne !

15

Les costumes trop révélateurs sont interdits.

Je sentis le monde se dérober sous mes pieds.

— Tu es sûr de ta source ?

— C'est un haut gradé qui connaît son monde.

— Quand Arkel est-il revenu d'Allemagne ?

— Ma source l'ignore. Peut-être qu'il n'en revient que maintenant !

Je refoulai en moi tous les jurons qui me venaient à l'esprit et qui étaient censurés par le code Hays. Le titre du film de Lala prenait aujourd'hui tout son sens : *Cherchez le nazi* !

Je remerciai et raccrochai avant de composer le numéro que m'avait donné Arkel en cas d'urgence.

— Dieu bénisse l'Amérique, dis-je.

— SNAFU, répondit une voix androgyne.

Un silence.

— Je vous écoute, reprit la même voix.

— Je suis bien à l'Amicale des nazis ? demandai-je d'un ton aimable.

— Pardon ?

— C'est bien le numéro de l'Amicale des nazis d'Amérique ? Dites à Arkel et à son Führer d'aller se faire foutre ! *Heil Hitler !*

Je raccrochai. L'instant d'après je me traitai d'idiote.

Petite sotte, ne jamais révéler que l'on sait !

Je rentrai rapidement chez moi. Je n'eus à attendre qu'une heure que je passai à téléphoner à droite à gauche tout en fumant des cigarettes. Bientôt, on frappa à la porte.

— C'est ouvert ! criai-je. Entrez et refermez derrière vous.

Je l'attendais, assise dans mon fauteuil, mon pistolet sur les genoux. Il ne parut guère s'en étonner.

— C'était quoi, ce message à la con ? Vous croyez que j'ai le temps de m'amuser ?

Je braquai sur lui le canon de mon arme. Il le regarda sans ciller.

— Vous jouez à quoi ?

— Vous avez quel âge, Arkel ?

— Cinquante-cinq ans.

— Vous avez fait la Grande Guerre ?

— Commandos de la 1re division américaine, la Big Red One. On a été les premiers engagés sur le sol français. La Meuse et Argonne, c'est nous.

Deux millions de soldats américains en France, me racontait papa. Il avait suivi les troupes avec une bande de correspondants de guerre pour filmer et témoigner. Avant-guerre, mon père avait connu les studios Gaumont à la Villette, à Paris. Une fois l'armistice signé, il s'y était un peu attardé, sans doute à cause d'une petite Française qu'il avait ramenée en Amérique pour en faire sa femme avant qu'elle ne devienne ma mère.

Étais-je plus persuasive une arme à la main ? Arkel semblait ce soir en veine de confidences.

— J'ai ensuite pas mal bourlingué à travers le monde pour les renseignements militaires de notre pays. Même atteints par le syndrome de neutralité, nos gouvernements ont enfin compris qu'il était utile de posséder une cartographie actualisée de l'état des forces sur la planète. Maintenant, je bosse pour la sécurité du territoire.

— Dieu protège l'Amérique ! Votre travail à travers le monde incluait-il l'instruction des corps d'élite nazis ?

— Ah, ça ? fit-il en haussant négligemment les épaules. C'est pour cela que vous êtes en pétard ? J'ignore comment vous l'avez appris mais j'étais en mission d'infiltration, chargé d'étudier le niveau de préparation des armées allemandes. Pour ça, immersion complète sous couverture. Je me suis fait passer pour un vétéran devenu mercenaire. Je n'ai pas enseigné grand-chose à ces types, c'étaient déjà des égorgeurs expérimentés.

— Vous devez quand même leur avoir appris quelques petites techniques secrètes de votre acabit ?

— Bien obligé mais rassurez-vous, j'ai tué ces gars avant de partir.

Je n'étais pas certaine qu'il plaisantait et, franchement, je n'avais pas envie de savoir.

— Pourquoi m'avez-vous menti au départ en vous faisant passer pour un agent du FBI ?

— Vous voyez un type comme moi travailler pour une petite pute comme Hoover ? Je mens lorsque c'est nécessaire.

— C'est-à-dire tout le temps ! Pour qui bossez-vous aujourd'hui ?

Il s'avança vers moi et baissa la voix.

— Pour le président Franklin Delano Roosevelt. Enfin, l'étage juste en dessous.

Je tenais mon pistolet braqué sur lui d'une main ferme mais, avant d'avoir fini de parler, il m'avait saisi le poignet et le tordait tout en pivotant sur lui-même. Je n'eus pas le temps de m'exclamer « Oh, c'est dingue ça » ou simplement « Merde ! » qu'il me visait avec ma propre arme.

— Technique de base des commandos, expliqua-t-il sur le même ton, mais, normalement, je fais tourner l'arme dans la main de mon adversaire pour casser son doigt engagé sur le pontet. Quand vous ne tuez pas votre adversaire, c'est plus sûr de l'estropier.

Il me rendit mon pistolet sans un battement de cœur en plus. Tous ses gestes étaient très fluides.

— Ce que je vous ai dit ce soir est vrai, conclut-il. Demain par contre, il se peut que je vous raconte des salades. C'est comme ça. Je peux vous manipuler, voire vous sacrifier, mais vous êtes mon soldat et dans les emmerdements j'essayerai jusqu'au bout de vous sauver la peau. Vous n'auriez pas un bon bourbon ?

Je nous en servis deux bien tassés et sans glace en lui résumant mon entrevue avec mon père, enfin la plus grande partie. Pendant ce temps, son regard parcourait les lieux.

— Dites donc, constata-t-il sans se moquer, on se croirait à Marrakech ici.

— J'adore l'Orient et je suis fascinée depuis l'enfance par les déserts et les récits des *Mille et une nuits*, mais revenons à nos moutons. Vous m'avez menti pour les photos volées et vous m'avez caché que le scénario était de mon père !

Je m'attendais à ce qu'il lape son whiskey ou se l'envoie d'un coup sec au milieu du gosier, mais Arkel le dégusta lentement comme s'il s'agissait de son dernier verre avant de mourir.

— Pourquoi avoir choisi mon père ? insistai-je.

— D'abord parce que c'est un très bon scénariste, connu pour ses sympathies démocrates et sa haine des nazis. En plus, retiré du cinéma, ce qui permettait de rester discret.

— En l'occurrence, ce n'est pas le cas.

— Bon Dieu, vous m'avez scié le cul quand vous m'avez répété les paroles de ce rat de Bishop ! Comment sait-il ?

— Assez de salades, vous m'avez choisie comme détective privée parce que cela attirerait encore plus l'attention. La propre fille du scénariste du film ! Toujours la muleta !

— J'avoue.

Son niveau de décontraction et son absence de remords frisaient la provocation.

— Puisque c'est la soirée vérité, je doute que vous soyez juif.

— Pourquoi, on a une tête spéciale, nous les Juifs ?

— Non mais ça se saurait, Arkel.

— Je ne suis pas pratiquant et je ne l'ai pas crié sur les toits. Il y a suffisamment d'antisémites dans ce pays. Prenez Henry Ford, le roi de l'automobile. Il déteste tellement les Juifs qu'il fait publier sur eux des horreurs dans la presse, quand il ne fait pas éditer à ses frais *Les protocoles des sages de Sion*. Un faux manifeste pour accréditer l'idée d'un complot juif menant le monde à sa perte.

— Vous la voulez vraiment, cette guerre ? murmurai-je.

— Oui.

Il releva la tête et me fixa droit dans les yeux. J'y lus une conviction profonde lorsqu'il dit :

— L'Amérique doit donner son sang pour les principes qui l'ont fait naître.

~

Ironiquement, les bureaux de la censure se trouvaient près du Grauman's Chinese Theatre. Je planquais en bas lorsque je le vis sortir vers dix-huit heures. En tout cas, l'homme ressemblait à la description donnée par mon père : « un rouquin si roux que tu le croirais baptisé par le feu ». Il marcha un moment sur Hollywood Boulevard puis entra dans un bar. Je le suivis. Seul, il commanda un double bourbon pour se détendre. J'allai prendre la table libre à côté de lui et demandai la même chose au serveur. Mon voisin me jeta un regard complice et je lui souris.

— Dure journée ? demandai-je en sortant une cigarette.

Harvey Machefer se pencha immédiatement pour m'offrir du feu.

— Vous n'imaginez pas !

Deux minutes plus tard, avec cette facilité de rapprochement qu'offrent les bars en fin d'après-midi, nous devisions comme des pinsons. La vie fabriquée pour l'occasion que je lui racontai était aussi authentique que ma foi dans le code Hays. Cela nous amena bien entendu à beaucoup de fausses confidences et à une chambre d'un hôtel très discret sur Sycomore Avenue où je pris les choses en main.

— Déshabille-toi, je reviens. Essaye de m'arranger ça en attendant. Et s'il te plaît, ferme les yeux, je voudrais te faire une surprise. Oh, mais tu m'as l'air membré comme un éléphant !

Je revins avec le petit appareil photo prévu à cet effet que j'avais dissimulé dans mon sac à main, posai mon pied sur le lit contre sa tête et le cueillis alors qu'il s'activait pour me présenter un symbole de la vitalité masculine digne de ce nom.

— Mais qu'est-ce que tu fais ! s'écria-t-il en lâchant sa virilité déconfite.

Comme dans un ballet, je fis deux pas en arrière pour poser mon appareil photo et récupérer mon flingue dans mon sac.

— La luxure interdite pour les autres, c'est ça ton dogme ? Mais qui gardera les gardiens ?

Je pointai fermement le canon de mon révolver sur lui. Il y a quinze ans, l'actrice Mae West avait passé plusieurs jours en prison pour obscénité publique après avoir joué dans une pièce intitulée *Sex*. C'était des gens comme lui qui l'avaient accusée. Je n'éprouvais aucun remords pour ce que je faisais. Il ouvrit la bouche pour m'enfumer mais je l'arrêtai net.

— La photo, c'est pour le *Los Angeles Times* et ta famille si tu ne me réponds pas. Pourquoi avoir passé le scénario de *Cherchez le nazi* au pasteur Louis Miller ?

— Je n'ai pas…

— Ça suffit les conneries, je vais au *Los Angeles Times*. Un directeur de censure qui se tripote dans une chambre d'hôtel auprès d'un pied féminin, ça plaira certainement. Et ta femme saura que ce pied n'est pas le sien !

— Non, attendez !

Ces gens-là ancrent tellement leur identité sous un

masque que tomber celui-ci équivaut à une petite mort. Il respira bruyamment et déglutit avant de parler.

— J'ai parlé de ce scénario à Louis Miller car il heurtait mes convictions, mais je savais qu'il serait autorisé après quelques retraits mineurs. Louis m'a demandé de le lire pour juger de ce qu'il était de mon devoir de faire.

— Pourquoi ne pas avoir passé ce manuscrit aux gens d'America First comme Bishop ?

— Je ne fais pas de politique. J'ai juste voulu me situer dans un cadre confessionnel avec mon directeur de conscience.

Son regard se posa sur mes jambes gainées de soie et ma petite culotte affriolante. Je le rappelai à l'ordre.

— Crois-moi, petit salopard, tu t'en tires bien. Et j'espère pour toi que la censure n'aura rien à redire à ce film !

~

Il était vingt et une heures lorsque je me garai devant le presbytère du pasteur Louis Miller près de Serrano Avenue. J'hésitai un instant, comme lorsque tu sens qu'une huître n'est pas fraîche mais que tu la manges quand même. Il vint m'ouvrir la porte et n'y alla pas par quatre chemins.

— Je vous attendais, dit-il. Machefer m'a appelé. Ce que vous lui avez fait est inqualifiable.

— Bah, nous n'avons pas consommé. Ma vertu est sauve.

— Entrez, fit-il en se contenant, nous discuterons à l'intérieur.

Je tâtai nerveusement mon sac. C'est toujours long à ouvrir pour prendre son arme. Peut-être aurai-je dû adopter le holster conseillé par Arkel. Je le suivis néanmoins tout en prenant garde à ne jamais lui tourner le dos.

La maison semblait ancienne si j'en jugeais par l'épaisseur des murs. Je la trouvais sans âme pour un homme de Dieu. Je le suivis jusqu'à un bureau aux murs garnis de livres du plancher au plafond. Un rapide coup d'œil me révéla un étonnant mélange d'essais sur toutes les religions. Il ne faut jamais sous-estimer les gens qui lisent beaucoup. S'ils en retiennent quelque chose, ils sont plus dangereux que la moyenne.

— Je sais que vous avez donné ce manuscrit aux gens d'America First, affirmai-je.

Il soupira.

— Je suis un homme de Dieu. Quel homme de Dieu voudrait la guerre ? Mais, je vous l'assure, je n'ai transmis ce manuscrit à personne et je ne suis pas un membre d'America First.

Il m'avait l'air sincère, mais ne dit-on pas *roué comme un prêcheur* ?

Je ne m'assis que lorsqu'il prit un siège et que son bureau en chêne massif nous sépara.

— Et quel est votre jugement sur ce scénario ?

— Je n'y vois aucune atteinte à mes valeurs morales. Il n'y a ni scène ni propos indécents, même si je n'aime pas la manière dont le personnage principal masculin s'en prend à une femme mariée. Mais, malgré son trouble, elle ne cède pas à ses avances.

— Votre souci est donc seulement l'impudicité dans le cinéma ?

— Aller voir un film indécent est un ticket pour l'enfer. Et ce, même quand Samson n'a d'yeux que pour Dalila !

Venait-il de faire de l'humour ?

— J'ai beaucoup lu, reprit-il en parcourant du regard les murs tapissés de livres, afin de comprendre ce qui a fait notre monde. Notre démocratie est fondée sur une alliance avec Dieu dans la tradition de l'Ancien Testament : *en Dieu est notre confiance*. Nos États-Unis ont été fondés par des pères pèlerins qui voulaient recréer la Terre promise. Lors de leur traversée de l'Atlantique à bord du *Mayflower*, ils se sont liés par un contrat jetant les fondations de leur communauté : observance de leur foi et pratique du culte, discipline sociale et morale.

J'évitais de lever les yeux au ciel : je pense qu'il est vide ou alors que Dieu a une sacrée dent contre nous. Les États-Unis croient au premier chapitre de la Genèse et aux sept commandements. Résultat : on jure sur la Bible à longueur d'année et beaucoup rejettent le principe de l'évolution darwinienne. C'est tout juste si l'on reconnaît que la Terre est ronde... Pour certains, elle ne l'est manifestement pas et il s'agit d'un complot juif pour nous en persuader.

— Vous savez ce qu'ont fait les pères fondateurs en débarquant en Amérique ? me demanda-t-il avec un brin de condescendance.

— Ils tombèrent à genoux et louèrent le Dieu du ciel.

— Exactement. Le Nouveau Monde est une nouvelle Jérusalem. Vous êtes consciente que vous ne menez pas une vie exemplaire ?

— De plus en plus !

Il ne prit pas ma provocation à la rigolade. Arkel avait nettement plus d'humour que lui.

— Aujourd'hui, reprit-il d'une voix calme, notre communauté est menacée par notre société moderne, particulièrement par le cinéma. Tout notre pays entre la côte ouest et la côte est résistait aux sirènes de la tentation jusqu'à l'arrivée du cinématographe. Celui-ci a pénétré partout, gangrénant notre civilisation, pervertissant le contrat de nos pères fondateurs.

Il se pencha vers moi comme pour donner plus de force à ce qu'il allait dire. Son regard avait pris la fixité de celui d'un aveugle.

— Les stars de Hollywood sont une menace pour la moralité nationale, ajouta-t-il. Tous comme les petites poupées vicieuses de votre espèce.

Je me levai.

— Je crois que nous nous sommes tout dit !

— Non, restez. Je vous entretiendrai de Jésus.

— Je ne suis pas encore prête à tremper le front dans votre baquet.

Le sourire qui se dessina sur ses lèvres n'atteignit pas ses yeux.

— Croyez-moi, je vous ferai courber la tête !

16

Les ministres du culte ne peuvent pas être dépeints comme des personnages comiques ou comme des bandits.

Un court moment de relâchement. Je n'avais pas entendu la porte s'ouvrir dans mon dos et des pas s'approcher. Le pasteur se leva brusquement et m'arracha mon sac des mains. On me saisit par les épaules avant de me mettre à genoux et m'attacher les poignets dans le dos à l'aide d'une sangle de cuir, malgré mes hurlements.

— Vous pouvez crier, dit Louis Miller, les murs sont épais et on ne vous entendra pas.

— Vous êtes un grand malade, hoquetai-je, Jésus ne vous l'a pas dit ?

— Jésus m'a parlé de vous, répondit-il très sérieusement. C'est lui qui a guidé vos pas chez Julia pour me rencontrer, puis guidé les miens dans ce club pour filles égarées.

— Un club de danse !

— Des femmes s'y embrassaient à pleine bouche !

Il se mit à genoux à côté de moi. Je crus que c'était pour prier mais il me dit :

— *In vulva infernum,* disaient les théologiens de l'ancien temps en Europe : *le vagin c'est l'enfer*. La femme est porte de l'enfer, oreiller du diable !

Sa main se posa sur ma nuque. Elle était si brûlante que je crus être marquée au fer rouge.

— Mais n'aie crainte, Marie-Madeleine, le chemin mène à la fontaine. Tu pourras y remplir ton seau et ton corps y trouver le repos de l'eau.

Je fus portée glapissante, comme un chien à qui on va donner le bain, dans une cave. Un disciple de Jésus y remplit le baquet d'eau froide tandis que l'autre me maintenait à genoux. Quelqu'un me recouvrit les épaules d'une serviette d'un blanc immaculé.

— Non mais sérieusement ? fis-je, encore abasourdie par la succession des événements.

Le pasteur me sourit. Sa main se posa encore avec fermeté sur ma nuque.

— Respire un bon coup, me conseilla-t-il avec une grande douceur.

Il me plongea ensuite sans ménagement la tête dans le baquet.

Le temps entra en suspension. À bout de souffle, je crus que l'océan se vidait dans mes poumons. La panique me saisit. On n'était pas en train de me baptiser, mais de me noyer. Je m'efforçai de lutter pour refaire surface mais la pression était trop forte. Je suffoquais. Au moment où j'allais passer de l'autre côté du miroir, on me tira la tête en arrière et je recrachai tout ce que je pouvais.

— Sois bénie, ma sœur ! dit le pasteur.

— Amen, ânonnèrent ses disciples réjouis.

Ils s'agenouillèrent et l'un d'eux ouvrit une bible usée. Ils se mirent à entonner un chant louant le petit Jésus tandis que je me roulais à terre, toussant et tentant de retrouver ma respiration. Tout le monde semblait réjoui et me contemplait avec l'indulgence caractéristique des adultes envers les enfants à qui on s'efforce d'inculquer quelque chose. La voix du pasteur me rattrapa.

— Pour les âmes malades, il faut parfois un choc violent pour une prise de conscience salutaire. Acceptes-tu Christ dans ton cœur ?

Je relevai la tête, ravalant mes sanglots.

— Oui, je l'accepte.

— Alléluia ! Alléluia ! s'écria l'assemblée ravie.

— Je peux m'en aller ? fis-je d'une petite voix.

Son regard de serpent m'évalua. Je pouvais jurer qu'il lisait en moi comme dans un livre ouvert, et que l'étendue de ma turpitude s'étalait en lettres d'or sous ses yeux.

— Je suis parfaitement conscient que ce baptême n'était pas consenti, mais l'empreinte de Jésus est désormais sur toi. Maintenant que tu as bu à sa fontaine, il faut attendre que tu comprennes et te repentes sincèrement. Tu n'es pas prête.

Je me recroquevillai sur moi-même, claquant des dents.

— Quand est-ce que je serai prête ?

— Quand Dieu me le dira.

À question con…

~

Les heures passèrent. Puis la nuit, je crois. On m'avait enlevé ma montre pour me désorienter en me faisant perdre la notion du temps. Quatre murs et un matelas moisi pour tout repère. Même pas un petit rat pour me tenir compagnie. De nos jours, les prisons ne sont plus ce qu'elles étaient. Je me demandais si je reverrais un jour mon fils. Au cours de cette nuit interminable, c'est à lui que je pensais, roulée en boule, encore mouillée et grelottante, sous une couverture rêche. Jamais plus je ne pourrais le serrer dans mes bras.

D'habitude, lorsque ce type de pensées s'étire en moi jusqu'à occuper la moindre cellule de mon corps, j'ai recours à l'alcool. Jésus n'en avait pas garni la cave et ne semblait pas décidé à changer mon eau en vin. Le manque me gagna. J'avais besoin de boire, pas de grandes doses, mais des doses régulières.

Je n'avais rien connu de pire que cette cave depuis l'orphelinat. Une prison stricte où je regardais mes compagnes de chambrée partir au fur et à mesure avec des parents plus ou moins agréables. Je fus particulièrement heureuse du départ de ma voisine de classe qui s'ingéniait à me piquer avec une aiguille pour que je crie et me fasse punir. Ma seule joie fut lorsque celle qui occupait le lit à côté du mien se glissa une nuit sous mes draps et m'apporta un peu de plaisir dans ma vie terne et sans espoir. Je sus alors que seule une fille pouvait réellement en comprendre une autre.

Un grattement à la porte puis un chuchotement me tirèrent de ma torpeur.

— Vous êtes là ?

— Oui, fis-je d'une voix mal assurée.

Une clé tourna dans la serrure et Julia fit son entrée dans la cave, sereine et mystérieuse comme à son habitude.

— Ne faites pas de bruit et suivez-moi.

Elle était habillée comme pour aller à la messe. Je me mis debout en titubant.

— Comment savez-vous que je suis ici ?

— J'ai entendu deux disciples en parler en allant au prêche. J'ai compris qu'il s'agissait de vous parce qu'ils disaient que vous étiez une « femme à fille » et une « pas commode ». Je suis entrée par-derrière et je n'ai trouvé personne. On ne manque pas un prêche du pasteur Louis Miller !

Elle arborait l'air satisfait d'une sale gosse qui a bien réussi son coup.

— Votre papa ne va pas être content, remarquai-je. Hé oui, je suis passée voir votre maman !

— Je sais et je m'en fiche. Il n'est rien pour moi et c'est un serpent !

En sortant de ma cellule, elle arborait un air décidé. Nous ne rencontrâmes personne dans l'escalier. Malgré ses protestations, je me rendis au bureau du pasteur et j'y trouvai mon sac contenant non seulement mes clés, mais même mon pistolet. Dehors, un taxi nous patientait.

— Je lui ai dit de m'attendre, précisa Julia.

J'allai le payer et lui donner un pourboire pour l'attente. Une fois dans ma Buick, je respirai enfin.

— Pourquoi disiez-vous que Louis Miller n'est rien pour vous ? demandai-je.

— Parce qu'il n'est pas mon père.

17

La représentation d'esclaves blancs est prohibée.

Nous descendîmes chez moi, au Nouveau Jardin d'Allah. Mes bas étaient filés et mes vêtements en piteux état. J'avais besoin de me changer. Il me fallait la toilette appropriée pour passer au studio Lindqvist dans la journée. Une complicité féminine se noua immédiatement avec Julia pour le choix de celle-ci : une robe de satin à manches longues avec une veste sans manches assortie. Lorsqu'elle s'extasia sur mes tenues, je lui expliquai un peu gênée que ma mère m'en offrait une nouvelle à chacun de mes anniversaires. Cela la laissa rêveuse.

Comme je craignais que l'Église du Seigneur revenu ne débarque, armée de croix et de baquet, voire de gousses d'ail, je fis vite. Mieux valait évacuer les lieux. Je me trouvais d'humeur tellement massacrante que j'aurais tué le premier converti qui me serait tombé sous la main. Après avoir relevé mon courrier, nous partîmes.

Le régime au pain et à l'eau, ça va un temps. J'entraînai

Julia sur Sunset Boulevard pour avaler un énorme sandwich bourré de coppa, de salami, de mortadelle, de fromage et de basilic. Je l'arrosai d'un grand verre de vin rouge. Julia reprit le fil de son histoire.

— À l'époque ma mère flirtait avec Louis Miller, mais elle couchait avec un autre homme, un voyageur de commerce qui a disparu un beau jour et qu'elle n'a jamais revu. Elle a fait croire à Miller qu'il était mon père afin de toucher quelques aides, et ça a marché.

Question moralité, on faisait mieux. Julia fit mine de ne pas s'apercevoir des différents sentiments qui s'affichaient sur mon visage. Elle devait certainement avoir déjà ruminé cette histoire.

— Il nous versait une petite rente et nous tenait à l'écart de sa vie mais il venait nous voir une fois par mois. C'était supportable. L'inconvénient, c'est qu'un jour il s'est cru obligé de m'évangéliser.

— Vous avez eu droit au baquet ?

— J'avais douze ans. Je l'ai détesté et craint pour cela. Aussitôt que j'ai pu travailler, j'ai pris mes distances et je ne l'ai pas invité chez moi. Il débarquait quand même de temps en temps, comme vous avez pu le constater.

— Et vous allez à ses prêches, remarquai-je.

— Pas vraiment. Dimanche, il m'a reproché de ne plus y assister. C'est pourquoi je me suis dévouée aujourd'hui et j'ai entendu parler de vous !

Je terminai mon verre de rouge et me léchai les babines.

— Bizarres, vos rapports. Vous êtes grande maintenant, non ?

— Je voulais que ma mère lui avoue tout mais elle avait

bien trop peur de sa réaction. Et puis, c'est devenu un homme influent à sa manière. Il a des relations.

Elle me regarda poliment finir d'engloutir mon sandwich avec un gémissement de satisfaction.

— Mon travail n'avait rien de déshonorant mais un jour il a appris pour qui je travaillais. Du coup, je l'ai vu plus souvent et finalement il m'a demandé de l'aider à rencontrer Lala.

— Vous l'avez fait ?

— Bien sûr que non.

— Que faites-vous exactement pour Arkel ?

C'est toujours charmant de voir une Mexicaine rougir.

— Je ne peux pas vous en parler.

— Je travaille pour le gouvernement fédéral et Arkel. J'ai rendez-vous avec lui dans une heure, vous pouvez m'accompagner si vous le voulez.

Elle baissa la tête.

— Il m'a demandé d'avoir Lala à l'œil et de lui signaler des événements inhabituels.

— Comment avez-vous été embauchée par Lala ?

Je connaissais la version de sa patronne. À force d'entendre des mensonges, on ne croit plus personne. Pour une fois, le masque policé de Julia se craquela, révélant la douleur.

— Oh, à l'époque je voulais devenir actrice.

Combien de fois n'avais-je pas entendu cette phrase dans les bars à filles et ailleurs ?

— J'avais suivi des cours de théâtre et je croyais en ma bonne étoile. Mais nous sommes si nombreuses. Hollywood, c'est une lumière dans l'obscurité et nous sommes des milliers de papillons de nuit à s'y brûler les ailes.

Elle reposa son taquito à la sauce à l'avocat qu'elle avait à peine touché.

— Il est là, le mirage. La nuit, les cinémas et les studios ruissèlent de lumières. Et si on tourne en voiture à Beverly Hills, on voit aussi, brillamment éclairées, les belles maisons des stars dans les collines. Tout ça est sous nos yeux alors on croit que c'est à notre portée.

Son regard devint fixe comme si elle chargeait dans sa mémoire la bobine d'un film à projeter.

— On s'acharne d'audition en audition, de lit en lit, de promesse en promesse. Au bout d'un moment, on s'aperçoit que Hollywood se trouve au centre d'un cercle et que l'on ne fait que tourner autour.

Sa voix était morne et résignée. Elle but une gorgée de thé glacé avant de reprendre.

— Je faisais de la figuration dans un film joué par Lala. On m'a un jour demandé d'aller lui chercher un Coca et un sandwich. Nous avons discuté. Elle allait se marier et cherchait une intendante pour sa maison. J'ai sauté sur l'occasion en pensant que l'important était de coller aux basques de Lala et de m'en faire apprécier. L'opportunité se présenterait sans doute par la suite pour un petit rôle.

— Et une fois engagée, vous avez couché avec son mari !

J'en étais toujours estomaquée. Julia eut la décence de prendre un air contrit.

— John Guardanio était un acteur. Il me disait qu'il me dégoterait un second rôle dans un de ses films. C'est comme ça qu'il m'a eue. Après sa mort, quand Lala m'a dit vouloir me garder auprès d'elle, j'ai compris qu'il me fallait renoncer à Hollywood parce que Hollywood me ferait faire n'importe quoi.

J'étais loin d'être convaincue par ce renoncement mais bon, si on ne croit pas en son prochain, en qui croit-on à part soi ?

Je méditais sur cette interrogation universelle en sirotant ma nouvelle commande, un whiskey sour, heureuse de retrouver la note acidulée du citron dans un bon whiskey de seigle.

— Miller a-t-il des liens avec America First ? demandai-je après avoir terminé mon verre.

— Il ne m'en a jamais parlé. Vous savez, l'Église du Seigneur revenu, c'est lui. Il se croit réellement dépositaire d'une mission sur cette terre et elle n'est pas de déclarer la guerre aux nazis. Ce qu'il veut, c'est revenir au temps des pères pèlerins du *Mayflower* avec quelques aménagements comme l'eau courante, la voiture et l'électricité. Mais en tout cas, pas le cinéma !

~

Rasé trois ans plus tôt pour faire place à la gigantesque gare centrale d'Union Street, Chinatown s'était reconstitué à quelques rues de là, avec ses pittoresques maisons en forme de pagodes aux tuiles rouges et aux couleurs vives. Des lampions colorés pendaient sous les auvents des boutiques.

Dans le mot trouvé dans ma boîte aux lettres, Arkel me donnait rendez-vous dans un lieu sacré bouddhiste. Le sanctuaire abritait le temple recouvert d'un immense toit légèrement courbé, dépassant la base de près de la moitié. Pas de pierre. Comme dans la tradition, tout était en bois. L'ombre du toit surdimensionné me happa, me préparant à l'atmosphère de recueillement des couloirs et de la pièce centrale. J'y trouvai Arkel brûlant des bâtonnets d'encens près de l'autel.

— Vous êtes bouddhiste ? m'enquis-je, surprise.

— Non, pragmatique. Comme il n'y a que des Asiatiques ici, on repère plus facilement les Blancs !

Son regard balaya les lieux, semblant s'imprégner de cette ambiance paisible.

— La disposition de ce temple est imprégnée des lois de la cosmologie mystique supposée contrôler le fonctionnement de ce foutu univers et l'harmonie entre le ciel et la terre.

Son visage arbora une expression sévère.

— À propos d'harmonie, le rendez-vous était à neuf heures, pas à dix ! Je viens de dépenser en bâtons d'encens de quoi nourrir une portée de Chinois pendant un mois ! Bon Dieu, vous étiez passée où ? On ne vous a pas vue rentrer de la nuit. Si vous découchez, mieux vaut prévenir.

Je lui racontai mes aventures avec le type de la censure puis mon emprisonnement et mon baptême forcé. Son visage prit carrément une tournure sinistre.

— Évangélistes ou non, murmura-t-il, les dingues, moi je les soigne. Ils vont sentir la pointe de mes chaussures. Je vais graver mon mécontentement sur leur cul !

— Où était donc mon ange gardien ? Je m'étais presque habituée à avoir un sauveur, moi !

— Désolé, je n'ai pas des moyens illimités. On ne peut pas être partout. Mais vous rendre seule dans la gueule du loup, cela dépasse mon entendement. Il est exaspérant de constater que vous n'avez pas pris la mesure du danger. Et côté militaire, vous êtes un désastre. Se laisser emprisonner par des évangélistes ! Il faut vraiment que je vous donne quelques leçons de combat et de tir. On s'y met cet après-midi.

Une fois promis de le prendre comme instructeur, j'entrepris de le cuisiner.

— Vous avez fait quoi exactement ces derniers temps ?

— On a identifié le type qui voulait jouer avec votre joli corps sous les panneaux de Hollywoodland. Un malfrat surnommé « Grille d'Égout » car il avait les dents écartées et sentait mauvais. Certains louaient ses services pour faire du recouvrement musclé de créances. Il aimait bien casser les doigts, maintenant il ne casse plus les pieds à personne !

Comme il ne marquait aucune pause ou intonation particulière, j'en étais toujours à me demander si Arkel faisait de l'humour ou non.

— Il avait l'habitude de donner ses rendez-vous dans un restaurant de tacos près d'Union Station. On l'y a vu avec un type de la haute dernièrement, mais ce n'était pas Bishop. Sa nana nous a confié qu'il avait été contacté il y a peu de temps par des gens très comme il faut, pas du tout ses clients ordinaires. Suite à votre alerte, je me suis intéressé aussi à Morton Security. On les a dégagés de la villa de Lala. Certains des capitaux de cette société proviennent d'un industriel de l'automobile particulièrement antisémite. Vous voyez de qui je veux parler ? Détail intéressant mais peut-être simple coïncidence, Grille d'Égout a appartenu à Morton Security il y a quelques années.

Il planta son dernier bâton d'encens.

— Si avec ça j'ai pas amélioré mon karma ! À propos,

votre petite amie est passée chez vous hier soir. Elle a laissé un mot avant de repartir.

— Oui, répondis-je d'un ton neutre, je l'ai lu.

« T'es où ? Bon, je rentre chez moi. Tu sais où me trouver. »

Jamais bon signe, les phrases courtes.

— Vous allez au studio Lindqvist, décida Arkel. Un laissez-passer à votre nom vous attend à l'entrée. Il y avait des manifestants isolationnistes devant l'entrée ce matin, alors on a retardé l'arrivée de Lala à onze heures.

— Vous me prenez pour votre esclave personnelle ?

— Vous êtes ma collaboratrice préférée ! À ce titre, vous m'adorez et vous faites tout ce que je vous ordonne !

— Je suis censée faire quoi ?

— Bishop a déjà mordu à l'hameçon. Continuez à jouer votre rôle. Agitez-vous dans tous les sens. Quittez précipitamment le studio, revenez-y l'air catastrophé. Que sais-je ? Tiens, allez à la banque de Lala avec elle. Nos ennemis croiront qu'elle est sur le point de payer une rançon pour un chantage.

— Entendu, mais j'ai une autre idée. Je vais inviter ce soir Louis Miller à dîner dans un restaurant chic et bondé. S'il marche avec les gars d'America First, ceux-ci vont se poser des questions. Ils s'en poseront également s'il n'est pas avec eux.

— Excellente idée. Ils vont se faire des varices au front !

— Mais j'aurai besoin de couvrir mes arrières avec vous. Après le baptême, je n'ai pas envie de connaître le chemin de croix ! Baptisée oui, sainte non !

— D'accord, vous aurez deux de mes gars. Signe de

reconnaissance, le majeur pour se gratter le nez. Techniquement c'est impossible, ils seront les seuls à tenter l'aventure.

— Vous êtes drôle quand vous le voulez !

Il me jeta un regard perplexe.

— Vous êtes bien la seule à le penser ! Ah oui, une dernière chose : je vous ferai livrer un paquet au studio : un holster conçu spécialement pour les femmes. Je l'ai moi-même enduit de graisse de porc pour que votre pistolet en sorte plus rapidement. La prochaine fois, vous me ferez le plaisir de flinguer ceux qui veulent vous inviter à une baptême *party* !

~

Munie de mon laissez-passer, j'attendis l'arrivée de Lala à l'intérieur du studio de Lindqvist. Les manifestants étaient encore là, mais moins nombreux que ce matin me dit-on. Des gens plutôt populaires et de tous âges, avec beaucoup plus d'hommes que de femmes. Des pancartes contre le tournage d'un film pour la guerre fleurissaient.

America First ! N'envoyons pas nos fils à la guerre ! Là-bas, c'est ailleurs !

Mais pas de slogans antisémites, le choix des studios Lindqvist s'avérait judicieux. L'endroit paraissait minuscule comparé à la Metro. Les plateaux étaient moins nombreux et plus petits, et beaucoup d'extérieurs étaient tournés dans des décors naturels comme la vallée de San Fernando.

Un frisson parcourut les curieux lorsque la Cadillac se présenta et fut arrêtée par des manifestants véhéments. Quelque chose d'extraordinaire se produisit alors que la sécurité s'apprêtait à sortir pour lui dégager le chemin. Au lieu d'attendre qu'on fasse un couloir à son véhicule, Lala en descendit calmement et parcourut d'un regard arrogant la foule. La rumeur grondante mourut sur les lèvres des manifestants et un silence de mort régna soudain.

Je déglutis difficilement mais Lala, d'une démarche assurée, se mit en route vers la grille. Elle avait de la glace dans les veines. Son regard restait fixé droit en direction du studio et les gens s'écartaient sur son passage. La foule ne se referma pas derrière elle, Errol Flynn la suivait, tout sourire, et se mit même à signer des autographes !

— Que fait-il là ? demandai-je à Lala lorsqu'elle franchit la grille.

— Vous ne savez pas ? s'étonna-t-elle. C'est Errol qui va jouer avec moi.

18

Le crime ne doit pas être présenté d'une façon qui créerait de la sympathie pour le criminel.

Lindqvist s'inclina devant Lala. Un mélange de fierté et d'excitation émanait de toute sa personne. Ce n'était pas rien d'avoir une star comme elle « à l'étable ».

— Vous rappelez-vous la première fois que vous êtes venue dans mon bureau pour signer votre contrat ? Vous m'avez dit alors quelque chose d'important…

— Je ne m'en souviens pas.

— Allons, on ne peut oublier un tel mot d'esprit !

— N'en faites pas trop, dit Lala d'un ton glacial, il y a onze ans vous m'avez vendue comme du bétail.

On entendit presque le son d'une claque sur la joue du producteur alors que Lala n'avait pas bougé d'un pouce.

— Vous n'auriez pas fait cette carrière si vous étiez restée chez moi, balbutia-t-il. Je ne pouvais pas vous offrir ce que vous méritiez.

— Vous ne m'avez pas vendue assez cher, il ne fallait pas me brader !

Décontenancé, Lindqvist marmonna quelques banalités sur la valeur sans commune mesure de Lala avant de s'empresser de tourner les talons. Sur le plateau 4, des machinistes portaient sur leur dos des arbres et des feuillages en carton-pâte.

— Qu'est-ce que c'est que cette forêt ? demandai-je.

— Oh, fit Lala, c'est grâce à Errol, il nous a fait prêter par Warner Bros le décor de la forêt de Sherwood pour éviter des plans extérieurs. Il faut reconnaître que les grandes compagnies se comportent bien avec nous en cette occasion.

Je surpris sur moi le regard de Jack Hudson. Le réalisateur me détaillait sans vergogne, mais peut-être pas sans malice. L'instant d'après, l'assistant réalisateur se matérialisa près de nous avec la grâce d'un lutin épuisé par une tournée de Noël.

— Votre scène est dans trente minutes, Lala.

La star s'adressa à moi.

— Vous voulez bien me donner la réplique dans ma loge ?

Celle-ci faisait seulement la moitié de celle que la Metro mettait à sa disposition mais elle était aussi grande que mon salon et garnie de fleurs fraîches. Une minute plus tard, elle se remplissait sans cesse comme la cabine des Marx Brothers, dans *Une nuit à l'opéra*, qui finissait par déborder à la manière d'un placard à balais trop rempli. Lala chassa donc sa vraie assistante, son agent, son masseur, sa maquilleuse et un énième assistant réalisateur.

— J'ai eu tort de m'en prendre à Lindqvist, regretta-t-elle. Il m'a donné ma chance alors que j'étais une inconnue. Après mon second rôle, nous avons dîné avec Louis B.

Mayer mais l'affaire était déjà conclue entre eux. Je me suis retrouvée la semaine suivante dans le bureau de Louis qui m'a gentiment pincé les fesses en me promettant que je serais son étoile de demain.

Je hochai la tête sans trop savoir que dire. L'incident m'avait surprise, tant mieux si elle le regrettait. Lindqvist avait l'air d'un brave type qui faisait au mieux en ces circonstances.

— Vous êtes le professeur, m'expliqua Lala en me tendant un double de son texte. Il a fui l'Allemagne nazie et a été accueilli dans une famille de la classe moyenne qui ne se rend pas compte de la situation en Europe. Je joue l'épouse et je suis également courtisée par un homme qui me trouble, mais dont je ne partage pas les idées isolationnistes et pro-nazies. J'aime bien mon personnage car il n'est ni bon, ni mauvais. En fait, c'est une femme endormie. J'ai dormi moi-même longtemps, savez-vous ?

Je ne voyais pas du tout à quoi elle faisait allusion. Elle alluma une cigarette et s'environna d'un halo de fumée.

— Mon personnage s'imagine qu'une liaison avec un homme séduisant la réveillerait, mais ce n'est pas une bonne idée et elle s'en rendra compte.

Je ricanai.

— De toute manière, la censure n'aime pas les adultères.

— C'est là toute l'habileté de votre père. Cette femme évitera une liaison en s'engageant dans le camp pour la guerre !

Elle écrasa dans le cendrier sa cigarette à peine entamée.

— Prête ? Je commence. *Vous revenez d'Europe, professeur, qu'y passe-t-on dans les salles de cinéma ?*

— Comme si les gens avaient envie d'aller au cinéma là-bas !

— De toute façon, on ne doit y voir que des films de propagande nazie.

— Et vous n'y verrez bientôt plus un seul Juif.

— Vous avez gardé des contacts là-bas ?

Je secouai la tête.

— Il y a suffisamment de Juifs qui ont fui l'Allemagne pour venir se réfugier aux États-Unis.

— Êtes-vous juif, professeur ?

— Oui, et j'arrive presque à me supporter !

— Humour juif ? Moi, je suis protestante et ceux-ci ne sont pas réputés pour leur humour. En fait, ils n'en ont pas du tout. J'ai moi-même beaucoup de mal avec les comédies.

— Tant mieux, l'heure n'est plus aux comédies mais aux drames. Ici, vous vivez comme des pommes de terre dans une cave. Vous ne voulez rien voir. Depuis 1933, les intellectuels exilés d'Allemagne, juifs ou pas, ont tenté de vous alerter. Le régime de Hitler est un régime de massacre et de torture !

— Vous voudriez envoyer nos garçons là-bas ? Encore ?

— La prudence est souvent un piège trompeur. Pendant que vous dormez, votre ennemi se renforce.

Lala soupira et posa son texte.

— J'ai l'air un peu bécasse, mais ce professeur juif exilé d'Allemagne va éveiller la conscience de mon personnage de femme au foyer.

— C'est Errol qui le joue ?

Elle pouffa de rire.

— Trop séduisant. Le personnage du professeur éveille la pitié. Non, Errol interprète le jeune homme de bonne famille qui me courtise, membre d'America First, et qui va se révéler un dangereux nazi.

J'eus une révélation.

— Lindbergh ! Beau et viril comme lui, il va susciter l'admiration puis le mépris. C'est bien pensé.

Lala étrécit les yeux.

— Votre père a toujours été culotté. Vous seriez étonnée, si vous saviez…

~

La lumière rouge s'alluma pour signaler le début de la prise dans le décor d'un boudoir luxueux.

— Silence, lança un assistant réalisateur, la caméra tourne.

— Et… action ! fit Jack Hudson.

Lala se lança :

— *Vous revenez d'Europe, professeur …*

En changeant la caméra de position dans un même espace, Jack Hudson se servait de champs et contrechamps pour montrer des points de vue différents.

Toujours à l'affût, je parcourus du regard les lieux et les personnes entassées dans un étroit espace auprès de Lala et du professeur. Comme une caméra qui recule, je pris du champ pour élargir ma vision. À l'entrée du plateau, je découvris le machiniste. Comme moi, il ne fixait pas Lala et le professeur mais les gens autour d'eux. Il dut surprendre mon intérêt pour lui car il se détourna vivement et quitta le plateau. La manche de sa chemise, qu'il portait non boutonnée aux poignets, se releva un instant, dévoilant un curieux tatouage.

Je savais que le svastika était un symbole millénaire qu'on retrouvait dans le monde entier et qu'on en avait même découvert des vestiges sur le site de Troie, mais les nazis l'avaient récupéré pour le dévoyer et en faire leur marque de fabrique, l'emblème de leur identité aryenne.

Je suivis le machiniste jusque dans les décors et palpai mon arme dans son holster. C'était réconfortant de la sentir sous ma veste. L'homme était jeune, grand et costaud. Il marchait rapidement. Je le suivis dans l'entrepôt où l'on venait de stocker la forêt de Sherwood. S'y trouvait également tout le mobilier dont on peut avoir besoin en tournage. Ici, celui du salon ou d'une chambre de maison bourgeoise, là, des bureaux pour simuler un environnement de travail, un décor de bar avec un comptoir en zinc…

Le machiniste venait de disparaître derrière les faux arbres et feuillages. J'avançai avec prudence, hésitant encore à sortir le pistolet de mon holster. Le silence était total. Le cœur battant, je fis un pas en avant puis un autre.

À cet instant, il y eut un craquement et toute la forêt de Sherwood me tomba dessus.

19

Aucun film ne doit se moquer de la religion sous toutes ses formes et de toutes les croyances.

Errol Flynn surgit du plateau d'à côté. Le beau moustachu se révéla tout de suite homme d'action, se précipitant dans les décombres et me dégageant avec l'aide d'un opérateur.

— Ça va ?

Pour quelqu'un qui a failli être noyé la veille et abattu par des arbres le lendemain, je n'étais pas au mieux de ma forme. Ce que j'exprimai en un grognement sorti tout droit du temps des cavernes, lorsque l'*Homo sapiens* ne perdait pas son temps en discussions inutiles.

— Vous avez mal ? demanda mon sauveur tandis que grimaçais en remuant le bras gauche.

— Non, mes os sont en acier. Pfff, mais bien sûr que j'ai mal !

Errol me souleva et me porta comme si je ne pesais pas plus lourd qu'une chemise de nuit. Encore à moitié groggy, je me fiai à ses bras puissants pour m'éloigner du danger. Je crois même que j'en profitai pour nicher ma tête au creux de son épaule. Étonnamment, je trouvais ce gars-là assez réconfortant.

— Vous êtes plutôt grande mais légère vous aussi, remarqua-t-il.

— Le « vous aussi » est de trop si vous désirez me séduire.

— Bah, je ne vais pas vous mentir. Vous savez bien que je suis un homme à femmes !

Il me déposa sur une chaise avec une délicatesse inattendue.

— Petite fleur, dit-il, vous êtes tout ce que j'ai jamais désiré. Je vous donnerai mon âme, mon amour, ma vie…

— C'est une de vos répliques de film ? demandai-je.

— Comment vous avez deviné ?

— C'est à chier.

~

Le chef de la sécurité n'était pas enclin à nous laisser seuls. Arkel le poussa fermement vers la sortie.

— C'est plus ton affaire : le FBI a débarqué, eh oui Ducon !

— En studio les jurons sont proscrits, protesta l'homme avant de se faire mettre à la porte sans que Lindqvist lève le petit doigt.

Arkel considéra d'un air sinistre le machiniste tatoué qu'on avait amené dans les locaux de la sécurité et attaché à une chaise. Avec eux, il ne restait plus dans la pièce qu'un de ses hommes, le producteur et moi.

— Faut-il être con pour faire tomber un décor de cinéma

sur quelqu'un et se faire assommer par la même occasion! se moqua Arkel.

— Il faudrait prévenir la police, suggéra nerveusement Lindqvist.

— Hum, non. Il risquerait d'avoir un procès équitable!

Je me hasardai à proposer mes bons offices.

— Tu ferais mieux de nous dire pour qui tu travailles, conseillai-je à mon agresseur. De toute manière, l'homme qui est là te fera parler quoi qu'il en coûte. Il est mauvais comme une teigne.

Arkel approuva en souriant. Le garçon me jeta un regard méchant.

— La prochaine fois, je te déchire, salope!

Toute trace de gaieté disparut d'un coup des yeux d'Arkel. Avant que j'aie le temps de dire *Dieu te pardonne*, il frappa deux fois.

— Salaud, vous m'avez cassé le nez! se plaignit le prisonnier pendant que Lindqvist protestait.

— Tu m'as bien cassé les pieds! rétorqua Arkel. Ça, c'est juste pour t'apprendre à parler respectueusement aux dames. Le meilleur reste à venir!

— Mais qui vous êtes?

— J'appartiens à la Ligue de la décence, répondit très sérieusement Arkel, on n'y aime pas les tatoués. Bon Dieu, tu as un pois chiche carbonisé à la place du cerveau pour t'imprimer sur la peau tes sympathies nazies!

— C'est juste une croix.

— Ouais, et finalement Hitler n'est pas un si mauvais gars que ça! Y a plus de neurones dans un flan à la vanille que sous ton crâne de piaf!

Il se tourna vers nous.

— Je crois que je vais le mettre dans le coffre de ma voiture et l'emmener faire un tour dans les bois !

— Vous ne pouvez pas faire ça ! s'écria le machiniste.

— Ben si ! Je t'attacherai à un arbre et je t'écorcherai vif si tu ne me dis pas pour qui tu travailles.

— Je travaille pour personne.

— Non, et tu t'es fait tatouer cette jolie croix gammée en hommage à ta maman qui a porté pendant neuf mois un con comme toi ? Continue, et je te fais bouffer tes couilles en vinaigrette !

Inquiet pour sa virilité, le machiniste finit par lâcher le morceau et balança Bishop. Comme le jeune homme avait déjà travaillé en studio, le patron d'America First à Los Angeles lui avait demandé de répondre à une offre d'emploi de Lindqvist pour s'infiltrer sur le tournage et lui rapporter ce qui s'y déroulait. D'autres sympathisants d'America First étaient chargés d'entretenir le vacarme devant les grilles du studio pour détourner l'attention.

Lorsque Arkel sortit un couteau en lui saisissant une oreille, le tatoué avoua qu'il avait également comme instruction de saboter le matériel si l'occasion se présentait. C'est pour cette raison qu'un projecteur Mole-Richardson à ampoule incandescente ne fonctionnait plus.

S'il sembla remplir Lindqvist de désespoir, cet amateurisme me rendit tout aussi perplexe que l'ancien des commandos.

— Vous allez le livrer à la police ? s'enquit le producteur.

— Pour avoir fait tomber la forêt de Sherwood sur Mlle Mallone ? Un chef d'accusation inhabituel. Non, on va plutôt le mettre hors circuit dans un endroit isolé. Sa disparition inquiétera plus Bishop que son inculpation, et un ennemi inquiet est un ennemi sous pression !

— Mais nous sommes en Amérique, protesta Lindqvist, ce garçon a des droits.

Arkel se contenta de le regarder en souriant. Il devait fixer de la même manière un enfant qui a encore des tas de choses à apprendre.

~

Arkel envoya un de ses hommes nous chercher à manger dans un restaurant chinois. Je me retrouvai à pignocher dans mon assiette du poulet et du riz gluant enveloppés dans des feuilles de lotus. Pour le dessert nous attendaient des biscuits contenant une maxime ou un conseil pour l'avenir. J'en fus pour mes frais car le mien donna : « Le message rempli de sagesse que vous cherchez se trouve dans un autre biscuit ! » Arkel me lut le sien avec perplexité :

— « Vous êtes la nouille croustillante dans la salade de la vie. »

— Où vos gars ont-ils amené ce machiniste ?

— En lieu sûr où on va l'interroger un peu plus, même si à mon avis cela ne nous conduira pas très loin.

Il se méprit sur mon expression.

— N'ayez pas de compassion à son égard. Juif ou lesbienne, c'est du pareil au même pour lui. Je crois qu'il aurait sa place dans les rangs des SS.

Il parlait sans haine mais avec une grande colère contenue.

Les poches sous ses yeux soulignaient le manque de sommeil et pouvaient expliquer son exaspération.

— Qui vous dit que je suis lesbienne ? protestai-je.

Arkel me considéra pensivement.

— Je n'ai de préjugés d'aucune sorte. Et vous devriez cesser d'avoir honte de qui vous êtes.

Son ton était sincère.

— Pareil, répliquai-je, vous ne devriez pas dissimuler votre judaïté !

Il haussa les épaules et mastiqua avec satisfaction sa nourriture.

— Vous aimez la cuisine asiatique ? demandai-je.

— Elle est très saine et permet de rester en forme.

J'eus une révélation en repensant à Arkel allumant des bâtons d'encens au temple bouddhique. Sa posture était respectueuse.

— Vous connaissez bien l'Asie ?

— J'ai bourlingué là-bas après la guerre. On m'a envoyé à Vladivostok en 24 lorsque les Russes blancs tenaient encore la ville, afin d'évaluer leurs chances de survie face à l'Armée rouge. Facile, elles étaient égales à zéro. Je suis allé ensuite en Chine, au Japon. On parle beaucoup de l'Allemagne nazie, mais les Japonais sont pires. On a alerté depuis longtemps mais les gens n'écoutent jamais tant qu'ils n'ont pas la tête dans la merde !

Une fois lancé, on ne l'arrêtait plus. Fascinée, j'écoutais cet homme plus complexe que je ne l'aurais cru.

— Les Japs ont développé très tôt la doctrine du *hakkō ichi'u,* « les huit coins du monde sous un seul toit ». Cette idéologie est fondée sur la supériorité de la race nippone et son droit à dominer l'Asie. Chez eux, ils stérilisent les handicapés mentaux et ceux qu'ils considèrent comme des déviants. Dans les pays occupés, ils tuent, torturent et mutilent ou se livrent à des expériences médicales innommables sur les civils. Ils ne considèrent pas les Chinois qu'ils ont vaincus comme des êtres humains. Et leurs troupes bénéficient de « femmes de réconfort », euphémisme pour désigner l'esclavage sexuel.

Son regard m'enveloppa.

— Ça vous rappelle quelqu'un ? La politique expansionniste du Japon avec l'annexion de la Corée et de la Mandchourie a laissé le monde libre à peu près aussi indifférent que l'annexion de la Pologne ou de l'Autriche par Hitler. Maintenant, ils sont en train de conquérir la Chine avec la règle des *Trois Tout* : « Tue tout, brûle tout, pille tout ».

Je respirai un grand coup. Voilà comment, me dis-je, on part d'un élément d'enquête comme le prétendu vol de photos pour embrasser une problématique bien plus large : l'entrée en guerre des États-Unis !

~

Le stand de tir se trouvait à deux pas de là. Murs et sols de béton dense, odeur tenace de poudre. L'employé qui nous attribua un couloir de tir ne se permit pas de donner des conseils à mon compagnon.

Arkel vida son chargeur sans sourciller. J'écarquillai les yeux. Il venait de tout mettre dans le mille. Il ne sembla en tirer aucune satisfaction particulière. La routine.

— À vous, dit-il en posant ses deux mains sur ses hanches et en m'examinant d'un œil critique.

Je ne me débrouillais pas trop mal d'ordinaire et fis un tir correct. Arkel arbora une mine crispée.

— Bon, dit-il, je vois le problème. Vous avez tendance à tirer en remontant en haut et sur la droite. Une seule solution si on n'arrive pas à corriger ça : vous visez la couille gauche et vous remontez jusqu'à l'épaule droite en arrosant. Généralement, ça calme les ardeurs du gars d'en face. Vous allez me vider encore six chargeurs, puis nous irons dans la salle d'à côté. Je vous y montrerai deux ou trois prises simples pour mettre quelqu'un hors d'état de nuire au corps à corps.

— Vous êtes sérieux ?

— Oui, désormais vous travaillez pour moi, et je tiens à vous garder vivante et en bonne santé. J'ai besoin de vous.

Immédiatement, je fus sur le qui-vive.

— Que se passe-t-il ? demandai-je.

Pour la première fois, il me parut réellement soucieux.

— Cela a mis un peu de temps, car nous ne sommes pas dans le cadre d'une enquête officielle, mais je viens d'avoir un accès aux comptes bancaires de Lala.

Il baissa la voix même si nous nous trouvions seuls.

— Elle effectue un retrait en liquide de cinq mille dollars chaque mois, murmura-t-il. J'espère qu'il ne s'agit que d'une affaire de drogue ou de gigolo. Si c'est pour un chantage, nous sommes marron ! Imaginez que le maître chanteur possède réellement des photos compromettantes de Lala ?

~

Jack Hudson sortit de la loge en soupirant. Il tira une flasque de sa poche et but longuement au goulot. S'apercevant de ma présence, il posa sur ma personne un regard indéchiffrable, puis me fit un clin d'œil. Il passa ensuite à côté de moi, en me gratifiant au passage d'une petite claque amicale sur les fesses.

Réprimant mon irritation, j'entrai dans la loge. Lala se trouvait en compagnie de son agent.

— Chérie, disait-il, Louis B. Mayer a pensé à toi pour un film très romantique.

— Je sais comment il procède, il me dira : « Ma chère enfant, ce script a été écrit pour vous. Croyez-en ma très longue expérience, ce sera un succès phénoménal. »

— Oui, c'est à peu près ça.

— Et quand je réclamerai le scénario, il me répondra : « Ne perdez pas de temps à le lire, je vais vous le raconter. »

— Et il te mimera tous les personnages.

— Exactement !

Ils rirent de concert jusqu'à ce que Lala daigne intégrer ma présence à sa réalité.

— Chéri, dit-elle à son agent, nous en rediscuterons. J'ai besoin de parler à mon assistante.

Le parasite ne protesta pas et nous laissa après avoir salué sa poule aux œufs d'or. Je ne lui accordai pas plus d'attention qu'il ne m'en prêta. Ces gens-là sont pires que des tiques assoiffées, ils n'en ont qu'après la bête à laquelle ils sont cramponnés.

— Ils sont tous à quatre pattes devant vous, remarquai-je.

Lala sortit une cigarette de son étui et s'immobilisa, ne comprenant pas pourquoi on ne lui offrait pas immédiatement du feu. Finalement, je me dévouai.

— Vous savez ce qu'est une star ? demanda-t-elle. Au cours d'une réception, l'une d'elles que je ne nommerai pas a flirté avec un réalisateur sous le nez de son mari, un médecin. Ensuite, elle s'est dirigée vers son époux pour lui apprendre que ce réalisateur allait la raccompagner et lui a demandé les clés de la maison.

— Il les lui a données ?

— Oui. On ne refuse rien à une star.

Je sifflai entre mes dents.

— La star en question, ce ne serait pas Ingrid Bergman ?

Lala ne répondit pas.

— Si vous avez un moment, ça vous dirait de m'accompagner à votre banque ? fis-je. Vous donnerez ainsi l'impression d'être soumise à un chantage.

Il s'agissait d'un plan conçu avant d'apprendre ses retraits mensuels. Comme je m'y attendais depuis les révélations d'Arkel, Lala tiqua. Je la sentis réfléchir à la manière de décliner.

— C'est inutile, dit-elle enfin. Le tournage commence et l'intérêt qu'on me porte est largement suffisant. Vous avez vu la foule devant l'entrée du studio et ce machiniste…

— D'accord, mais le coup de la banque, c'est une trop bonne idée pour occuper l'adversaire !

— N'insistez pas, c'est non.

— Lala, fis-je, Arkel a pensé détourner l'attention sur une fausse tentative de chantage, mais si vous en êtes déjà victime, rétrospectivement ce n'était pas une très bonne idée…

Un instant, le masque de Lala se fissura, révélant une peur panique. Elle tenta de composer.

— Qu'allez-vous imaginer ?

— Cinq mille dollars en liquide retirés chaque mois, vous croyez que ça passe inaperçu ?

Tout à coup, je n'eus plus devant moi qu'une petite fille apeurée.

— Je suis là pour vous, fis-je doucement. Alors, c'est quoi votre problème ?

Elle releva soudain la tête, un air de défi dans les yeux comme une gamine qui a décidé de tenir tête à ses parents, quitte à se manger une paire de gifles.

— Cinq mille dollars, c'est pour mes pauvres !

~

Comment aider une cliente qui refuse votre assistance ? Manifestement, j'étais passée à côté de quelque chose.

Le cercle familial est toujours idéal pour en apprendre plus sur une personnalité et une histoire. Lorsqu'on n'a pas celui-ci sous la main, mais que votre cliente est une star suivie et scrutée depuis son arrivée à Hollywood, il faut faire confiance aux journaux !

En 1865, quinze jours après le vote du treizième amendement de la Constitution des États-Unis abolissant l'esclavage, se créait le Ku Klux Klan (KKK) qui prônait la suprématie de la race blanche. Douze ans plus tard, les lois ségrégationnistes Jim Crow étaient votées par les assemblées législatives des États du Sud. En Californie, soixante ans plus tard, on était un peu plus progressiste puisque l'archiviste du *Los Angeles Times* était un Noir. Il me pourvut d'une abondante documentation dans laquelle je me plongeai avec délectation.

Il me fallait trouver un scandale ayant failli éclabousser

Lala dans le passé. Lire entre les lignes des soupçons ou des insinuations.

Naissance de Lala en 1906, premiers pas à Broadway en 24 et cinq ans plus tard à Hollywood. En 35, premier mariage suivi d'un divorce l'année suivante. Je tombai ensuite sur un article qui mentionnait en 1937 un incident qui aurait pu être dramatique pour l'actrice. Dans un salon de coiffure réputé, la couleur appliquée sur ses cheveux avait soudain pris feu. Une coiffeuse s'était précipitée pour saisir près d'elle un manteau pendu à un crochet et le jeter sur la star afin d'éteindre les flammes. Le *Los Angeles Times* rapportait qu'une actrice présente au salon s'était écriée : « Non ! Pas mon manteau ! »

Je continuai mes lectures. Lala avait emménagé dans sa résidence actuelle quatre ans plus tôt. Auparavant, elle possédait une maison dans le sud de Malibu, pas très loin de Big Rock. Jolie baraque au style hispano-mauresque, d'après quelques photos. En 38, retour à l'écran après près d'un an d'absence, second mariage avec Guardanio et décès de celui-ci l'année suivante. Les photos de Lala, *la veuve la plus célèbre de l'Amérique*, étaient désormais peu nombreuses. Manifestement, elle ne sortait plus que pour les premières de ses films et les galas de charité. Sur les clichés d'ailleurs, on ne la voyait plus avec un verre d'alcool entre les mains. Elle avait dû se mettre au régime sec. La pauvre !

Je revins en arrière. J'appris que Lala avait une mère et une sœur jumelle. En 39, à l'occasion de l'enterrement de Guardanio, on voyait une photo de la mère, une femme qui avait dû être belle par le passé, surprise avec la star à l'arrière d'une voiture. La vieille semblait ailleurs. Pas d'autre photo d'elle ou de la sœur de Lala. Cela n'était pas vraiment surprenant, les stars préféraient mettre en avant leur partenaire et leurs enfants plutôt que leur famille d'origine. Le mystère Lala restait entier.

~

Au centre du patio, un gril géant éclairait de ses flammes les convives, bien plus que les bougies disposées sur les tables. Agneau, bœuf et porc y rôtissaient allègrement, emplissant les lieux d'un délicieux parfum d'herbes aromatiques et de viande grillée.

Tout en sirotant ma vodka-martini, je fronçai les sourcils en direction des deux hommes qui se grattaient le nez avec leur majeur. C'était grotesque. Ils cessèrent aussitôt leur manège et plongèrent la tête dans leur menu avant de commander des steaks.

Élégamment vêtu, le pasteur Miller me rejoignit à ma table.

— Merci pour votre invitation, dit-il en tirant sa chaise à lui.

— Je n'ai pas dit que je réglais l'addition !

Il eut un faible sourire.

— En revanche, soupira-t-il, il était inutile de m'envoyer le FBI cet après-midi pour me sermonner.

Arkel n'avait donc pas laissé passer l'affront fait à ma personne. Je me rengorgeai malgré moi, fière d'être devenue un de ses soldats.

— Il est donc évident, reprit-il d'une voix traînante, que je ne toucherai plus à votre précieuse petite personne. Tant pis pour votre âme immortelle ! On peut passer la commande ? Je prendrais bien une belle pièce de bœuf saignante.

Je choisis pour ma part des côtelettes d'agneau et un verre de vin rouge. Une fois celui-ci en main, je regardai autour de moi. Mon objectif étant de pourrir la vie du pasteur, j'avais choisi une table éclairée par les flammes du gril afin que l'on puisse bien nous voir de loin. Je pris un air mystérieux et me penchai vers lui. Je voulais donner l'impression d'une conspiratrice qui parle à un vieux complice. Suffisamment pour embrouiller le cerveau, ou ce qui en faisait office, des gens d'America First.

— La journée a été bonne ? demandai-je en prenant un air mystérieux.

— Oui, et la vôtre ? fit-il sur la défensive.

— La routine. Après un baptême forcé hier soir, une nuit dans une cave et une évasion au matin, toute une forêt m'est tombée dessus dans l'après-midi.

Ne sachant pas si je plaisantais, il hocha sobrement la tête.

— En prenant le chêne de Sherwood sur le crâne, ajoutai-je d'un ton pincé, Dieu m'est apparu et m'a prié de vous inviter à dîner !

— Ce repas est-il pour vous l'occasion d'une déclaration de guerre ou la signature d'un traité de paix ? s'enquit-il prudemment.

— Je ne cherche pas à me venger, je souhaite enterrer la hache de guerre.

Il se détendit.

— Vous croyez vraiment que Jésus est revenu ? demandai-je.

— En fait, il ne nous a jamais quittés.

— Ah… !

Je dégustai mon verre de vin et lui son eau minérale. Le reflet des flammes du gril semblait danser sur son visage. Si Arkel n'était pas un saint, je n'étais pas certaine que Louis Miller ne fût pas le diable.

— « Au commencement, dit-il, Dieu créa le Ciel et la Terre. Et la terre était vide et nue. Les ténèbres couvraient la face de l'abîme. Et l'Esprit de Dieu planait au-dessus des eaux. »

Il me semblait avoir lu des théories contraires dans la littérature scientifique mais je ne le contredis pas.

— Croyez-vous que cet esprit nous ait quittés une fois sa création accomplie ? reprit-il.

— On dit que Dieu a créé le monde en sept jours, combien de temps faut-il pour le détruire ?

— Vous pensez aux nazis ?

— Je pense à tous les gens qui se croient supérieurs aux autres.

Il se cala droit sur son siège tandis qu'on nous servait nos plats.

— Les gens que vous citez sont trop nombreux, mais si vous parlez de ceux qui, comme les nazis ou les Japonais, estiment que leur sang ne saurait se diluer dans un sang inférieur, alors j'annonce qu'ils sont ennemis de Dieu.

— Il y a le peuple élu.

— Les pères fondateurs ont voulu faire de l'Amérique une nouvelle Israël.

— Mais sans les Juifs !

Il soupira.

— Je ne suis pas antisémite.

— Et moi je n'oublie pas qu'après le Déluge, Noé sort de l'Arche avec ses trois fils, Sem, Cham et Japhet. Comme Cham lui manque de respect, Noé s'emporte et maudit sa descendance, soit les ancêtres des peuples d'Afrique, en particulier celle de son fils Canaan, qu'il voue à la servitude des enfants de Sem, ancêtres des Sémites. Cette malédiction sera souvent utilisée pour justifier l'esclavage des Noirs et les pogroms des Juifs.

Il se mit à couper sa viande pour gagner du temps.

— N'importe qui peut solliciter n'importe quel texte pour en tirer une conclusion personnelle, rappela-t-il doctement.

— Et pour l'entrée en guerre des États-Unis ?

— Il n'appartient pas à mon église de s'y opposer, mais vous comprendrez qu'un homme de Dieu ne prêche pas l'entrée en guerre.

Je reposai mon couteau. La viande était aussi nerveuse que moi.

— Dieu n'aime pas tellement Hitler, remarquai-je.

— Comment le savez-vous ?

— Dieu et moi, on se cause souvent.

Je vidai mon verre et fis signe pour qu'on m'en apporte un autre. Le pasteur me jeta un regard désapprobateur.

— « Tu ne tueras point », rappela-t-il. Je ne suis pas un membre d'America First mais je suis contre la guerre. Nous n'avons pas d'orateur car nous énonçons des vérités que nous tenons pour évidentes. Le ton importe peu, seule compte la vérité.

C'était toute la différence entre lui et moi. Pour ma part, je me bornais à émettre des opinions.

— Pouvons-nous en conclure, demandai-je en pesant mes

mots, que vous êtes neutre dans cette affaire et que vous ne vous opposerez ni directement ni indirectement au tournage de *Cherchez le nazi* ?

— Je vous l'assure.

Il se pencha soudain vers moi.

— Maintenant que vous êtes rassurée, pourriez-vous m'aider à rencontrer Lala ?

Je me raidis.

— Pourquoi ?

— Je crois que des gens lui veulent du mal.

— Hum, je vous le confirme. Mais qui me dit que vous n'en profiterez pas pour lui plonger la tête dans un baquet ?

Un sourire illumina son visage. À tout prendre, je préférais encore celui d'Arkel.

— Oh, ça ? Mais c'est déjà fait. J'ai baptisé Lala il y a deux ans !

20

Des standards de vie corrects, soumis uniquement aux exigences du drame et du divertissement, doivent être montrés.

Lala membre de l'Église du Seigneur revenu ! Je ne pus rien tirer de plus de Miller, mais je compris que, depuis son baptême sous le patronage de Julia, Lala avait progressivement pris de la distance et que le pasteur cherchait à récupérer sa brebis égarée.

Les deux hommes d'Arkel m'escortèrent jusque chez moi dans leur voiture puis restèrent garés dans la rue. Les lumières de ma villa étaient allumées. Je poussai la porte avec un brin d'appréhension avant de respirer, soulagée. Sybil avait fait bon usage de la clé que je lui avais donnée. Ma maison était parfaitement rangée et sentait le propre et la sérénité.

— Bien, ta journée ? me demanda Sybil d'un ton glacial. Surtout ta nuit.

— Aussi surprenant que cela paraisse, j'étais séquestrée.

Je lui racontai mon baptême forcé. Je crus qu'elle s'en irait en claquant la porte mais elle m'écouta jusqu'au bout avec gravité.

— Plus c'est gros, mieux ça passe dit-on, mais là c'est tellement gros que je te crois. Mon Dieu, dans quoi t'es-tu embarquée ?

— Une affaire à fort enjeu international !

Elle attendit la suite mais, ne voyant rien venir, demanda :

— Et sinon, ta journée ?

— La routine. J'ai allumé des bâtons d'encens dans un temple bouddhiste avec un ancien militaire avant que la forêt de Sherwood ne s'écroule sur moi. Ensuite, j'ai dîné avec un pasteur qui voudrait me torturer pour connaître ce que je sais sur Lala.

Rien ne semblait plus étonner Sybil en ma compagnie.

— Et que sais-tu ? demanda-t-elle seulement.

— Rien justement !

— Alors, allons-nous coucher.

L'instant d'après, Sybil glissa sa main sur ma nuque et appuya du même geste naturel sa bouche sur la mienne.

Une part de moi redoutait de s'aventurer plus avant. Ce qui me plaît chez les femmes, c'est qu'elles ne soient pas des hommes. Les femmes trop masculines ou qui s'obstinent à imiter ou singer les hommes, très peu pour moi. Celles qui recherchent un peu d'affection par contre... Bon d'accord, avec moi elles sont mal tombées. Je suis trop indépendante, une indécrottable solitaire.

Je sursautai lorsqu'on frappa à la porte et me défis maladroitement de l'étreinte de Sybil. Un coup d'œil au judas me rassura et j'ouvris à Arkel. Celui-ci s'immobilisa en découvrant ma compagne.

— Ah, désolé, fit-il, je vous croyais seule. Madame…

Il porta la main à son chapeau pour saluer mon amie. J'appréciais qu'il marque du respect pour les femmes.

— Pouvons-nous faire un tour dans le jardin ? me proposa-t-il.

— Non, restez, dit vivement Sybil. J'ai envie de prendre le frais et de griller une cigarette.

Arkel apprécia.

— Quelqu'un de discret, déclara-t-il une fois qu'elle fut sortie. Racontez-moi votre dîner.

Je lui répétai ma conversation avec le pasteur Miller tout en versant du bourbon dans deux verres. J'allongeai le mien d'eau de Seltz et le garnis d'un quartier d'orange et de citron.

— La coïncidence est pour le moins surprenante, reconnut Arkel en prenant son verre. Un pasteur à qui un membre du bureau de censure apporte le scénario de notre film dont il a baptisé l'actrice principale ! On va fouiller dans le passé et les fréquentations de Miller. Pour le moment, je n'arrive toujours pas à établir un lien entre l'Église du Seigneur revenu et America First. Miller n'a jamais mis les pieds dans un seul de leurs comités.

— À vrai dire, je suis plus ennuyée par ce baptême de Lala. Ce pasteur en sait certainement plus qu'il ne veut bien le dire.

— Un pasteur ne confesse pas.

— Mais il peut pardonner, tout comme la communauté. D'ailleurs, lors de la reconnaissance d'un ministère, on dit au pasteur : « Vous garderez secrètes les confessions que vous recevez. »

— Et vous pensez que Lala a pu lui raconter l'événement à l'origine du chantage qu'elle subit aujourd'hui ?

— C'est possible.

— On peut compter sur Julia sur ce coup-là ?

— Elle en a déjà fait beaucoup en me tirant des griffes de Miller, fis-je prudemment.

— Entendu. De toute manière, la fréquentation de cette petite m'amène trop de questions et pas assez de réponses ! Pareil pour Lala. Ce n'est pas une dévergondée, mais de là à rejoindre les brebis de Jésus… Enfin, un baptême ce n'est pas la mer à boire !

Je haussai un sourcil.

— Je vous laisse faire, s'empressa-t-il d'ajouter. On discute mieux entre femmes. Moi, je risque de m'agacer ! Vous voulez que j'aille cuisiner le pasteur ?

— Pas pour le moment.

J'avais une idée de ce que recouvrait le terme « cuisiner » pour Arkel.

— Et America First ?

Arkel eut un de ses sourires figés qui ne dévoilait aucune gaieté mais juste une rangée de dents habituées à broyer de la viande saignante.

— Je pense que la mort de Grille d'Égout les a refroidis. Tout ça les dépasse sans doute un peu. Il y a chez eux des professionnels du journalisme, de la propagande et de la politique, voire de la violence, mais ils ne disposent pas de soldats.

— L'Amérique n'est pas une nation de soldats mais de miliciens !

— C'est juste. Mais les leurs ne sont pas encore formés,

à part peut-être ceux de Morton Security. Cela dit, ils n'ont qu'à se servir dans la pègre des *Angelinos* comme ils l'ont fait avec Grille d'Égout. Toutefois, si Arthur Bishop est le roquet de Lindbergh et la marionnette qui s'agite sur scène, il y a sans doute dans l'ombre un vrai méchant.

— Qui ?

— J'en sais rien, il n'a pas laissé les empreintes de ses mains devant le Grauman's Chinese Theatre !

Lors de son inauguration en 27, le propriétaire de ce grand cinéma en forme de pagode rouge et dorée sur Hollywood Boulevard avait eu l'idée saugrenue de prendre dans le sol les empreintes des pieds et des mains des stars du premier film qu'il projetait.

Arkel baissa le ton.

— America First a été créé l'an dernier et ce mouvement pousse comme un champignon. Son potentiel de développement est exponentiel. Beaucoup d'Américains voient dans le protectionnisme et l'isolationnisme la seule façon de défendre leurs intérêts. Pour les prochaines élections dans trois ans, America First pourrait imposer son candidat chez les républicains et l'emporter. Vous voyez Roosevelt se présenter pour un quatrième mandat chez les démocrates et affronter Lindbergh ?

Je bus une grande gorgée. Cela apaisa un peu mes nerfs.

— Pures spéculations. Un président sorti de nulle part, cela n'arrivera jamais en Amérique !

— Il y a déjà des politiciens expérimentés qui ont rejoint America First. Et que se passerait-il si Roosevelt, qui n'est pas en bonne santé, mourait en cours de mandat ? Tout ça pour vous dire que les enjeux sont tels qu'ils dépassent ce fasciste antisémite de Lindbergh. Derrière tout ça se cache sans doute quelqu'un de très expérimenté et très opportuniste. Pour le moment, nous l'appellerons le grand méchant loup.

— Vous avez bien un nom en tête !

Sans répondre, il me fixa avec son sourire dérangeant, puis dessina dans les airs un A majuscule.

~

Avant de partir, Arkel salua Sybil avec gravité. Il ne prit aucun air égrillard et ne me jeta pas de coup d'œil complice, ce qu'un homme ordinaire aurait sans doute fait.

— Il a l'air bourru mais plutôt sympathique, commenta ma compagne.

— Sans lui, je serais morte.

Je jetai un coup d'œil à ma montre.

— Il n'est pas vingt-deux heures, il faut que je parle à Lala.

Le standard téléphonique me passa rapidement sa résidence.

— Julia, c'est vous ? m'étonnai-je en reconnaissant sa voix.

— Oui, je préfère éviter quelque temps ma maison alors je couche chez Lala.

— Vous pouvez me la passer si elle n'est pas au lit ?

— Bien sûr, nous étions en pleine partie de gin-rami.

Moi qui me faisais des idées sur les folles soirées des stars !

— Vicky ? fit la voix inquiète de Lala. Que se passe-t-il ?

— Le pasteur m'a parlé, je passe vous prendre demain matin. Nous devons avoir une petite explication quant à votre baptême.

Il y eut un silence.

— Je prends l'avion demain, dit-elle, vous pouvez venir maintenant ?

— Je serai là dans une demi-heure.

Je raccrochai et me tournai vers Sybil.

— Il faut vraiment que j'aille chez Lala.

— Oh, emmène-moi. Je serais tellement heureuse de la rencontrer. Je me ferai discrète, je resterai dans un coin. Ou même, après lui avoir dit bonjour, j'irai t'attendre dans la voiture !

— Mon chou, désolée mais je crois que ce n'est pas trop le moment !

~

De nuit, Mulholland Drive est magnifiquement dangereuse. Au milieu des eucalyptus et des sycomores, la route sinueuse semble ne vous mener nulle part, sinon à la mort.

Concentrée, j'atteignis la maison de Lala suivie par les hommes d'Arkel. L'intérieur était baigné d'une lumière douce et rassurante. La femme du cuisinier me conduisit au salon où Julia et Lala jouaient. On y trouvait une cheminée et des canapés accueillants.

— Je vous laisse, dit prudemment Julia.

— Restez ! Depuis le début, vous vous foutez de moi toutes les deux.

Je fixai la Latino d'un air méchant.

— Lala n'a jamais rencontré Louis Miller. Tu parles ! Il l'a baptisée il y a deux ans !

Je me tournai vers l'actrice qui venait de rougir.

— Et vous, à quoi jouez-vous ?

Contre toute attente, ce fut Julia qui répondit à sa place.

— En ce qui me concerne, il ne m'appartenait pas de vous rapporter un événement qui relève de la vie privée de mon employeuse.

— C'est bien la première fois, me moquai-je.

— Ne me faites pas regretter de vous avoir sauvé la mise ce matin, répondit-elle.

Je levai les mains en signe d'apaisement.

— OK, OK ! Je vous suis sincèrement reconnaissante, Julia, mais serait-ce trop demander qu'on arrête de me mentir à tout bout de champ ?

Lala intervint.

— Julia est loyale, dit-elle avec conviction. Et je n'ai rien à lui cacher.

Sa voix avait marqué une infime hésitation en prononçant ces derniers mots. Les stars de cinéma ont tellement l'habitude de révéler des sentiments à travers leur diction qu'elles ne s'en rendent même plus compte dans une conversation ordinaire.

— Je vous laisse, décréta la Latino en ignorant l'invitation implicite de sa patronne à rester.

Une fois Julia sortie, je suivis Lala dans un jardin d'hiver avec des meubles en rotin garnis de coussins multicolores. Des plantes exotiques croissaient dans tous les sens et semblaient s'être reproduites plus vite que des lapins. Lorsque Lala ouvrit la porte-fenêtre, les fragrances du jasmin qui s'épanouissaient dans la nuit envahirent la pièce. Son maintien trahissait une assurance intacte. Elle me servit un brandy mais ne prit rien pour elle. J'avais déjà remarqué qu'elle ne buvait pas d'alcool, du moins en public.

— Vous n'avez jamais pensé à vous remarier ? demandai-je abruptement.

Je me mordis aussitôt les lèvres, son mari s'était tué il y a seulement deux ans.

— Grand Dieu, non ! s'exclama-t-elle. Deux fois, cela m'a suffi pour la vie. Mon premier mari me trompait et le second buvait et me trompait. Que ferait le troisième ?

— Vous n'avez pas envie de fonder une famille ?

— Je suis stérile.

Je me pétrifiai.

— Oh, pardon.

Un silence plutôt lourd.

— Moi, je suis une enfant adoptée, fis-je.

— Oui, avoua-t-elle. Je sais.

— Vous pourriez adopter, mes parents m'ont rendue heureuse.

— Vic (c'était la première fois qu'elle m'appelait par mon diminutif), je n'ai pas le plaisir de connaître votre maman, mais je sais que votre père est quelqu'un de très bien. Moi, je ne suis qu'une actrice.

— Et alors ?

Elle soupira.

— Je ne sais que jouer la comédie, être ce que je ne suis pas. Je suis quelqu'un de futile, savez-vous ? J'en ai parfaitement conscience.

— Mais vous vous êtes engagée dans la Ligue antinazie de Hollywood. Tous ne l'ont pas fait.

— Peut-être n'aurai-je pas dû. Ce choix peut me coûter cher.

Elle se mordit les lèvres. Je vidai mon brandy en grimaçant. Ce n'était pas ma boisson préférée.

— Votre baptême et l'Église du Seigneur revenu, c'est sérieux ?

Sans même que j'aie besoin de dire *action,* Lala me joua la grande scène existentielle.

— Tout nous est prêté sur terre : notre corps, notre vie. Tout cela, nous devons le rendre. Et il en est de même de la beauté qui met les hommes à nos pieds. Que serai-je dans dix ans ? Rien qu'une grimace sur les lèvres des hommes. Le temps passe si vite lorsqu'on est une star, vous savez. Notre vie est encore plus éphémère que la moyenne. Hollywood est le pays du plus bref moment. Alors oui, à un moment de mon existence, j'ai eu besoin de spiritualité.

— Et vous l'avez trouvée avec ces guignols de l'Église du Seigneur revenu ?

— J'avais essayé de retrouver le sens de ma vie avec un psychanalyste. Ce qui est rassurant quand on paye quelqu'un à vous écouter, c'est qu'on est sûr qu'il le fera. Cela sert-il à quelque chose ? Franchement, je n'ai pas trouvé.

Je connaissais la blague qui courait à Hollywood. Quelqu'un demande à un psy s'il n'est pas déprimé d'entendre à longueur de journée ses clients lui raconter leur vie. Il répond : « Qui a dit que je les écoutais ? »

— Et il vous restait Jésus ? Au moins, c'est gratuit !

— C'est rassurant la foi, vous savez, dit-elle d'un doux ton de reproche. Croire à une présence bienveillante au-dessus de nous et que tout ne s'achève pas dans la poussière. Je ne sais pas si Dieu existe, mais je l'espère.

— Moi, franchement, j'espère pas, j'en prendrais pour mon grade ! Et donc, c'est Julia qui vous a conduit à Miller ?

— C'est le père de Julia et il a voulu me rencontrer. Il était difficile de refuser.

— Julia ne vous a pas mise en garde contre lui ? Elle ne vous a pas révélé qu'il n'était pas son vrai père ?

— Si, elle m'a expliqué la situation. Et c'était d'autant plus difficile de refuser à celui qui se croyait être son géniteur. Julia n'était pas très à l'aise, à vrai dire.

Le vent du soir agita les rideaux par la fenêtre ouverte.

— Pour être franche, fis-je, j'ai un peu de mal à comprendre toute votre complaisance envers Julia. Vous avez fricoté avec elle ?

— Non ! Encore une fois, je préfère les hommes. Enfin quand je ne suis pas mariée à eux. Et je pense qu'il en est de même pour Julia, je vous l'ai déjà dit.

— Elle a un petit ami ?

— Je l'ignore mais ce sont des choses que l'on sent. Tenez, avec vous…

Je la coupai brutalement.

— Et cette rencontre avec le pasteur a été une révélation ?

— Une voie qui s'ouvre. Un sentiment de réconfort d'abord : l'appartenance à une communauté à laquelle on peut s'identifier et qui prendra soin de vous. Vous êtes un élément de quelque chose, intégrée à un projet collectif. Ensuite, j'ai été prise par mes tournages et, pour dire vrai, ma flambée religieuse n'a eu qu'un temps. Par ailleurs, certaines théories de l'Église du Seigneur revenu sur la création du monde et le sens de la vie sur terre m'ont perturbée. Je crois en Darwin, voyez-vous !

— Oui, moi aussi je crois que l'homme descend du singe, mais pas la femme ! Non, plus sérieusement, avez-vous confessé au pasteur Miller des détails intimes vous concernant ?

— Bien sûr que non !

Elle paraissait choquée.

— Vous a-t-il demandé quelque chose de particulier ?

— D'arrêter le cinéma, mais c'est toute ma vie et la seule chose que je sais faire. Il m'a fallu tellement d'efforts, vous n'imaginez pas ! Et il me faudrait renoncer maintenant ? Non ! Alors, je me suis progressivement éloignée. Au bout d'un an, j'ai définitivement coupé les ponts.

— Il ne vous a jamais relancée ?

— Il m'envoie sans cesse des invitations à ses prêches et il s'est même présenté un soir à la grille, mais je l'ai fait éconduire. Je fais toutefois un don à son église de temps en temps.

Je dressai l'oreille.

— A-t-il des moyens de pression sur vous ?

— Aucun, répondit-elle d'un ton ferme. Un baptême n'est ni un délit, ni un scandale. Mes dons suffisent à entretenir de bonnes relations… de loin.

— Cinq mille dollars ?

— Non !

— Alors à qui les donnez-vous ?

— À qui en a besoin !

Je tendis l'oreille. Il m'avait semblé percevoir une exclamation étouffée suivie d'un trottinement de souris. Je me raidis à la pensée que Julia avait pu écouter en cachette notre conversation.

Lala hésita.

— Vu ce que vous m'avez déjà raconté et l'épisode du machiniste aujourd'hui... Ils vont encore frapper ?

— Sans doute. La force d'une chaîne est égale à celle de son maillon le plus faible. Pour la briser, ils vont donc s'attaquer à lui. Est-ce vous ? Je ne vous connais pas assez pour le dire, mais probablement.

La star se dirigea lentement vers la table pour se verser un demi-verre de brandy. Elle le prit en main, puis le reposa sans le boire.

— Il se fait tard. Soyez prudente sur la route.

Je reçus cette invitation à partir comme une gifle.

Lala était une actrice. Elle vous faisait croire qu'elle se confiait à vous mais il n'en était rien. Toute cette conversation me laissa plus amère que le reste de mon brandy que je vidai d'une traite.

~

En sortant de la maison, je m'arrêtai un instant pour savourer le calme de la propriété. Dans la nuit tiède, tous les parfums de la végétation semblaient se lier entre eux pour proposer des arômes boisés et fruités propres à la Californie du Sud.

Au moment de me mettre au volant de ma voiture, j'eus la sensation étrange d'être observée. Levant instinctivement la tête, j'aperçus une face blême à une fenêtre du dernier étage. C'était une vieille femme aux cheveux d'un blanc de neige et qui me paraissait nue. Elle appuya son front contre la vitre et ouvrit la bouche comme pour articuler un mot.

Mon cœur cogna plus vite et le temps se figea. L'apparition avait quelque chose d'irréel et de menaçant. Un instant, de vieilles peurs enfantines remontèrent en moi et je crus voir un fantôme.

Une main tira soudain la vieillarde en arrière. Sa silhouette fragile et sans protection sembla glisser sur le sol avant de s'évaporer. Je restai là un instant, le cœur battant. En haut, la lumière s'éteignit. Je sentis, plus que je ne vis, un visage s'écraser à la vitre là-haut, mais ce n'était pas la vieille dame et son regard n'avait rien de particulièrement sympathique.

21

Toute référence à la perversion sexuelle est formellement interdite.

Je repris Mulholland Drive, troublée par cette apparition. Devant une des grandes demeures sur la route, un type probablement éméché s'était mis en tête de se placer au milieu de la chaussée afin de faire sortir une voiture. Je freinai à temps et klaxonnai. Il vint vers moi avec la démarche d'un canard qui a pris du plomb dans l'aile. Je baissai la glace.

— Vous allez où madame ? demanda-t-il. J'aime bien savoir pour quelle destination les gens empruntent cette route.

— Euh Errol, vous n'auriez pas trop bu par hasard ?

— Oh mais c'est vous, Vic !

— Que faites-vous sur cette route ?

— Je fais la circulation devant ma maison !

Je savais qu'Errol Flynn habitait dans le coin mais pas qu'il était pratiquement voisin de Lala. Je cédai à ses instances et garai ma voiture dans sa cour déjà encombrée de

Cadillac, de Chrysler Imperial et autres limousines. Les chauffeurs me jetèrent un regard un peu dédaigneux.

Je découvris une maison fantastique au sommet d'une colline. Mon hôte habitait une villa de style colonial espagnol au crépi rose ou orangé avec des arcades et des patios, un toit de tuiles rouges. Une végétation sauvage poussait sur la propriété, à peine canalisée et disciplinée à l'approche de la maison.

Errol donnait *une petite fête,* comme il disait. Dans les pièces, des miroirs reflétaient un paysage magnifique. Des peaux de léopards tapissaient le sol au pied de tableaux de Gauguin et même d'un Van Gogh. Un salon recelait un nombre impressionnant de maquettes de bateaux à voiles de toutes dimensions. Errol me confia son goût pour la mer en citant Pompée : « Il n'est pas nécessaire de vivre, il est nécessaire de naviguer. »

Il m'amena au bar au-dessus duquel trônait un tableau représentant une corrida. Il avait l'air de ne pas connaître la moitié des invités.

— Beaucoup de gens s'invitent ici, que je fasse une fête ou pas. Un soir, en rentrant du boulot, j'ai retrouvé de ravissantes jumelles dans mon lit. Bon, je n'en ai gardé qu'une, j'étais un peu fatigué !

Il me désigna du menton un barbu au maintien raide qui servait à boire.

— Alexandre est un Russe blanc. C'est mon serviteur mais il laisse entrer tout le monde dans la maison, surtout les filles.

Il me conduisit jusque dans le jardin, me montra ses écuries et son court de tennis. Il possédait même une ferme avec un enclos rempli de kangourous. Beaucoup de gens avaient oublié qu'il venait de Tasmanie et le prenaient pour un Irlandais. Au bord d'une grande piscine, un type dont la carrure faisait le double de la mienne surveillait d'un air sévère les baigneurs en faisant les cent pas.

— J'ai embauché un maître nageur, expliqua Errol. J'en ai marre d'aller chercher tous ceux qui tombent à l'eau et ne savent pas nager. Vous seriez venue une heure plus tôt, vous auriez vu les danseuses que j'avais louées pour un ballet aquatique. Bon, elles ont dû se faire embarquer depuis.

— Lala ne vient pas à vos soirées ?

— Non, elle est devenue très sérieuse et un peu distante. Je ne la croise plus que dans les cocktails, où elle ne boit que des sodas à la vanille ou de la limonade ! Il y a quelques années, elle n'était pourtant pas la dernière à faire la folle. Une fois, on s'est bien marrés. Je l'ai entraînée dans une chambre avec un miroir sans tain pour voir une de ses consœurs se déshabiller et enfiler son maillot de bain. Le fou rire lorsqu'elle s'est mise à enlever un point noir !

— Vous êtes un vrai gamin.

Je me mordillai pensivement les lèvres en pensant à la vieille femme. Je tentai le coup.

— Est-ce que Lala héberge sa mère ?

— Sa maman, oui. La mienne n'arrêtait pas de me mettre des beignes, seul mon père m'aimait mais il n'était jamais là. Il me laissait en Australie pour aller montrer ses découvertes en Angleterre. Des fossiles de baleines, des…

— La mère de Lala, fis-je patiemment, pas la vôtre, Errol, ni votre père, même si tout ce que vous me dites est absolument passionnant !

— Ah oui, eh bien de ce que j'en sais, elle est veuve et a débarqué chez sa fille il y a trois ans. Lala lui avait pourtant acheté une jolie maison dans sa cambrousse à Omaha, mais elle a réussi à se cribler de dettes et à l'hypothéquer.

— Comment ?

— Elle s'est trouvé sur le tard une passion pour les casinos et la roulette ! Je crois surtout que la vieille s'emmerdait. Lala a tout remboursé et, après la mort de son mari, a préféré prendre sa mère à domicile pour la surveiller.

Après le baptême de Lala ! L'Esprit saint, sans doute !

— J'ai rencontré la vieille le jour de l'enterrement de Guardanio. Elle devait picoler pas mal car elle commençait à délirer et à raconter de drôles de choses. Depuis, Lala a engagé une infirmière pour s'occuper d'elle en permanence.

— Elle racontait quoi comme drôles de choses ?

— Bah, des trucs de vieux. Le jugement selon saint Machin, les langues de feu, les quatre cavaliers de l'Apocalypse… À partir d'un certain âge, ils ont une peur terrible du Jugement dernier. Tous leurs péchés et leurs mauvaises actions leur remontent en pleine poire. Et je ne crois pas qu'elle ait été une bonne mère pour ses gamines. La mienne non plus, d'ailleurs…

— Sa sœur était là ? le coupai-je.

Il fronça les sourcils.

— Non, je me souviens que Lala nous a dit qu'elle voyageait en Amérique du Sud. Vous aimez les voyages, petite fleur ?

Il me prit la main pour rejoindre un groupe qui se pressait sur le gazon tendre.

— Il est temps de donner le signal.

Il me fit secouer une cloche pour annoncer le départ d'une course de lévriers. Sauf que les lièvres étaient de charmantes nymphettes déguisées en lapins, et les chiens des hommes égrillards leur courant après.

— Celle qui arrive la première sans être rattrapée gagne une zibeline, précisa Errol. Vous voulez boire un coup ?

— Si vous avez autre chose que du brandy !

— Maman vodka nous attend, le cul au frais !

Muni d'une bouteille, Errol nous fit asseoir sur une balancelle entourée d'érythrines, ces arbustes à grandes fleurs rouges, et de sauge violette.

— Le mari de Lala, attaquai-je, vous l'avez connu ?

— Je l'ai croisé. Moi-même je suis un gros con mais je peux vous dire que lui c'était vraiment un sale con. Lala ne demandait qu'à roucouler heureuse avec lui, mais il buvait comme un trou et baisait tout ce qui bougeait. Guardanio n'était pas aussi beau gosse que moi, mais il possédait ce charme des vauriens qui excite l'imagination féminine.

— Lala et vous, ça n'a jamais été plus loin ?

— Jamais, mais ce n'est pas faute d'avoir essayé ! Peut-être parce que j'étais marié ?

— C'est fort possible !

Il me dédia un sourire charmant.

— J'ai appris qui est votre père, respect ! Mais je n'ai pas encore bien compris ce que vous faites dans la vie. Vous n'êtes quand même pas l'assistante de Lala ? J'ai vérifié, dans l'annuaire, vous figurez comme détective privée ! Ne me dites pas que vous êtes chargée de veiller à garder les fesses propres à Lala !

Je soupirai.

— Je l'aurais dit de manière plus élégante, mais c'est quand même mon but.

Il but à même le goulot et me regarda avec gravité.

— Au collège, il y en avait de plus grands et de plus forts que moi et je ne les ai pas laissés me bousculer. Quand j'en ai été expulsé pour mauvaise conduite, j'ai gardé cette philosophie : ne jamais se laisser bousculer par les autres. Je gagne toujours mes bagarres car je sais me battre salement.

Là-dessus, il m'embrassa doucement et je fus trop surprise pour le repousser d'autant plus que, honnêtement, ce ne fut pas désagréable. Il reprit ensuite sa respiration et me murmura à l'oreille :

— Tout ça pour vous dire, Vic, que si vous avez besoin de quelqu'un pour se battre salement pour vous, je suis votre homme.

~

Retour à la maison. Après une fête chez Errol Flynn, votre foyer paisible vous semble un peu fade, mais il y a la patiente Sybil, toujours attirante même si son mystère pâlit un peu au quotidien.

Elle sentit mon haleine, m'entraîna dans la chambre et me fit asseoir sur le lit avant d'entreprendre de m'ôter mes vêtements.

— J'ai cru que tu ne reviendrais jamais. Tu as bu de la vodka chez Lala ?

— Non, du brandy. C'est chez Errol Flynn que j'ai touché à la vodka.

— Tu as passé une bonne soirée ?

— Des questions sans réponse, une vieille femme bizarre chez Lala et une course de lévriers sans lévrier chez Errol.

— Une vieille femme ?

— Sa mère. Elle a dû être une sacrée peau de vache dans le temps, mais maintenant elle a le ciboulot en marmelade.

— Tu lui as parlé ?

— Ben non, je suis pas une intime !

— Alors, tu ne peux pas savoir. Ma maman à moi, quand elle n'entend pas des voix dans sa tête, elle est tout à fait normale !

Je me laissai déshabiller comme une gamine, levant les bras quand elle me l'ordonnait.

— Il est beau mec, cet Errol, je l'ai vu dans *L'aigle des mers* et *Robin des Bois*.

Une pointe de jalousie perçait dans sa voix.

— J'ai moins aimé *La charge de la brigade légère*. Il paraît que le réalisateur faisait tomber les chevaux avec du fil de fer.

On avait dû en abattre une douzaine après ce traitement. L'affaire avait fait scandale et motivé le Congrès des États-Unis à se préoccuper du sort des animaux pendant les tournages. Aujourd'hui, il s'intéressait moins à celui des Juifs en Europe. J'en fis vaguement part à Sybil.

— Vic, il faut que tu dormes, tu n'es plus en état.

Ses bras m'entourèrent entièrement comme les barbelés peuvent cerner les limites d'une propriété. Pour une fois contente d'être prisonnière, je ne cherchai pas à m'échapper.

22

L'hygiène sexuelle et les maladies vénériennes ne sont pas considérées comme des sujets pour les films.

Longtemps, j'ai considéré que la présence la nuit d'un corps ami dans mon lit avait pour seule conséquence positive de m'éviter le milieu trop mou du matelas. Il n'en était rien avec Sybil. Je passai la nuit tendrement enveloppée par ma compagne. Jamais je n'avais autant parlé avec quelqu'un, lui racontant que depuis mes vingt ans, j'avais à peu près tout foiré. Je voulais devenir actrice et je m'étais retrouvée femme au foyer. Je voulais devenir une bonne mère et j'avais perdu la garde de mon enfant. Je voulais assumer ma sexualité et je la dissimulais soigneusement. Et en plus, je picolais trop.

Cela me faisait du bien d'en parler enfin et au matin je babillais encore comme une sotte lorsque Arkel se présenta à l'heure du café pour en réclamer un. Il sembla considérer la présence de Sybil comme allant de soi.

— Ah, fit-il, je vous ai apporté le journal. Enfin, si on

peut appeler comme ça ce torche-cul. Un sous-produit de la presse de Hearst.

Inventeur des *fake news* et des vies privées étalées sur la voie publique sous une forme romancée, William Hearst possédait une feuille de chou nommée *The Mirror*, concurrencée par un collègue de caniveaux, *GraphiC*, toujours à la recherche de quelque vice, adultère ou scandale à vendre. Sous couvert d'un sacro-saint droit à l'information, cette presse lançait les pires rumeurs, colportait les ragots les plus insensés. L'art d'insinuer amenait ces journaux à transformer le coma éthylique d'une quelconque figurante en beuverie de star, laissant une description physique de la victime qui pouvait faire penser à une actrice connue.

De nombreux tabloïds avaient fleuri depuis vingt ans, tels que *LA Confidential*. Leurs titres étaient toujours racoleurs et outranciers : « Hollywood, cimetière de la vertu ! » « Week-end d'orgie chez Robin des Bois ! » Hollywood attirait irrésistiblement la presse à scandale, avide de révéler au grand public la vie intime des stars. Elle avait brisé des couples, ou poussé d'autres à l'asile, voire au suicide. Malgré un procès gagné contre une délatrice qui avait vendu à un de ces journaux l'information d'un week-end qu'elle aurait passé à folâtrer avec toute l'équipe de football d'une université, l'actrice Clara Bow avait vu sa carrière stoppée nette.

Je lus à haute voix l'article intitulé :

ROBIN DES BOIS ET LES NYMPHETTES

Se pourrait-il qu'Errol Flynn, grand amateur de parties fines, le soit aussi de filles mineures ? L'acteur, qui se veut être un modèle pour la jeunesse, déguise des demoiselles en lapins, ceux qui les rattrapent ont le droit de les emmener en chambre. Une lesbienne notoire s'est même jointe à sa dernière soirée.

Je pâlis. Étais-je visée ? Je jetai un coup d'œil à Arkel. Il écoutait sans bouger, concentré comme s'il absorbait tout ce que je lisais. Je sentis le regard de Sybil peser sur moi. Je repris ma lecture.

À l'aide d'un ami scénariste, Flynn l'intrépide se serait fait une spécialité de proposer un petit rôle aux figurantes ou aux jeunes filles qui lui plaisent. Elles ignorent en cédant à ses avances obscènes qu'elles n'auront qu'une phrase à dire devant la caméra. Combien d'innocences perdues pour annoncer : on demande Monsieur au téléphone !

Ne faut-il pas nettoyer ce cloaque de Hollywood où des scélérats sans foi ni loi se vautrent dans le sexe, l'alcool, la drogue et les perversions les plus infâmes ?

Sybil fit claquer sa langue en matière de désapprobation. Une ouvreuse, ça respectait le cinéma.

— Presse du matin, constatai-je. Il y avait un informateur à cette soirée et qui me connaissait ?

— Partout il y a des gens qui vendent des informations. Et on commence à cancaner sur vous, à force de vous voir coller aux basques de Lala ou fricoter avec Errol.

Je jetai un rapide coup d'œil à une Sybil crispée.

— Je ne fricote pas avec Errol !

Arkel porta la main à un chapeau inexistant comme pour s'excuser auprès de Sybil.

— Pardon, madame, ce n'était qu'une façon de parler.

Il se tourna ensuite vers moi.

— Ce journal pour déficients mentaux a un faible tirage, mais l'article va attirer l'attention de Parsons et de Hopper. C'est peut-être l'objectif.

Deux mégères notoires, grosses loutres qui avaient raté leur carrière dans le cinéma, semaient désormais la panique à Hollywood. L'une avait pour nom Louella Parsons, fer de lance de la presse de Hearst, et chacun de ses articles avait la même portée que les tables de la loi sur le mont Sinaï et touchait vingt millions de lecteurs. Inquiet de sa toute-puissance, Hollywood avait discrètement participé à l'éclosion d'une concurrente : Hedda Hopper. Pas mieux, mais au moins le pouvoir de nuisance était partagé car les deux se détestaient mutuellement. Hopper avait fait vivre un calvaire à Charlie Chaplin, trop porté sur les très jeunes femmes.

— Peut-être que le maillon faible de la chaîne, après tout, c'est Errol Flynn ? fis-je songeusement. Quelle idée de l'avoir pris pour ce film !

— À tort ou à raison, les gens attendent un comportement irréprochable des actrices mais pas des acteurs. Le grand public connaît les frasques d'Errol et cela contribue plus à sa gloire qu'autre chose. À mon avis, c'est un premier coup de semonce pour nous intimider. Le second visera Lala. Vous n'auriez pas quelques œufs et une poêle sous la main ?

Sybil fit frire des œufs et du bacon pour tout le monde et le petit déjeuner fut un moment convivial comme je n'en avais pas connu depuis longtemps. Arkel nous fit rire en évoquant son adolescence.

— Oh, j'ai bien pu chahuter un peu dans ma jeunesse, mais rien d'exceptionnel. Une fois, j'ai emprunté sans sa permission le triporteur d'un marchand de glaces et je me suis fait courser par les policiers.

— Waouh Arkel, ricanai-je, ça c'est de l'anecdote !

Je repoussai enfin mon assiette vide.

— Bon, ce n'est pas tout ça, mais qui est derrière cet article ? demandai-je à Arkel.

— Je l'ignore encore, mais n'oublions pas que Hearst était déjà opposé à l'entrée en guerre des États-Unis lors de la Première Guerre mondiale et contre la formation de la Société des Nations. Il a soutenu le nazisme dans les années trente même s'il a mis de l'eau dans son vin depuis la nuit de Cristal en Allemagne. Il faut dire que, cette nuit-là, ils ont arrêté et déporté plus de trente mille Juifs, brûlé leurs synagogues, pillé leurs magasins et profané leurs cimetières.

Sybil ouvrit des yeux grands comme des soucoupes. Comme beaucoup de gens, la richesse de son monde intérieur l'empêchait sans doute de se soucier des problèmes de notre planète.

Arkel m'apprit que Lala venait de prendre l'avion, sous escorte fédérale, afin de remettre officiellement une pétition de la Ligue antinazie de Hollywood pour demander l'entrée en guerre des États-Unis contre l'Allemagne. Lala serait reçue à la Maison-Blanche par Eleanor Roosevelt en personne ! Bette Davis, James Cagney et d'autres l'accompagnaient.

Arkel comptait employer ces deux jours d'absence de la

star à éplucher les dossiers des gens bossant pour le studio Lindqvist afin de sécuriser le tournage. Jack Hudson continuait de filmer des scènes en extérieur avec Errol Flynn à Bunker Hill. Un cadre idéal de films noirs que ce quartier délaissé avec ses vieilles maisons victoriennes.

Je méditais sur ce voyage inattendu. Lala s'était bien gardée de me révéler sa destination hier. C'était une publicité sensationnelle, pour la cause comme pour le film. Mais l'événement poussait encore un peu plus Lala sur le devant de la scène et désormais toute l'attention se porterait sur elle.

~

Je me rendis chez Lala. J'étais sans doute considérée comme une invitée permanente, car le garde me reconnut et me laissa entrer. La femme de Rodrigo vint m'accueillir.

— Madame n'est pas là.

— Je sais, elle m'a dit qu'elle partait pour Washington. Julia est ici ?

— Madame lui a donné congé en son absence.

C'était bien ce que j'espérais.

— Bon, ce n'est pas grave. Lala m'a demandé de récupérer dans sa chambre des pages de scénario qu'elle a annotées. Je dois les remettre à Jack Hudson aujourd'hui.

— Je vais aller vous les chercher.

— Ne vous dérangez pas, elle m'a bien expliqué comment les retrouver au milieu de tous ses papiers.

À l'étage, je suivis un long couloir sombre lambrissé de chêne pour atteindre l'aile nord. Une porte semblait interdire son accès. Je la poussai doucement et elle ne grinça pas.

Je passai devant une chambre à la porte entrebâillée. Une femme emballée dans un uniforme d'infirmière se tapait la grasse matinée. Je sortis mon flacon d'éther, tamponnai mon mouchoir et le lui appliquai sur le nez. Elle se réveilla, se débattit à peine et retourna directement au pays des songes. Et là, le lapin blanc dut dire à Alice : « Eh ! C'est quoi ces conneries ? »

La chambre de la mère de Lala offrit à ma vue un lit à colonnes, une cheminée en marbre blanc, des tentures foncées aux murs et des fauteuils en cuir noir, une étagère de livres flambant neufs, du genre qu'on achète uniquement pour décorer, un tapis d'Orient trop grand. Tout l'attirail d'une parvenue, que la maman en question devait avoir rapatrié de son ancienne demeure.

La mère de Lala, pelotonnée dans un fauteuil, fixait d'un regard absolument vide un point aussi précis que peut l'être le néant. Je m'approchai et, m'agenouillant près d'elle, je lui saisis la main. Ses doigts étaient froids, comme si son corps refusait désormais de communiquer toute chaleur à autrui. Il devait garder au fond de lui le peu qui lui restait pour continuer à chauffer cette carcasse d'où la vie refluait.

Elle tourna lentement la tête vers moi.

— Vous êtes qui ?

Sa voix était presque normale.

— Je suis une amie de votre fille, madame Lass.

— Quelle fille ?

— Lala.

— Je ne connais pas. (Elle fronça les sourcils.) J'ai trois enfants. Des garçons je crois.

Ses souvenirs devaient s'être désagrégés pour se recomposer autrement. Tout à coup, je regrettai d'être venue. Comment interroger une démente ?

— Lala est votre fille, son vrai prénom est Lana. Elle est très gentille avec vous.

— Ah non, pas elle. L'autre, oui.

— Qui ça ? Votre mari ?

— Pas lui.

Elle me jeta un regard soudain complice.

— Lui, il était pas agréable, non ?

— Je ne l'ai pas connu ! répliquai-je. Votre fille n'est pas gentille avec vous ?

— Quelle fille ?

— Lana.

— Ah non, pas elle. Je la vois plus. L'autre, oui.

— Quelle autre ? Sa sœur ?

— Vous êtes ma sœur ?

Tenir une conversation avec elle était épuisant. J'étais déboussolée, mais elle aussi. Malgré sa démence sénile, il me semblait qu'il subsistait encore un peu de clarté dans quelques recoins de la maison.

— Qui est gentil avec vous alors ?

— Dieu.

Comme une plante qui se tourne vers le soleil, tout son corps avait basculé en direction de la fenêtre. Soudain, elle sembla auréolée de lumière. J'eus une illumination.

— Le pasteur de l'Église du Seigneur revenu. C'est lui qui était gentil avec vous ?

Elle hocha la tête sans rien dire.

— Comment s'appelait-il ? repris-je. Louis… Louis Mi…

Peine perdue : elle me regardait avec la fixité placide d'un bovin. J'essayai sans succès de trouver les mots pour stimuler son esprit. Au bout d'un moment, elle ne m'écouta plus et sombra dans un sommeil de vieillarde, une somnolence agitée dans laquelle s'entremêlaient peut-être rêve et réalité. Mais qu'est-ce que la vie, sinon un rêve éveillé ? Je l'en arrachai à regret.

— Qui êtes-vous ? me demanda-t-elle.

Elle avait la mémoire d'un poisson rouge.

— Une amie de Lala, vous êtes sa mère.

— Je suis pas sa mère, elle m'a louée pour l'occasion !

23

Le trafic de la drogue ne doit pas être présenté.

Je n'avais pas appris grand-chose et je m'étais grillée auprès de Lala. Quand la femme de Roberto lui parlerait de mon passage et l'infirmière de ses rêves sous éther, elle ne tarderait pas à comprendre et serait furieuse contre moi.

Je m'ébrouai comme un chien au sortir de l'eau. Il serait toujours temps d'abandonner alors. Mon instinct ne m'avait pour l'instant pas trompée. Il se tramait quelque chose de louches et j'en apprendrai peut-être plus en me renseignant sur la famille de Lala, à commencer par sa sœur.

Je regagnai ma villa où Arkel m'attendait en se balançant dehors sur mon rocking-chair.

— Qu'est-ce que ça a donné, votre visite chez Lala ?

— Vous faites surveiller sa maison ?

— Ben oui.

Je lui racontai l'apparition de la veille à la fenêtre et ma visite à la vieille dame.

— La mère de papa était atteinte de ce mal, ajoutai-je. Ses paroles contenaient toujours un mélange d'imagination et de vérité. Elle pouvait raconter par exemple qu'elle avait conduit sa voiture pour aller à Pasadena le matin alors qu'elle ne l'avait pas touchée depuis dix ans. Elle le croyait vraiment. Et c'est ce qu'elle faisait il y a dix ans.

— Que voulez-vous qu'elle vous raconte ? fit gravement Arkel. La mère de Lala est sénile. Sa fille l'a charitablement recueillie et la garde chez elle au lieu de la fourrer dans un asile. Peu de stars de Hollywood auraient une telle bonté d'âme.

— Croyez-en mon expérience, quand on est star, on se soucie des autres comme d'une guigne. Il n'y a plus que soi qui compte.

Mes nouveaux soupçons sur le pasteur Louis Miller l'agacèrent.

— Vous voyez la main de Dieu partout ! Et même si Miller a rencontré la mère, qu'est-ce que cela change ?

Je soupirai.

— Arkel, vous êtes un soldat, pas un flic. Vous élaborez une stratégie à long terme et des tactiques à court terme. Moi, je cherche à établir des liens entre les faits et les êtres.

Il médita cette réponse.

— Vous n'avez pas mangé ? Chez Billy Hie, ils servent des hot-dogs au serpent à sonnette.

— Sans façon !

— D'accord, je vais vous faire découvrir autre chose.

Il m'emmena dans une gargote qui ne payait pas de mine à côté du Grauman's Egyptian Theatre, un des premiers palais du cinéma de Hollywood, au patio décoré de hiéroglyphes.

On y donnait encore des avant-premières, avec tapis rouge et tout le tralala.

La découverte consistait en un délicieux sandwich trempé dans du jus de viande que nous mangeâmes religieusement en piochant de temps à autre dans notre bol de frites de patates douces.

— Le gars qui a inventé ça avait fait tomber par mégarde dans un jus de viande le sandwich qu'il s'apprêtait à servir, expliqua Arkel. Le client pressé voulut quand même le goûter et le trouva délicieux. Depuis, c'est à la carte !

Il mangeait lentement sans cesser de regarder alentour. Il devait avoir vécu si longtemps en territoire hostile que demeurer sur le qui-vive semblait être chez lui une seconde nature.

— Des liens entre les faits et les êtres, reprit-il. C'est ça qui vous plaît dans une enquête ?

— Non. Plutôt soulever les masques pour trouver qui se dissimule dessous. Tenez, vous par exemple. Vous jouez les vieux bougons…

— Je ne suis pas vieux !

— Non, vous êtes dans une forme terrible ! Mais sous le masque de l'officier de commando se cache un type intelligent et cultivé, peut-être plus enclin à la compassion qu'on ne l'imagine.

— N'importe quoi ! Pourquoi êtes-vous devenue privée ?

— Je n'ai pas pu faire une carrière d'actrice ! Et vous ? Comment êtes-vous devenu ce que vous êtes ?

Il sembla considérer la question sous tous ses angles.

— Je crois que j'ai choisi un métier qui me protège de ma propre criminalité !

— Et qui vous permette de tuer en toute impunité.

— Bah, vous savez m'dame, parfois je passe des mois sans tuer personne !

— D'où vient votre famille ? demandai-je.

— D'Europe centrale. Le problème de l'Europe était : tant de monde pour si peu de territoires. Pour l'Amérique, c'était l'inverse. Tout un pays, presque un continent, à coloniser. Vous imaginez ça ? S'enfoncer dans des terres sauvages, inexplorées. Les peupler. Semer des villes-champignons. Los Angeles était moins qu'un hameau il y a encore peu.

— Mais votre famille ne s'est pas enfoncée à l'Ouest. Vous êtes plutôt originaire des États du Sud, non ?

— Caroline du Sud.

— Comme M. Alabama ? tentai-je.

Sans répondre, il repoussa son assiette parfaitement vide et nettoyée.

— Maintenant que vous jouez dans la cour des grandes, je vais vous montrer quelque chose. Suivez-moi sans poser de questions !

Il se leva, traversa la salle à grands pas décidés et nous sortîmes par-derrière. Une voiture attendait avec, au volant, un type au visage sévère.

— Au mont Griffith, ordonna Arkel en s'asseyant comme s'il s'agissait d'un taxi.

Sans un mot l'autre démarra. Mon compagnon jeta un coup d'œil à sa montre.

— Nous allons arriver à temps pour tomber sur ces petites salopes !

~

Au-dessus de Los Feliz se dressaient Griffith Park et ses collines creusées de canyons. Le gigantesque parc regorgeait de pistes cavalières ou de sentiers pour randonneurs. Ses collines se paraient de rose au soleil couchant et, plus tard, un tapis de lumière s'étalait sous les pieds. L'Observatoire le couronnait. Don d'un industriel philanthrope en 1935, sous condition d'une ouverture gratuite au public, il offrait au regard des dômes marron et un curieux mélange de styles Art déco et égyptien. De l'Observatoire, on apercevait le panneau Hollywoodland à l'ouest et Downtown à l'est. Lorsque le temps était clair, on voyait au loin jusqu'à Santa Monica.

— Notre machiniste nous a donné ce tuyau. Ils ont pris l'habitude de se réunir là. Ils imaginent que c'est plus discret.

Muni d'une paire de jumelles qu'il me précisa être utilisée par les troupes aéroportées, Arkel m'entraîna en haut d'un de ces dômes. Il balaya les alentours avant de se figer.

— Les voilà !

Il me tendit ses jumelles et m'indiqua où regarder. Du parking de l'Observatoire sortait un cortège de randonneurs. Rien d'inhabituel en soi, mais en regardant bien on distinguait un niveau d'accompagnement inhabituel pour de simples promeneurs. Plus loin, je vis d'autres colonnes s'introduire dans les bois.

— Au fil des sentiers, expliqua Arkel, ces fils de putes se regroupent. Ils font halte dans une clairière où quelqu'un leur bourre le mou pendant une bonne heure. C'est comme ça pratiquement tous les jours et ils sont de plus en plus nombreux.

— Comment le savez-vous ?
— J'ai infiltré une de mes chattes de gouttière.
— Pardon ?
— Une de mes agentes.

Je pensai soudain à la femme aperçue au meeting d'America First avec Lindbergh. Elle semblait surveiller Julia. Mais Arkel était ailleurs, dans un monde crépusculaire et glacé où je n'avais pas encore mis les pieds.

— Je vous ai déjà parlé du Bund germano-américain, dit-il d'un ton froid, les Amis de la Nouvelle-Allemagne. Ils ont établi deux camps d'entraînement, le camp Nordlund, dans le comté de Sussex, New Jersey, et le camp Siegfried dans Yaphank, New York. En cas de guerre, ils appelleront à la désobéissance nationale.

Il récupéra les jumelles.

— Regardez-les, ces petites raclures, murmura-t-il, graines à nazis de demain !

Les épreuves et tout ce qu'il avait vu et appris de la vie avaient laissé chez Arkel une colère sourde qui débordait de temps à autre.

— À quoi ça rime de se rassembler dans les bois ? demandai-je, impressionnée malgré moi par le nombre de nos ennemis de l'intérieur.

— C'est plus discret que dans une salle. Et certains ne veulent pas se montrer à la lumière : des flics, des magistrats, des gens de l'administration… À l'occasion de ces promenades, mon agente a découvert qu'ils en profitaient pour recruter des profils ou des compétences particulières. Ainsi, notre machiniste saboteur a sans doute été embauché au cours d'une de ces randonnées champêtres.

— Et que faites-vous de ces informations ?

— J'essaye de débusquer le grand méchant loup. C'est bien ce que l'on trouve dans les bois, non ?

— Mais Bishop ou Lindbergh…

Il ricana.

— Ces vermines n'auraient pas assez de neurones pour lire une carte au trésor ! Non, derrière il y a quelqu'un de beaucoup plus redoutable.

J'eus une révélation.

— C'est ça votre vrai but, non ? Trouver l'identité du grand méchant loup. Le film, le studio et Lala, en fait vous n'en avez rien à foutre !

Les émotions sont les manifestations publiques des sentiments. Je ne pensais pas qu'Arkel soit dépourvu de sentiments, mais il était dénué d'émotions. Il me considéra un instant en silence puis, avec un aplomb extraordinaire, dit :

— Surveillez votre langage, je n'aime pas entendre des jurons dans votre bouche.

Je lui repris les jumelles. Un coupé Oldsmobile venait de se garer loin de l'Observatoire alors qu'il restait des places beaucoup plus proches de celui-ci. J'eus le temps de faire la mise au point pour distinguer Bishop en sortir. Il était accompagné du sémillant censeur Harvey Machefer. Ils s'éloignèrent en direction des sentiers de randonnée.

~

De Griffith Park, je me fis déposer en ville pour reprendre ma voiture.

— Comment le scénario a-t-il pu passer la censure si elle est noyautée par les pronazis ? m'interrogeai-je tout haut.

— Cela prouve simplement que son patron n'a pas encore basculé même s'il n'aime pas les Juifs.

— Ou que la pression mise par le gouvernement Roosevelt est énorme, complétai-je en lui jetant un bref coup d'œil.

Arkel étouffa un sourire et tapota l'épaule du conducteur pour qu'il s'arrête devant la boutique d'un prêteur à gages. Cela me ramena à une question précédente et je ne refermai pas tout de suite la portière de la voiture une fois descendue.

— Après avoir retiré ses cinq mille dollars par mois, qu'est-ce que Lala en fait ?

— Elle doit bien les remettre à quelqu'un, mais nous ignorons qui.

— J'ai l'habitude des affaires de chantage, vous pas, rétorquai-je. Souvent la victime ne connaît pas le maître chanteur et elle dépose l'argent quelque part.

— Et où ?

— C'est là que les maîtres chanteurs font preuve d'une imagination inouïe car ils se trouvent face à deux désirs contradictoires : percevoir leur argent et ne pas se faire voir. Cela doit donc être un lieu public mais où l'argent se trouve en sécurité. Une consigne dans une gare par exemple.

Je songeai soudain à ce document officiel de la Western Union aperçu dans le coffre de Lala. On pouvait aussi louer un casier dans une de leurs succursales. Je m'efforçai de me rappeler l'inscription sous le logo de la WU. Orange Street !

Arkel se pencha en avant et surprit l'illumination dans mon regard.

— On se fait confiance ? me demanda-t-il.

— Pourquoi cette question ?

— J'ai senti que vous aviez l'inspiration du siècle. Vous la partagez ou pas ?

~

Le bureau de la Western Union ressemblait à un hangar bruyant. Des guichets et des casiers au mur. Beaucoup d'allées et venues de gens pressés. L'endroit idéal. Bien entendu, le maître chanteur pouvait être attendu mais il avait la possibilité de venir à n'importe quel moment et repérer un éventuel guetteur.

— On n'a pas encore le cul sorti des ronces, soupira Arkel.

Je repensai à ma première rencontre avec Lala, où elle s'était déguisée avec une perruque blonde. Je choisis un employé qui donnait l'impression de ne pas avoir grand-chose d'autre à faire que reluquer les jeunes clientes. Je m'approchai de lui sans complexe.

— Salut. Une blonde platine, genre Jean Harlow mais équipée de sous-vêtements, qui vient tous les mois, ça vous parle ?

Le regard du type de la poste se fit rêveur.

— Ah oui, je vois de qui vous parlez. Bon sang, elle a une façon de marcher comme ça tout droit sans se soucier de personne. Et tout le monde s'écarte sur son passage.

Il jeta un coup d'œil à mes attributs, espérant y retrouver

un peu de rêve, mais c'était peine perdue même si ma poitrine supportait les regards. Je tirai une carte de visite de mon sac.

— Pour tout vous dire, je suis détective privée et Jean Harlow est ma cliente. Elle est victime d'un chantage et j'ai besoin de savoir qui vient relever sa boîte. Je vous promets une soirée en tête à tête avec elle si je mets la main sur le maître chanteur. D'ici là, cent dollars si vous me décrivez le type.

Il jeta un rapide coup d'œil autour de lui et, tel un prestidigitateur, fit disparaître le billet dans sa main. L'instant d'après, celle-ci s'ouvrait sur une paume nue.

— Ouaip, fit-il d'un ton gouailleur, vous avez de la chance d'être tombé sur moi. Je suis observateur. Le gars qui vient est un type du Jardin de Bénarès.

— Il ressemble à quoi ?

— Ben à un Indien.

— Jeune, vieux ? m'agaçai-je. Grand ou petit ?

— Oh, un gars d'une vingtaine d'années, plutôt petit et râblé.

— Le Jardin de Bénarès, c'est un restaurant indien ?

Ma question le fit beaucoup rire.

~

Il était difficile de refuser l'entrée d'un endroit à Arkel. Il fixait alors le récalcitrant en lui infligeant un sourire en forme de lame de rasoir. Pris à rebrousse-poil, le type demanda l'aide de sa hiérarchie. Une dame de l'âge de mon accompagnateur, donc pas de première jeunesse, vint nous accueillir. Elle était noire, avec des cheveux poivre et sel, et dut remarquer ma surprise.

— Ça te pose un problème, mon chou, que je sois noire ?

— Euh, non, mais Bénarès est en Inde.

— Ici, ma cocotte en sucre, je ne sais pas si tu as remarqué mais on est à Los Angeles !

À mes côtés, ce salaud d'Arkel se bidonnait silencieusement.

— On cherche un Indien d'une vingtaine d'années, dit-il en reprenant son sérieux, plutôt petit et râblé. On sait qu'il travaille ici.

Mon compagnon, qui n'aimait pas les discussions superflues, avait développé un véritable art de la synthèse.

— Vous êtes de la police ?

— Yep, madame.

Arkel arbora une plaque. Police du comté cette fois, pas le FBI. Il devait en avoir toute une collection. Peut-être même qu'il possédait même celle de l'Alcohol Tax Unit du bureau des Recettes intérieures.

— Je suppose que vous parlez d'Hemavatinandan ?

— Euh, fis-je. On peut l'appeler Hema ? Mais oui.

Je ne compris pas sur le moment pourquoi elle ricana comme une hyène.

— Suivez-moi.

Beaucoup de choses proviennent d'Inde en dehors de la danse du ventre : la culture de l'opium et un certain nombre des récits des *Mille et une nuits* notamment. L'opium du Jardin de Bénarès était un tapis volant à travers les âges. Une lampe à huile, une couchette, un pot d'opium et une pipe. Le voyage intérieur, certainement coloré, échappe à ceux de l'extérieur. Ceux-ci ne verront qu'un fumeur désorienté se réveiller pour sortir d'un paradis artificiel et se retrouver en enfer. Je considérai les couchettes superposées, certaines étaient entourées de draps pour conserver un peu d'intimité. Arkel contempla les dormeurs éveillés avec un brin de compassion dans le regard.

— J'ai lu quelque part qu'Hérodote déjà écrivait après avoir fumé du chanvre. Je ne vous parle même pas de Baudelaire, de Balzac, ou d'Alexandre Dumas. Même le comte de Monte-Cristo y a goûté !

— Waouh Arkel, vous avez des lettres !

— Un soldat peut aussi être littéraire même si, je vous l'accorde, ce n'est pas si fréquent. Mais Napoléon Bonaparte dévorait les livres. Personnellement, j'aime les grands classiques de la littérature européenne comme Dickens ou Flaubert. Mark Twain ou Tennyson ce n'est pas tellement mon truc.

Il se tourna lentement vers la dame.

— Il est où Hemavatinandan ? prononça-t-il sans effort.

Elle nous conduisit jusqu'à un fumeur allongé, les yeux grands ouverts. Il avait dû être un beau jeune homme mais la bête l'avait marqué d'une empreinte indélébile et ses traits s'estompaient dans une espèce de masque mortuaire de chair fanée avant l'âge.

— Il est parti dans son voyage, murmura-t-elle comme si elle avait peur de le réveiller. Il en a pour quelques heures.

— C'est votre employé ? demandai-je.

— Par intermittence. Il travaille pour ces moments-là.

— Vous l'envoyez de temps à autre à la Western Union d'Orange Street ? demanda Arkel.

— Non, pour quoi faire ?

— Chercher une enveloppe !

— Je reçois mon courrier directement.

Arkel eut un grognement dubitatif. Je ne parvenais pas à détacher mon regard du dormeur, elle le remarqua.

— Qui sait s'il ne vaut pas mieux rêver sa vie que la vivre ? Ah, ma poulette, ça te met le ciboulot en ébullition ?

— Ce que vous leur faites est horrible, murmurai-je.

La dame alluma une cigarette, une égyptienne entourée d'un papier à tabac d'un jaune vif.

— Chérie, c'est le client qui décide. Nous, on ne fait que répondre à la demande.

— Le choix n'est parfois qu'une illusion.

— Je n'ai pas le temps de parler déterminisme avec toi. Quoi ? Je suis noire alors je n'ai pas le droit de connaître le déterminisme ? Moi, ma came ce n'est pas l'opium, c'est la philosophie !

Elle se tourna vers mon compagnon.

— La petite, sa came c'est les filles, ça se voit. Mais vous ?

Arkel eut un de ses sourires inquiétants.

— Oh moi, madame, c'est plutôt l'action violente.

~

Indubitablement, Arkel disposait de moyens appréciables. Deux de ses sbires débarquèrent pour embarquer le type au nom imprononçable. Malgré ses protestations, Arkel se chargea de faire monter la patronne du Jardin de Bénarès dans leur Lincoln Continental. Il soupçonnait le jeune Indien de n'être qu'un simple coursier. Mon associé refusa que je les accompagne.

— Vous n'êtes pas assermentée, expliqua-t-il très sérieusement en montant dans la voiture.

— Faites-moi prêter serment. Je vous jure ce que vous voulez !

— Désolé, certaines parties de cette opération ne vous concernent pas.

— Arkel, sans moi vous ne seriez jamais arrivé au Jardin de Bénarès !

— Ouaip, c'est sûr. Bravo ! Je savais que vous étiez une pro.

Il claqua la portière et l'auto démarra. J'hésitai une seconde avant de faire demi-tour. Le portier et un des employés qui avaient suivi la scène s'écartèrent avec respect lorsque je décidai de rentrer de nouveau dans leur établissement. Forte de mon autorité officielle, je me comportai comme une flic du comté et regagnai le bureau de la patronne de ce bouge.

Je l'avais fouillé sans succès en compagnie d'Arkel. Je tirai à nouveau les tiroirs de la table de travail et les retournai. Une fois encore, je les examinai soigneusement sans rien trouver. Trop facile, les courriers et photos collés sur le fond. Cette femme se targuait de philosophie, elle devait réfléchir autrement que nous. Je parcourus la pièce du regard. On avait déjà décroché les tableaux et décorations du mur avec Arkel.

Je songeais à Edgar Allan Poe et à la nouvelle de *La lettre volée*. « La meilleure cachette est celle qui crève les yeux car on pense toujours à aller chercher plus loin ce qui se trouve tout près. »

L'horloge.

On l'avait pourtant ôtée de son support pour regarder derrière. C'était un vieux modèle, mais je remarquai que sa glace avait été remplacée récemment. Je la brisai d'un coup de coude. J'enlevai ensuite patiemment les débris de verre et dévissai ce qui fixait les extrémités des aiguilles. Fond et aiguilles se détachèrent parfaitement pour révéler une enveloppe jaunie. Au toucher, elle recelait des photos. Je les sortis une à une pour les aligner sur le bureau. Chacune d'elles représentait la mère de Lala dans des postures et actions révélatrices, celles d'une fumeuse d'opium.

24

Aucune approbation du code ne sera accordée à l'usage des mots et expressions suivants : gonzesse, fille de joie, cocotte…

J'étais désormais sans but. Papa aurait dit que je me trouvais dans le ventre mou du film, un temps de respiration et l'occasion d'en apprendre un peu plus sur quelqu'un, juste avant que ça ne rebondisse. Je me rendis au studio. Jack Hudson tournait une scène avec Errol et des figurants. Parmi eux, Julia incarnait une femme de ménage !

— Un assistant réalisateur m'a appelée ce matin pour me proposer de venir jouer une scène, m'expliqua-t-elle quand elle eut terminé.

Elle semblait parfaitement heureuse d'entrer dans une pièce, vêtue de bas noirs et d'un tablier blanc, pour annoncer : « Le thé est servi. » Super de jouer aussi les boniches à l'écran.

— C'est à Jack Hudson que vous devez cette invitation ?

Elle baissa la tête.

— Oui.

— Je croyais qu'il avait essayé de vous peloter chez Lala et que vous ne l'aviez pas laissé faire.

— Exact, et ça marche de ne pas céder aux avances!

Elle avait pris un air de défi qui lui allait bien.

— Ma mère et Lala me disent qu'il n'y a pas place pour une Latino dans le cinéma mais c'est faux! Regardez Dolores del Río. Une belle filmographie et élue la plus belle femme de Hollywood derrière l'intouchable Garbo!

— Oui, j'avoue qu'elle a une beauté et une présence particulières à l'écran. Vous n'avez donc pas abandonné votre vieux rêve. Lala est au courant?

— Évidemment.

Elle m'adressa un clin d'œil.

— Comme ça je ne resterai pas très loin d'elle. Avec toute cette agitation, c'est mieux, non?

Je ne sus que répondre. J'avais toujours autant de mal à déterminer qui était Julia. L'agente d'Arkel, la fausse fille d'un pasteur fou, ma sauveuse, l'intendante de Lala et maintenant une comédienne de second plan. Elle voulait aussi devenir le garde du corps de sa patronne?

— Yep, fis-je. Ouvrez l'œil, agente Julia, laissez traîner l'oreille mais pas vos fesses. Ils ont la main leste par ici!

Elle me lança un sourire complice avant de partir se changer.

— Vous m'accompagnez dans ma loge? demanda Errol qui venait de quitter le plateau.

J'eus le tort de dire oui, ce qui fut mal interprété. À Hollywood, les loges sont de vrais pièges à filles. Aussitôt la porte refermée, il voulut me prendre dans ses bras puissants. Je le repoussai en fredonnant les paroles de *Yes, My Darling Daughter*, une chanson dans laquelle une mère se trouve confrontée aux premiers émois amoureux de sa fille avant mariage :

Oh maman, Oh maman,
Et s'il insistait pour une étreinte, maman
Comment puis-je le garder à sa place
Si ses manières deviennent inappropriées ?

— Vous m'avez bien laissé vous embrasser hier, se plaignit-il.

— Vous m'avez volé un baiser par surprise mais je ne suis pas amoureuse de vous.

— Pas grave, c'est juste pour coucher !

— J'ai déjà quelqu'un dans ma vie.

— Je ne suis pas jaloux !

Je soupirai. Étonnamment, je l'aimais bien. Ce n'était pas un hypocrite, il avait le mérite de la franchise.

— Et Lili ?

L'acteur était marié à la belle Lili Damita, une actrice de cinq ans son aînée et déjà passée entre les mains du célèbre réalisateur Michael Curtiz et du prince Louis-Ferdinand de Prusse. On disait que le couple s'entendait mal et que se succédaient séparations et réconciliations. À ce jour, ils ne vivaient plus ensemble qu'occasionnellement. Errol me le confirma.

— Je crains que son avocat ne prépare les papiers du divorce. À l'époque, c'est elle qui a tenu à ce mariage. Moi, pas trop. Je revenais de Nouvelle-Guinée où j'avais trouvé de l'or et…

— Non, l'interrompis-je, ce n'est pas une invention des studios ? Vous avez vraiment été chercheur d'or ?

— À dix-sept ans, je me suis retrouvé en Australie sans le sou. Mes parents étaient en Grande-Bretagne, je n'avais plus que mes grands-parents en Australie. Mais, par un malheureux concours de circonstances, j'ai jeté dans le feu le caniche de mon grand-père, qui n'a pas aimé. Notez bien que je ne l'avais pas fait exprès. Bon, c'est un peu compliqué, je ne vais pas entrer dans les détails.

Je roulai des yeux écarquillés.

— Bref, poursuivit-il ravi de pouvoir me raconter sa vie, je me débrouillai pour devenir officier de district sanitaire en Nouvelle-Guinée. Aussi surprenant que cela puisse paraître, j'apprenais aux indigènes à faire du savon avec des noix de coco, à creuser des latrines, à enterrer les chiens morts et à ne pas dormir avec leurs cochons dans leurs huttes.

J'éclatai de rire à cette pensée.

— Un boulot pas très passionnant, mais tout se passait bien jusqu'à ce que je couche avec la femme d'un supérieur. Retour à la case départ, je devins régisseur d'une plantation de cocotiers sans rien y connaître, capitaine d'un navire sans rien y connaître, pêcheur à la dynamite…

— Sans rien y connaître... mais comment faisiez-vous ?

— D'abord, pour me faire engager, j'affirmais avec assurance que j'étais le meilleur dans mon domaine. Le baratin, c'est mon point fort. Une fois sur place, je trouvais le type qui était vraiment le bon professionnel et je le chargeais de tout faire ! Dans une plantation, vous avez toujours un indigène qui connaît bien la question et sait se débrouiller pour gérer la situation. C'est le *Boss boy*. Vous lui laissez les rênes et vous lui donnez un pourboire de temps en temps.

Je baissai la tête. Est-ce que je n'étais pas devenue le *Boss boy* d'Arkel ?

— J'ai finalement trouvé de l'or, reprit-il après avoir suçoté le goulot de sa bouteille de vodka. Suffisamment pour aller en Angleterre et y survivre quelque temps. Lorsque l'argent s'est mis à me filer entre les doigts, je me suis tourné vers le théâtre. Je jouais du Shakespeare devant des salles vides. Ma carrière ne décollant pas, j'ai pris le bateau pour l'Amérique et j'y ai rencontré Lili.

— Et vous avez obtenu votre premier rôle chez Warner.

— La bio officielle ne le dit pas, mais mon premier rôle a été celui d'un cadavre. Je n'ai eu qu'à faire le mort. Certains disent que c'est ma meilleure interprétation !

Je ris encore. Il parlait avec gaieté, sans mélancolie ni humeur, prenant légèrement toute chose que lui amenait l'existence.

— Après, Jack Warner m'a donné ma chance. Je me suis mis à tourner des premiers rôles. Bon, mais comme Jack me payait toujours comme un troisième rôle, je me suis mis en grève. Le vieux en a été malade. On a dû l'emmener à l'hôpital mais j'ai eu mon augmentation !

— Et Lili Damita ? C'est une bonne actrice et une très jolie femme.

— La vie avec Lili est compliquée, elle est tellement possessive que je ne peux pas embrasser une femme qui n'ait pas le même rouge à lèvres qu'elle !

— Arrêtez d'en embrasser d'autres !

— Ah ça, c'est difficile. Je suis un incorrigible polygame.

Il sortit une pipe de sa poche et se mit à la bourrer de tabac. J'allumai une cigarette.

— Lili vous ressemble un peu par certains côtés, même si vous êtes moins souriante qu'elle et un peu plus sauvage. Vous n'auriez pas du sang indien dans les veines ?

— Un quart, si l'on en croit ce que l'on a pris soin de me dire à l'orphelinat pour expliquer, et condamner, mon comportement en dehors des normes sociales.

— Quechan ? Apache ?

— Cheyenne.

— Ah, mais c'est plus à l'ouest.

— Les Indiens, ça se déplace !

— J'aurais dû deviner pour la nation cheyenne, dit-il pensivement. On appelle ce peuple *les Beaux Hommes*. Mais il en est de même pour leurs femmes.

— Oui, mais ne comptez pas sur moi pour faire la danse du soleil !

— Cheyenne, murmura-t-il encore.

Pendant qu'il tirait béatement sur sa pipe, je réfléchis.

— Vous avez lu l'article « Robin des Bois et les nymphettes » ?

— Ah, ah ! Oui. Je suis furieux : à chaque fois qu'ils me démontent, ils m'appellent Robin des Bois. J'ai fait d'autres films, bordel !

— Vous savez qui a balancé parmi vos invités ?

— Peut-être une des filles de la course aux lévriers. En plus du cacheton de la soirée, elles servent souvent d'informatrices à ce type de journal.

Il en avait assez vu dans la vie pour ne pas paraître choqué.

— Connaissez-vous des gens à Hollywood qui seraient partisans d'America First ?

— Dans le monde du cinéma, non, à part peut-être cette petite saleté de Cecil B. DeMille.

— Vous avez de l'amitié pour Lala ?

— Je crois, oui, même si elle n'a pas voulu coucher avec moi.

— Hum. Avec qui n'avez-vous pas envie de coucher ? Non, ne répondez pas, je n'ai surtout pas envie de savoir ! Dites-moi, Jack Hudson est-il un bon ami de Lala ?

— Eh bien, c'est le huitième film qu'il tourne avec elle. Il apprécie Lala et la respecte. De plus, Jack n'est pas de ces réalisateurs, comme DeMille, qui accueillent les actrices avec un fouet !

— Ont-ils eu une relation ensemble ?

— Je ne pense pas. Jack est un chaud lapin comme nous tous mais il garde assez de bon sens pour ne pas pêcher dans sa paroisse !

— C'est un antinazi convaincu ?

— Jack est plutôt de gauche, comme Cagney et Bogart. Certains le disent même proche des communistes.

Je fixai le bout incandescent de ma cigarette.

— Et l'Allemagne a violé le pacte de non-agression signé avec Staline en 39 et envahi l'URSS il y a trois mois…

— Que cherchez-vous ? demanda-t-il intrigué.

— De qui peut venir le danger.

— À mon avis, de Lala elle-même.

— Pourquoi dites-vous ça ?

Il hésita, cherchant à mettre des mots sur des impressions.

— Il y a comme une fêlure en elle. C'est comme si elle portait quelque chose de trop lourd sur ses épaules. Elle a changé ces dernières années.

~

Je regagnai mon bungalow en fin d'après-midi. Il avait été fouillé de fond en comble. Apparemment, Bishop s'impatientait. À moins que ce ne soit le grand méchant loup dont parlait Arkel. Non, il avait laissé entendre que celui-ci était quelqu'un de beaucoup plus malin que Bishop.

J'appelai ce dernier sur sa ligne personnelle au bureau. Sa secrétaire me le passa sans faire de difficultés.

— Vous avez les photos ? s'enquit-il sans préambule.

— Pas encore, mais pourquoi vous en prendre à moi ?

— Je ne vois pas. Vous savez, moi je suis un journaliste qui s'intéresse surtout aux faits de société.

Il semblait bien s'amuser.

— L'article sur Robin des Bois…

— Oh, ce tabloïd. Oui, j'en connais le propriétaire mais de là à penser que je suis derrière tout ça...

— Vous ou William Hearst par exemple. Sa presse est notoirement isolationniste.

Je sentis comme un courant d'air glacé dans le combiné. Apparemment, je venais de blasphémer.

— Laissez M. Hearst en dehors de tout ça, vous ne savez pas qui vous diffamez.

— C'est vous qui parlez de diffamation ? m'indignai-je.

Quel toupet ! Enfin, si vous croyez que je garde des choses de valeur chez moi…

Je ne sentis aucune surprise au bout du fil mais il feignit l'étonnement.

— Vraiment, je ne vois pas de quoi vous parlez, mais appelez-moi quand vous aurez ce que vous savez ou un renseignement de valeur. Souvenez-vous de ma proposition. Un conseil, ne tardez pas.

Sa voix avait baissé d'une tonalité.

— Fichez-moi la paix. J'ai les aveux de votre machiniste et je peux aller avec à la police à n'importe quel moment !

Je raccrochai et remis de l'ordre autant que je pus. Après quoi, j'allai interroger mes voisins pour savoir s'ils avaient vu quelqu'un de suspect depuis le matin. Une ancienne actrice du muet survivait péniblement ici avec ses dernières économies. On l'avait déjà emprisonnée pour vol à l'étalage et l'ensemble de notre petite communauté s'était cotisé pour lui offrir un avocat. Elle se montrait peu au-dehors, refusant que les gens voient qu'elle avait vieilli, sans se douter qu'ils ne la reconnaîtraient même pas. Elle passait donc une partie de sa journée à la fenêtre à observer la vie des autres en mettant sa radio en sourdine comme son existence. J'allai voir cette sentinelle inestimable.

— Cambriolée ? s'exclama-t-elle. Ma chère, quelle horreur ! Je n'ai rien vu de particulier aujourd'hui. Et d'ailleurs, ces deux grands beaux gars de la sécurité ont fait une ronde ce matin.

Dans sa jeunesse et jusqu'à un certain stade de maturité, elle disait avoir collectionné largement plus d'une centaine d'hommes et s'y connaissait en beaux mâles.

— Une ronde ?

Un gardien se tenait à l'entrée de la propriété en journée. Jamais je ne l'avais vu faire une ronde, encore moins en compagnie d'un collègue. Comme je m'en étonnais, elle me rassura :

— Le syndic de la propriété a changé notre entreprise de sécurité. La précédente était un peu trop laxiste. Vous savez, parfois des journalistes arrivaient à s'introduire dans la résidence pour essayer de me rencontrer.

Je la remerciai et la laissai à ses rêves brisés. Avec appréhension, je m'approchai de la petite guérite de l'entrée. Je me figeai en découvrant sur la poitrine du gardien le blason de Morton Security.

25

Les techniques pour le vol et le cambriolage ne doivent pas être présentées dans le détail.

Morton Security. J'avais lâché l'affaire quand ils avaient été dégagés de la garde de la propriété de Lala. Arkel m'avait informé qu'un industriel américain particulièrement antisémite en était actionnaire. Qui d'autre ? J'allai à la chambre de commerce de Los Angeles, un bâtiment au style hispano-mauresque. Je n'avais qu'une demi-heure avant la fermeture mais tout fut facile comme l'entreprise était *angelino* et ses comptes déposés.

Morton Security semblait être une société au capital atomisé. Un grand industriel de Chicago, une banque, une société d'aviation et la famille Anderson. Anderson ! J'avais déjà entendu prononcer ce nom par Lindqvist, en plus de celui d'Alabama, confirmé de mauvais gré par Arkel.

Le soir tombait dans un chaos coloré. J'étais toujours curieuse d'en savoir plus sur la sœur jumelle de Lala. Les cinq mille dollars par mois lui étaient peut-être destinés, même s'il paraissait bizarre de ne pas effectuer un virement ou de signer un chèque. Mais l'expérience m'avait habituée à la complexité de certaines affaires de famille.

Je tentai ma chance auprès de mon informateur du *Los Angeles Times* qui soupira. L'espoir d'un billet s'éloignait.

— La sœur jumelle de Lala ? Bien sûr que j'ai entendu parler d'elle, mais existe-t-elle vraiment ? Selon la rumeur elle se balade comme une richarde dans la ville et se fait inviter dans les restaurants ou les vernissages des expos en se faisant passer pour sa sœur. On dit même qu'elle profite des stars masculines délaissées par celle-ci. Mais tout ça, c'est du baratin. Mon avis, c'est qu'il s'agit de l'autre face de Lala. Quand elle a envie de faire quelque chose de vilain, Lala se fait passer pour sa sœur jumelle !

Je me renversai en arrière sur mon siège, les mains collées à son bureau.

— Docteur Jekyll et Mister Hyde ? Tu parles sérieusement ?

— C'est une théorie.

— Une théorie, ça ne vaut rien.

— Une théorie, cela sert à élargir le champ des possibles ! Au fait, tu as lu ça ?

Je pris en main le tabloïd qu'il me tendait.

LALA ET SES AMIS JUIFS VEULENT DÉCLARER LA GUERRE À LA NOUVELLE EUROPE.

La petite fiancée de l'Amérique, qui entre parenthèses n'est plus si jeune que ça, s'est rendue à Washington. Avec un aplomb terrible, elle y a rencontré l'épouse du président qui a paru prendre plaisir à cette entrevue. Toutes les deux semblent s'entendre pour envoyer nos garçons se faire tuer en Europe contre des gens qui ne nous ont rien fait.

Mais la vie des autres, qu'en a-t-on à faire à Hollywood ?

— La merde habituelle, mais il y a longtemps qu'un article n'a pas visé Lala. Elle est devenue irréprochable ces dernières années.

— Elle ne l'était pas auparavant ? m'enquis-je.

— Bah, pas plus que d'autres. Une liaison par-ci par-là, une soirée où elle boit trop, ce genre de trucs. Mais ces hyènes sont toujours à l'affût du plus petit écart pour le dénoncer au nom de la morale.

— C'est toujours la presse de William Hearst, remarquai-je. Est-il membre d'America First ?

— Pas à ma connaissance. Il a un statut de légende : le milliardaire vivant dans son château gothique et se baignant dans sa piscine de marbre en forme de trèfle. Mais il ne faut pas le surestimer. Avoir une maîtresse comme Marion Davies, qui a trente-quatre ans de moins que lui, maintient en forme, certes, mais il a maintenant soixante-dix-huit ans. Et puis son empire est en décomposition. Il est criblé de dettes.

Je relus l'article. Relevant la tête, je m'aperçus que mon informateur m'observait comme un gros chat endormi sous ses paupières à demi baissées.

— Lala est sous les feux des projecteurs. Tu t'imagines bien que le *Los Angeles Times* a mis quelqu'un sur le coup. Un billet et je te le présente. Tu verras ce que tu peux en tirer.

J'acceptai pour me retrouver face à un type dont un œil

disait merde à l'autre. De gros sourcils parfaitement alignés formaient une ligne droite comme sur une autoroute. Sur son bureau traînaient un téléphone au fil emmêlé, des papiers et des cartes de visite en veux-tu en voilà.

Je me présentai comme l'assistante de Lala. Nous serions ravies de le rencontrer pour une interview à son retour de Washington. Le type n'en croyait pas sa chance. J'expliquai qu'ayant appris qu'il rédigeait un papier sur Lala, celle-ci préférait qu'il soit bien orienté, quitte à collaborer. La démarche fut jugée intelligente. Je pris ses coordonnées, puis m'efforçai d'engager la conversation, mais le gars fut méfiant.

— Lala aimerait connaître à l'avance vos questions, fis-je.

— Je comprends.

Il se rejeta en arrière sur son siège.

— Je souhaite savoir ce qui l'a conduite à adhérer à la Ligue antinazie de Hollywood et s'engager dans ce combat. Bien entendu, nous pourrons remonter à son enfance même si je sais qu'elle n'aime pas en parler. J'ai eu au téléphone une de ses amies d'école qui vit à Omaha, Janet Park-Soto. Vous pourrez le dire à Lala, ses jeunes années n'ont plus de secret pour nous!

Je me précipitai chez moi et décrochai mon téléphone pour appeler le standard.

— Dites-moi, je cherche à joindre une certaine Janet Park-Soto à Omaha. Vous est-il possible de me la trouver?

~

Je rejoignis Arkel dans le restaurant chinois où nous nous étions donné rendez-vous.

— Qu'est-ce que ça donne avec Hema ?

— Il s'appelle Hemavatinandan, rectifia Arkel, contrarié. Respectez les prénoms, je ne vous appelle pas Vic, non ?

— Alors, avec Hema machin ?

Arkel soupira et jeta un coup d'œil distrait au menu. Il savait probablement déjà ce qu'il allait prendre : la même chose que d'habitude !

— Il émerge difficilement. On l'a mis au frais. Je préfère avoir sa version avant celle de sa patronne. Cette nuit, lorsqu'il aura l'esprit plus clair, je l'interrogerai.

— Vous ne dormez jamais ?

— En territoire hostile, on apprend à peu ou pas dormir. Une nuit, c'est comme un repas, vous pouvez en sauter une ou deux.

— Et la patronne, qu'est-ce qu'elle dit ?

— Elle évoque ses droits constitutionnels. Vous savez de quoi elle parle ?

On nous apporta deux bières glacées. Une fois le serveur parti, je posai l'enveloppe devant Arkel.

— Trouvée au Jardin de Bénarès ! Qui c'est la meilleure ?

— Indubitablement, c'est Vicky Mallone !

— Je ne sais pas pourquoi je me montre si loyale envers vous, murmurai-je.

— Vous êtes sensible à mon charisme naturel. Les gens qui travaillent pour moi ont tendance à me vénérer. Vous serez probablement sollicitée par eux pour faire un don afin de m'ériger une statue.

Le patron du restaurant vint saluer Arkel qui lui répondit dans sa langue. Il apportait avec lui deux bols dans lesquels flottaient des nouilles et ce qui ressemblait à des yeux de chat.

— Beurk, fis-je.

Je m'aperçus que le Chinois n'avait pas bougé et attendait les compliments.

— Mangez, chuchota Arkel. Vous me gênez beaucoup !

Je pris une portion et me frottai le ventre en poussant des gloussements de bonheur. Une fois que le vieux mandarin eut tourné le dos, je recrachai tout délicatement dans mon bol. Mon compagnon jeta un coup d'œil prudent autour de lui et ouvrit l'enveloppe.

— J'avoue que je suis un peu déçu, fit-il en remettant ensuite les photos en place. Je pensais plutôt à un film érotique. L'actrice Hedy Lamarr a été cataloguée dans sa jeunesse comme actrice pornographique en simulant juste un fugace orgasme avec la caméra cadrée sur son visage.

— Cela m'a fait cet effet également. Lala a une mère opiomane. Bon, d'accord, c'est un peu gênant, mais on n'est pas responsable de sa génitrice. Quelques tabloïds vous traînent dans la boue une ou deux semaines. Les studios écrivent en réponse la belle histoire : « pauvre Lala dont la mère est tombée dans ce vice et qu'elle va s'employer à sauver ». Et le tour est joué. Popularité intacte.

— C'est clair, fit Arkel, ça ne vaut pas cinq mille dollars par mois !

À la lumière de lanternes de papier, nous dînâmes de petits pains à la vapeur farcis à la viande et de tartelettes aux œufs. Je lui contai mon cambriolage, la présence de Morton Security sur les lieux et ma découverte à la chambre du commerce.

— Morton Security, bien sûr. Anderson ? Oui, j'ai vu ça. La famille est au capital.

— Y a-t-il un lien avec l'Anderson de votre fameux couple Alabama et Anderson qui vous patronne ?

— Bah, vous savez, répondit-il d'un ton placide, Anderson est un nom plutôt commun aux États-Unis.

Devant son manque de coopération, je décidai de ne pas lui parler de mon prochain départ pour Omaha.

~

Sybil bossait tôt le lendemain et était restée chez elle. Il ne me déplaisait pas de récupérer un peu de ma liberté. J'en profitai pour jeter mes talons aiguilles à terre. Sur le gramophone, je mis un disque des Andrews Sisters qui chantaient : *Bei Mir Bist Du Shein* et m'affalai sur le canapé les pieds en l'air. Je m'offris ensuite le luxe d'un bain avec un savon parfumé à la lavande et me rasai les jambes, un manhattan dry à portée de main.

Une fois luisante comme un sou neuf, j'ôtai mes boucles d'oreilles, me brossai les cheveux avant de me masser le visage avec de la crème. Je ne redoutai rien tant que les premières rides. Une fois dans mon lit, j'observai une araignée au plafond. Elle tissait dans un coin une toile aux fils nombreux. Je m'endormis sur cette vision.

26

La naissance d'un enfant, en face ou en silhouette,
ne doit jamais être montrée.

L'avion fut secoué par des vents violents avant l'atterrissage à Omaha. Je me retrouvai sur la piste le cœur au bord des lèvres. Je résistai à la tentation de prendre un verre au bar de l'aéroport pour me glisser dans le premier taxi venu.

Je ne comptais pas m'éterniser dans le Nebraska, aussi j'avais demandé à Janet de m'indiquer un hôtel de second ordre pas trop loin de l'aéroport. Ne m'attendant pas à quelque chose de luxueux, je ne fus pas déçue. Les murs du hall étaient imprégnés de l'odeur de cigare froid et la femme de ménage avait oublié de faire la poussière depuis un an ou deux. Au diapason de l'endroit, le concierge semblait posséder la vivacité d'un végétal assoupi. Il arborait la mine songeuse des gens qui passent une partie de leur vie à attendre un client sans que la venue de celui-ci les satisfasse pour autant. Finalement, ils aiment bien leur solitude inactive.

— Madame ?

Je le vis clairement tenter de m'évaluer. La clientèle féminine devait être rare par ici, en dehors des cinq à sept tarifés.

— Vous avez une chambre de libre ?

— Vous êtes seule ?

— Apparemment.

— Vous venez d'où ?

— Qu'est-ce que ça peut vous faire ?

— C'est pour mon registre, m'dame.

— De Los Angeles.

— Et vous venez faire quoi ?

— Ça ne vous regarde pas et maintenant donnez-moi ma chambre avant qu'il me vienne en tête d'alerter les flics.

Le crâne de piaf s'indigna.

— Pourquoi vous appelleriez les flics ?

Je fis mine de renifler l'air saturé.

— Le cigare de mauvaise qualité, ça ne recouvre pas entièrement l'odeur de la marijuana. Je crains que depuis le Marihuana Tax Act de 1937, vous ne soyez en infraction.

Je savais parler aux hommes. Il inscrivit sur le registre mon nom ainsi que mon lieu d'origine et me donna une clé. Ensuite, il n'esquissa pas un geste pour porter ma valise à l'étage. Je n'aurais pas dû faire la maligne, dans ces coins reculés ils planquent souvent un fusil derrière le comptoir. Je notai de ne pas prendre mon petit déjeuner ici le lendemain. Je n'avais pas envie qu'on crache dans mon café.

Je venais de me rafraîchir lorsqu'on frappa à la porte. J'ouvris pour me retrouver face à une femme aux cheveux flamboyants, le visage parsemé de taches de rousseur. Elle était maquillée comme une enseigne de publicité. Un trait noir trop violent soulignait ses yeux. Si nous avions eu le temps, je lui aurais proposé de s'asseoir pour tout reprendre. Elle était néanmoins suffisamment jolie pour faire oublier quelques fautes de goût. Elle portait une robe aux imprimés fleuris un peu grossiers, un rouge à lèvres cerise et il émanait de toute sa personne une gaieté communicative.

— Salut, moi c'est Janet.

— Bonjour Janet, je suis Vicky Mallone, dis-je inutilement.

— Je sais, c'est pour ça que j'ai frappé à votre porte ! Le lourdaud d'en bas m'a renseignée. Une grue de la côte ouest, qu'il m'a dit. Elle se vante d'arriver de Los Angeles !

— Il a vraiment dit ça ?

Elle rit.

— Ouaip, mais vous bilez pas. Ici, ils ont le complexe de la province. L'Amérique rurale contre les intellectuels des villes de la côte. Vous connaissiez le Nebraska ?

— Jamais mis les pieds avant aujourd'hui.

— Chanceuse ! Bienvenue à Ploucville ! Des prairies sans arbres, trop chaud l'été et trop froid l'hiver avec de la neige jusqu'aux genoux. Et entre les deux, on est sur la route des tornades ! Que vous dire sur le Nebraska à part ça ? On a beaucoup de réserves indiennes et ils ne nous aiment pas plus que nous ne les aimons. Sinon, on a des porcs, du maïs et des cons !

Je pouffai de rire. Janet était terriblement sympathique. Elle jeta un rapide coup d'œil aux murs tachés et à la moquette mitée.

— Pas extraordinaire, fut son seul commentaire.

— Vous bilez pas, l'imitai-je, y a les mêmes à Los Angeles quand on n'y met pas le prix.

— C'est pas une raison ! Je n'étais jamais venue ici, vu de l'extérieur il faisait meilleure impression. Ça vous dirait de papoter chez moi plutôt que de rester dans ce trou à cafards ?

Elle habitait un quartier en périphérie. Propret, un peu rural. La façade de son bungalow était revêtue de planches et des marches de bois permettaient d'accéder à une véranda. En face se dressait une petite épicerie aux affichettes tracées à la main.

Janet glissa les mains dans les poches de sa jupe et prit un air crâneur.

— Je me doute que vous avez mieux à Los Angeles.

— Pas forcément, répondis-je prudemment.

Un joyeux désordre régnait à l'intérieur, mais l'ensemble était propre et bien meublé.

— Alors comme ça, vous êtes journaliste chez *Vanity Fair* et vous désirez faire un article sur l'enfance de Lala ? lança-t-elle.

C'est ce que j'avais prétendu au téléphone avec la promesse d'un petit dédommagement. Je lui tendis l'enveloppe. Elle l'ouvrit et fit mine de ne pas compter les billets.

— *Vanity Fair* est plus généreux que le *Los Angeles Times*, constata-t-elle avec satisfaction. Cela dit, comme je vous l'ai indiqué au téléphone, ne comptez pas sur moi pour dire quoi que ce soit de désobligeant sur Lala.

— Mon magazine n'a pas cette réputation. Parlez-moi de sa jumelle. Lala c'est Lana et l'autre c'est Lara. C'est bien ça ?

— Oui, j'étais copine avec les deux sœurs, puis Lana est partie à New York. Lara l'a rejointe lorsqu'elle se produisait à Broadway. Puis elle est revenue avec une vocation théâtrale.

Elle se produisait dans une troupe amateur. Lorsque sa sœur est devenue célèbre, tout le monde à Omaha voulait épouser Lara, car cela équivalait à épouser Lala. Elle en a eu marre et a fait ses valises pour le Canada afin d'y ouvrir une maison d'hôte. Elle continuait à y suivre des cours de théâtre et de chant. Le climat ne lui a pas convenu, retour à Ploucville, dont elle est repartie aussi vite en revoyant les cons d'ici !

Je souris. Janet semblait avoir une opinion bien ancrée sur les coqs du coin.

— Direction le soleil et le Mexique, reprit-elle avec une pointe d'envie dans la voix. Un commerce d'antiquités cette fois. Sa sœur finançait toujours ses projets. Progressivement, je n'ai plus eu de nouvelles alors je n'ai pas insisté. J'étais de toute manière plus liée à Lala.

Elle redressa brusquement la tête, ses yeux brillaient de fierté.

— Lala m'appelle à chacun de mes anniversaires, qu'elle soit en tournage ou pas. Vous vous rendez compte ? Elle me téléphone aussi pour le Nouvel An et une fois ou deux pour se remémorer le bon vieux temps. On rigole encore comme lorsqu'on avait quinze ans. Enfin, ces dernières années, elle est devenue plus mélancolique.

— Mélancolique, c'est le terme exact qui vous vient à l'esprit ?

— Yep. (Elle fronça les sourcils.) C'est drôle, elle parle parfois comme si elle n'espérait plus rien de l'avenir alors qu'elle est au faîte de sa gloire. Les gens riches, beaux et célèbres qui sont malheureux, vous y comprenez quelque chose, vous ?

Non, d'autant plus que si Lala m'avait paru tendue et

parfois à cran, la mélancolie ne semblait pas être sa marque de fabrique.

— Mais je ne vous ai rien proposé, remarqua-t-elle. Vous voulez un café ?

— Non merci, un peu tard pour ça.

— Un peu tôt pour un apéritif, non ?

— Il n'y a pas d'heure pour les braves.

— Vous avez raison, oh et puis zut, il est bientôt midi. Après, je pourrai vous faire des œufs. J'ai du whiskey ou une liqueur sucrée pour les dames.

Comme Janet, je choisis sans hésiter le Four Roses. C'est un bourbon né en Géorgie, qui doit son appellation au coup de foudre du distillateur pour une femme dont le corsage était brodé de quatre roses rouges. Pendant la prohibition, il avait continué à le produire en bénéficiant d'une dérogation pour distiller du bourbon à usage pharmaceutique !

— Ce sont de vraies jumelles ? m'enquis-je.

— Oui, elles se ressemblent comme deux gouttes d'eau. Lana s'imposait plus, ça me permettait de la reconnaître. Et même lorsqu'elles portaient des tenues identiques, Lana avait une manière de les mettre en valeur, de marcher et de se comporter qui n'appartenait qu'à elle.

— Et Lara ?

— Oh, Lara était le double effacé qui s'efforçait d'imiter l'original. Aussi belle et intelligente que sa sœur, mais sans son arrogance ni son assurance. Lana n'avait qu'une seule idée en tête : foutre le camp du Nebraska et faire carrière à Broadway ou à Hollywood. Lara aussi aurait pu jouer la comédie. Sa sœur n'était pas meilleure qu'elle au cours de théâtre. Mais il lui manquait ce quelque chose, cette foi en elle. J'ai entendu dire qu'il arrive que dans le ventre de leur mère un jumeau suce le pouce de l'autre. Vous y croyez, vous ?

— Comment savoir ?

Après un moment de fusion viennent forcément des moments d'autonomie et de choix. Ceux-ci avaient séparé les jumelles.

— Plus de nouvelles depuis le Mexique alors ?

— Oui, j'ai questionné Lala à ce sujet mais elle m'a répondu vaguement que sa soeur voyageait à l'étranger.

Je bus une gorgée suffisante de Four Roses pour me brûler l'œsophage.

— Et leurs parents ?

— Le père est mort au début de la carrière de Lala à Hollywood. Du coup, celle-ci a aussi pris en charge financièrement sa maman. Lala est très généreuse, vous savez. Puis la mère a fini par quitter le Nebraska lors de la catastrophe. Elle en avait marre de manger de la poussière.

On appelle *Dust Bowl* (le « bassin de poussière ») la région où l'Oklahoma, le Kansas et le Texas se rejoignent. Pendant ce qu'on surnomma les *Dirty Thirties*, la sécheresse puis des tempêtes de poussière s'étaient succédées durant la dernière décennie avant de remonter jusqu'au Nebraska. De véritables blizzards noirs avaient détruit récoltes et pâturages ainsi que le matériel agricole.

— Et vous n'avez gardé de lien qu'avec Lala ?

— Oui. Allez savoir pourquoi, à Thanksgiving, elle m'envoie toujours une jolie carte postale. Je les conserve toutes.

— Je peux les voir ?

— Je ne sais pas, c'est personnel.

— Allez, fis-je d'un ton enjôleur, je vous invite à Los Angeles le mois prochain et je vous organise une visite des studios de la Warner par Errol Flynn.

Janet faillit s'évanouir.

— Non mais sérieux ?

— Yep, il en pince pour moi et ne saurait rien me refuser tant que je n'aurai pas cédé à l'appel de la chair !

— C'est vrai ? demanda-t-elle soudain méfiante.

— C'est vrai mais faites attention : il saute sur tout ce qui bouge. Et c'est plutôt le coup d'un soir, si vous voyez ce que je veux dire.

— Ne vous inquiétez pas, c'est comme ça aussi dans le coin. Et ici, ils ne ressemblent pas à Errol Flynn !

Janet semblait bien délurée pour quelqu'un du Nebraska !

— Pour tout vous dire, expliqua-t-elle devant ma mine surprise, j'ai bourlingué. J'ai travaillé dans l'Utah comme secrétaire pour une entreprise minière avant de revenir ici.

Quitter le Nebraska pour l'Utah ! Des montagnes enneigées et des déserts arides. Elle avait quitté le grenier à blé pour la ceinture biblique. L'Utah, c'est deux tiers de mormons dans la population. L'Église de Jésus-Christ des saints des derniers jours avait son siège à Salt Lake City et évangélisait des millions de personnes. La pluralité d'épouses était de mise chez les mormons. Plus on avait d'épouses, mieux on était vu de Dieu.

Elle tira le tiroir d'une commode et en sortit une boîte qu'elle ouvrit.

— Vous gardez les enveloppes ? constatai-je.

— Oui, Lala met de jolis timbres et l'enveloppe ça conserve mieux les couleurs des cartes.

Je jetai un coup d'œil. Toujours les mêmes enveloppes au fil des ans, la même écriture, seules les cartes changeaient. Et le cachet de la poste restait identique. Toujours celui de Malibu. Oui, mais Lala n'habitait plus dans sa demeure de Malibu depuis déjà quatre ans !

27

Les sujets suivants, considérés comme « répugnants », doivent être traités avec beaucoup de prudence et de bon goût : le tatouage, le marquage au fer d'animaux et d'êtres humains, et les opérations chirurgicales.

Le lendemain, de l'aéroport de Los Angeles, je pris ma voiture avant de rouler directement jusqu'à Malibu en faisant attention de ne pas être suivie. Je vadrouillai depuis le nord de Big Rock et pris de la hauteur pour examiner les villas. Il me semblait avoir reconnu ce coin-là sur une photo du *Los Angeles Times* représentant l'ancienne résidence de Lala. Au bout d'un moment, je crus la repérer et remontai en voiture. Quelques minutes plus tard, je m'arrêtai devant une maison décrépie. Cela avait été une grande et belle demeure, mais elle n'était plus guère entretenue. Son style néocolonial était inspiré des missions hispaniques et de l'architecture des grandes propriétés de cette époque : chaux, stuc, arcades et toit de tuiles rouges. Des oliviers et des chênes verts l'encadraient.

Le portail était fermé. Je me garai et je fis sonner la cloche mais personne ne vint m'ouvrir. Je redémarrai bruyamment pour aller me ranger plus loin sur le bas-côté de la route. Je n'avais aucune certitude sur l'occupant de la maison et aucun nom ne figurait sur la boîte aux lettres. Étrange…

Des églantiers et des capucines recouvraient les murs de pierre bordant la propriété. Par endroits, le temps et l'usure offraient une prise pour les mains et les pieds. J'enfilai mes chaussures de sport gardées dans mon coffre. J'étais en jupe et chemisier, une veste aux larges épaules me laissait une bonne amplitude de mouvement. J'escaladai le mur avant de sauter dans le jardin et de me réceptionner sans me tordre une cheville, mais en filant mes bas. Je progressai à couvert des arbres jusqu'à apercevoir une femme de dos, se promenant.

Elle portait un pantalon et un chemisier blanc avec un foulard rouge autour du cou. Trois gros chiens l'entouraient en jouant à s'attraper par la gueule. Ils grondèrent en me découvrant. Une seconde après, ils se précipitèrent sur moi et j'hésitai à sortir mon arme. Ils allaient me dévorer. La femme siffla et les molosses stoppèrent à un mètre de moi. Elle s'approcha et les calma. Je me figeai en découvrant son visage. C'était Lala mais avec la face gauche brûlée.

— Je m'appelle Vicky Mallone, fis-je nerveusement, votre sœur…

— Je sais qui vous êtes, mademoiselle Mallone. Ma sœur m'a parlé de vous. Elle m'a prévenue qu'un jour peut-être vous apprendriez mon existence et que vous seriez tentée de venir me voir. Il paraît que vous êtes très têtue. Qu'est-ce que je fais maintenant ? Je vous donne à manger à mes toutous ?

Elle caressa la tête d'un de ses cerbères qui montrait toujours les dents et lui parla d'une voix apaisante. Je la contemplais, fascinée. Vue de son profil droit, c'était Lala dans toute sa beauté, et de l'autre son double infernal. La voir de face était un défi à la raison.

— Venez avec moi, dit-elle doucement. Ils vont rester jouer à l'extérieur.

Portail fermé et gros chiens dehors, la maison était bien gardée. Je la suivis dans une demeure dépourvue de miroir. Comment aurait-elle pu supporter cette double image d'elle-même ? Elle me conduisit jusqu'à un jardin d'hiver aux plantes débordant de vitalité. Nous nous installâmes dans des fauteuils d'osier avec un pichet de limonade et deux verres. Il y avait un manuscrit retourné sur la petite table. Elle le glissa sous son siège pour faire de la place, puis elle me fit asseoir à sa droite pour me montrer son bon profil.

— Votre sœur vous a donc parlé de moi ?

J'étais surprise de son accueil courtois.

— Elle vient rarement mais nous nous téléphonons souvent. Elle m'a raconté toute l'histoire. Ma sœur regrettait que vous soyez sur le coup. Vous êtes trop indépendante et trop obstinée. Vous auriez dû vous contenter de toucher votre argent et vous en tenir à ce qui avait été convenu.

— Une muleta ! Pardon si je cherche à comprendre ! Comment en êtes-vous arrivée là ? C'était vous et non Lala au salon de coiffure ?

Elle fit tinter les glaçons dans son verre et prit une grande inspiration.

— Avant l'incident, j'étais une petite sotte sans cervelle. Je profitais de l'argent de Lala mais aussi de sa notoriété. Dans ce salon de coiffure, je me faisais passer pour elle. Si vous aviez vu comment j'étais traitée. Une vraie princesse de conte de fées.

— Malheureusement, la couleur a pris feu.

— Et le conte de fées a viré au cauchemar.

Les traits de son visage se crispèrent. Elle avait dû revivre mille fois cet événement.

— J'ai cru que j'allais me transformer en torche vivante. Je me suis retrouvée dans une clinique privée pour stars. Les gens des studios sont venus me voir. C'était délicat pour Lala de dire qu'elle avait une sœur jumelle et que celle-ci se faisait passer pour elle ! Il m'a été proposé contre une belle somme de faire comme si j'étais ma sœur jusqu'à ma sortie.

— Voilà pourquoi Lala n'a aucune marque de brûlure ! Qui est au courant de cette supercherie ?

— Lala et un nombre restreint de personnes à la Metro.

— Cela ne s'est pas ébruité dans les journaux ?

— Non. Les studios ont pris les choses en main. À ma sortie, j'ai juste fait un tour chez Lala. On m'a ensuite évacuée pour une autre clinique très discrète. Lala est restée sans sortir et sans tourner un temps raisonnable.

— Quand même, le personnel médical a bien vu l'état de vos brûlures et constaté qu'il n'était pas possible de retrouver une Lala au visage lisse.

— Les studios ont travaillé à lancer une rumeur. Lala aurait subi une greffe de peau et testé un nouveau traitement. Elle est restée retirée du cinéma un an avant de faire un come-back impressionnant, orchestré par la MGM. Au départ, certains journalistes ont estimé que ses brûlures étaient dissimulées sous une épaisse couche de fond de teint et qu'on ne la filmait pas de près. D'autres ont jugé qu'un léger incident dans un salon de coiffure avait été monté en épingle pour faire de la publicité gratuite à Lala, à supposer même qu'il ait véritablement eu lieu ! Au bout de deux films, toute cette histoire a été oubliée. Le public a retrouvé sa déesse au visage de marbre.

Je bus une gorgée de ma limonade. J'aurais bien ajouté quelque chose de fort dedans. Mon hôtesse devina mes pensées car elle se leva pour sortir d'un meuble d'osier une bouteille de tequila.

— Et si on transformait notre limonade en une margarita ? Après tout il est quinze heures.

— Volontiers.

Je ne lui fis signe d'arrêter de verser qu'au bout de quelques secondes. J'avais besoin d'un remontant.

— Vous me dites être passée par la maison de Lala avant cette clinique discrète, remarquai-je. Les gens de la sécurité ont-ils vu deux Lala ? Et Rodrigo et Julia ?

— Ses employés ? Lala les a engagés après toute cette histoire.

— Et votre mère ?

— Elle est arrivée l'année suivante. À l'époque elle n'était pas encore sénile.

Quelque chose me chiffonnait. Trop rocambolesque, cette histoire.

— Je ne comprends toujours pas pourquoi, dès le départ, on a dissimulé que Lala n'avait pas été brûlée mais qu'il s'agissait de sa sœur jumelle. Il n'est pas interdit d'en avoir une.

— Tout le monde a peut-être pris la mauvaise décision dans la panique du moment, mais il n'était plus possible ensuite de revenir en arrière. Pour ma part, je n'ai pas été lésée. Lala m'a donné son ancienne maison qu'elle comptait revendre. Je n'en sors pratiquement que pour faire des balades avec un foulard noué autour du visage. Ma sœur vient parfois me voir incognito. Nous nous téléphonons également.

— Ce n'est pas une vie.

— Aucun homme ne voudra de moi avec cette figure. J'aime rester seule ici avec mes chiens, mes livres et ma vieille gouvernante. J'ai également une salle de projection en sous-sol. J'étais une petite fille écervelée et mal élevée. Je ne suis plus ce que j'ai été et il me reste à devenir ce que je dois être.

Elle parlait d'elle au passé avec sévérité et amertume, mais aujourd'hui il y avait en elle une sorte de grandeur et de dignité blessée.

— On vous donne cinq mille dollars en liquide chaque mois ?

Elle me regarda stupéfaite.

— Quoi ? Non. J'ai un virement bancaire sur mon compte.

Je soupirai. Cela aurait été trop facile ! Et finalement, tant de monde pouvait savoir. Seuls Julia et les Hernandez étaient temporairement hors de cause. Je me levai.

— Voulez-vous encore un peu de margarita ? demanda-t-elle poliment.

— Je vote pour !

— Heureusement que le dix-neuvième amendement nous donne le droit de voter !

Elle se trouva obligée de se lever et de me tourner le dos pour saisir la bouteille. J'en profitai pour tirer discrètement le manuscrit sous le siège. J'y découvris le titre avec effarement. Mais ce qui me surprit le plus fut d'y trouver un petit mot d'accompagnement de mon père. Décidément, je ne pouvais avoir confiance en personne !

28

Les méthodes utilisées dans la contrebande ne doivent pas être présentées.

S'il en était un qui pourrait me parler d'elle, c'était bien papa. Retour à Pacific Palisades en fin d'après-midi. Maman était toujours absente : elle s'était mis en tête d'apprendre la calligraphie, selon la domestique qui s'efforçait de garder la maison en ordre. Je retrouvai mon père sur la plage, méditant sur la signification profonde du flux et du reflux des vagues. Il commençait à m'inquiéter. Je lui fis part de ma découverte de la mère démente de Lala. Il m'écouta attentivement, mais son regard fuyait sans relâche le mien.

— Papa, insistai-je, tu n'imagines pas dans quel univers je vis. Tout le monde passe son temps à me mentir ou à me cacher quelque chose. Dans cette enquête, tu es la seule personne en qui je puisse avoir confiance.

Il soupira et, d'un geste affectueux, remit de l'ordre dans mes cheveux que le vent avait ramenés sur mon visage.

— Ah, la famille des stars c'est souvent un boulet. La mère de Lala avait paraît-il le feu au cul.

— Papa !

— Lala m'a raconté qu'elle s'envoyait en l'air avec des clients de la quincaillerie. Il faut dire que les distractions sont rares là-bas ! Moi, je n'ai jamais été très campagne.

Je l'examinai, frappé par le changement opéré en lui. Enfant, il m'emmenait voir *Mickey Mouse* et moi je voulais être une souris aussi rigolote. Aujourd'hui, voilà qu'il parlait comme Arkel ! Il eut un sourire ironique.

— Quoi ? Tu veux me rappeler le code Hays ?

— Bon, mais c'était une bonne mère, non ? Elle l'a inscrite à un concours de beauté.

— Tu parles ! C'est l'histoire écrite par le département marketing du studio. La vérité, c'est que Lala s'est inscrite en cachette à ce concours qu'elle a effectivement remporté. En rentrant, ses parents lui ont piqué l'argent du prix et lui ont donné la raclée de sa vie ! Mais voilà, le public n'aime pas les histoires de petite fille brimée et frappée. Celle d'une enfant choyée et poussée par sa famille, c'est beaucoup plus vendeur.

Ses yeux se perdirent par-delà l'océan. Les vagues giflaient le rivage. Assis face à la masse liquide et froide, nous formions un duo inconfortable. L'amour ne suffit parfois pas lorsque vient se greffer le doute.

— Et sa sœur jumelle ?

Ses épaules s'affaissèrent.

— Quoi, la sœur jumelle ?

Il suivit du regard un baigneur imprudent qui entrait dans l'eau froide. Ce dernier ne fit qu'une brasse avant de ressortir en claquant des dents.

— Tu es au courant de la vérité sur la sœur jumelle de Lala ? Son visage brûlé dans ce salon de coiffure ?

Il se raidit.

— Comment sais-tu cela ?

Je me levai et secouai mes longues jambes, prête à m'enfuir s'il me mentait.

— Je viens de la voir. Papa, tout le monde me ment dans cette affaire. Sur qui puis-je compter sinon toi ? Et si tu me disais la vérité ?

— Quelle vérité ?

Je lui rapportai ma conversation avec la femme aux deux visages puis regardai autour de moi. L'océan étalait sa grande nappe bleue pour le déjeuner des cormorans. Des flaques de soleil gisaient dans les trous d'eau. J'y contemplai mon reflet et j'y vis mon double.

— Je viens de penser à quelque chose d'incroyable, dis-je lentement. Toute cette histoire est complètement rocambolesque mais, à bien y réfléchir, si on la prend à l'envers elle retrouve tout son sens. Imaginons qu'on inverse les rôles. Cette fois, c'est Lala qui va chez ce coiffeur, est brûlée et défigurée. Elle sait qu'elle ne pourra plus jouer que les monstres de foire au cinéma. Oui mais voilà, elle a une sœur jumelle qui a une petite expérience théâtrale et la connaît mieux que personne. Pourquoi ne pas sauver les studios, sa gloire et offrir à sa sœur une occasion en or ? Ainsi, tout ne serait pas perdu.

C'était la seule solution possible. Je ne voyais pas les studios dissimuler la présence de la sœur jumelle de Lala dans ce salon de coiffure. Et il n'y avait pas d'autre explication plausible à la présence du scénario chez elle avec le petit mot de papa. Et c'était aussi la vraie Lala qui continuait à écrire à son amie du Nebraska. La même écriture tout le long de ces années. Quant à la mère de Lala, elle m'avait dit : « Ce n'est pas ma fille, elle m'a louée pour l'occasion. » Un sens caché… Quand je lui parlais de Lana, elle me parlait de Lara. La petite flamme qui brûlait encore en elle, c'était ses filles.

D'autres détails me sautaient désormais aux yeux. Selon Errol, Lala aimait bien picoler, et ne dédaignait pas faire la fête, le contraire de la nouvelle Lala après l'incident. Celle que j'avais vue en revanche appréciait la tequila. Je me souvenais aussi de Lindqvist voulant se remémorer le bon vieux temps avec Lala et de celle-ci s'empressant de mettre un terme à la conversation, ne pouvant se souvenir de leur entretien.

— Dis-moi la vérité ! Tu as ma parole que je garderai tout cela secret.

Mon père baissa la tête. Il semblait malheureux comme les pierres.

— Papa !

J'avais crié. Il sursauta et soudain, il se décida. Entre trahir Lala et me perdre, il avait choisi.

— Cela s'est passé comme tu l'as deviné. Nous étions avec Jack Hudson et les grands pontes des studios au chevet de Lala. Elle n'a pas voulu enlever ses bandages devant eux. Jack et moi l'avons raccompagnée chez elle. En dehors d'un grand spécialiste des brûlures, de Jack et de moi, personne n'a vu l'état de son visage. Nous étions atterrés, mais Lala est restée très forte. Elle n'a pas voulu recevoir sa mère, mais sa sœur si. Nous ne l'avions encore jamais rencontrée. C'était son double. Un double parfait. Même taille, même visage et couleur d'yeux, même voix. Lala a alors émis l'idée de l'échange de rôles.

Le vent balayait la plage. Je recrachai un peu de sable qui s'était engouffré entre mes lèvres. J'avais soudain très froid et envie d'un verre.

— Pendant un an, reprit papa, Lala a initié sa sœur jumelle dans son ancienne demeure de Malibu. On a travaillé avec Jack à ce qu'elle perde son léger accent, qu'elle marche et occupe l'espace comme sa sœur. Elle était douée, indéniablement. Elle aussi avait pris des cours de comédie. Enfant, elle jouait à lui donner la réplique. Simplement, Lara n'avait pas eu comme Lana l'audace nécessaire pour se lancer et devenir Lala.

— Qui est au courant ? Les studios ?

— Non. Pendant toute cette période, Lala les a pris au téléphone mais n'a jamais accepté de les recevoir.

— Ils ont bien dû se douter de quelque chose !

— Physiquement, les jumelles, Lana et Lara, sont identiques. Enfin, elles l'étaient. Lala est restée à Malibu et sa jumelle a pris sa place sur Mulholland Drive. Nous lui avons donné la même garde-robe, la même coiffure. Lala lui a parlé de tout le monde à la Metro. Qui pince les fesses de qui. Sur quel ton parler à Louis B. Mayer et quel niveau de familiarité accepter de sa part. Idem pour ses directeurs de programme et ses connaissances. Elle lui a conseillé également de changer d'agent : trop de conversations professionnelles à se rappeler.

Je m'assis à terre afin d'offrir moins de prise au vent et ôtai mes chaussures.

— Restait le jeu, fis-je. Je me souviens de celui de Lala dans ses premiers films. Honnêtement, je le trouvais un peu maniéré mais cela plaisait. Celui de sa sœur est…

Je cherchais mes mots, papa vint à mon aide.

— Plus naturel, plus fluide. Jack l'a bien guidée.

Je frottai la plante de mes pieds avec du sable comme je faisais enfant. Maman disait que ça rendait la peau douce.

— Cette histoire est dingue. Quelle supercherie ! Comment cela a-t-il pu prendre ?

— En fait, la nouvelle Lala était moins sophistiquée que l'autre. Avec Jack, nous avons soigneusement choisi des personnages à contre-emploi afin que la différence de jeu perceptible soit attribuée à des rôles nouveaux pour elle. J'ai écrit un scénario où elle jouait pour la première fois une femme du peuple avec un léger accent provincial. Progressivement, Lara a remplacé Lana et est devenue Lala. Mais le tragique de la situation et cette comédie permanente l'ont amenée à être plus distante.

Comme l'avait remarqué Errol.

— Qui connaît la vérité ?

— Lala a licencié son personnel afin que sa sœur n'ait pas de problèmes supplémentaires à gérer. Je suis la seule personne au courant de cette substitution avec Jack Hudson !

— Et le spécialiste des brûlures ?

— Il a été grassement payé et, manque de chance, il s'est tué l'année suivante dans un accident de voiture.

— Si personne ne sait pour la substitution des jumelles, à qui et pourquoi la Lala officielle file-t-elle cinq mille dollars en liquide tous les mois ?

Mon père écarquilla les yeux. Deux promeneuses approchaient, très chics dans leur robe de plage jaune ou orange, leurs souliers à la main. Il baissa la voix.

— Qu'est-ce que c'est que cette histoire ?

— L'histoire d'un chantage. Quelqu'un sait pour la substitution.

— Je suppose qu'il pourrait demander plus pour une telle révélation, remarqua papa, pragmatique.

Il en connaissait un rayon sur les carrières ruinées à Hollywood.

— Soixante mille dollars par an, rétorquai-je, c'est une jolie rente pour quelqu'un qui préfère ménager sa proie. Il y a des maîtres chanteurs qui voient à court terme et d'autres plus loin. Ceux qui pressurent trop leur victime au départ risquent de tout perdre rapidement en suscitant une réaction désespérée.

— Mais qui est le maître chanteur ? Jack ne ferait jamais ça et, qui plus est, il n'a pas besoin d'argent.

— Arkel ne sait rien ?

— Bien sûr que non, et il ne doit rien savoir.

— Toi et Jack Hudson, vous avez pourtant embarqué une fausse Lala dans l'aventure de *Cherchez le nazi* sans qu'il le sache.

Je restai à méditer quelques instants sous le regard inquiet de mon père.

— Je t'ai donné ma parole, dis-je finalement, et je la tiendrai. Maintenant, reste en dehors de tout ça. Promis ?

— Promis.

Bizarrement, je ne le crus pas.

~

En rentrant à la maison de mes parents, nous trouvâmes Arkel assis sur le perron. Il nous regarda approcher avec une expression indéchiffrable.

— Ne vous gênez pas, fis-je. Faites comme chez vous ! Comment saviez-vous que j'étais ici ?

— Je fais surveiller la maison de votre père. C'est quand même le scénariste de *Cherchez le nazi* !

— Rassurez-vous, fit papa, je saurais me défendre.

— Bah, vous êtes contre les armes à feu, vous n'en avez même pas une à la maison. Et je doute que vous ayez chassé autre chose que les libellules dans votre vie !

Il n'avait pas tort. Mon père n'arrivait même pas à accrocher un ver à un hameçon.

— Alors, fit Arkel après avoir délibérément laissé passer quelques secondes, rien à me dire ?

Je frémis intérieurement, mais papa en avait vu d'autres après une carrière à Broadway et Hollywood.

— Vic est juste venue me rendre visite, dit-il d'une voix tranquille.

Arkel se contenta de le fixer en souriant et papa soutint son regard jusqu'à ce qu'il se lasse.

— Bon, lança-t-il, alors on va y aller. J'ai besoin de vous, Vicky.

Il alla dire à son chauffeur de partir et revint vers moi.

— En route ! Monsieur Mallone, ça a été un plaisir. Soyez prudent et restez chez vous. C'est plus facile de vous y protéger que lors de vos balades le long de ces foutues plages à méditer sur le sens de la vie.

— Prenez soin de ma fille, dit calmement mon père. S'il lui arrive quoi que ce soit à cause de vous, je vous tuerai.

Arkel se retourna très lentement vers lui. Je fis instinctivement un pas en avant car j'ignorai si beaucoup de gens avaient survécu après avoir menacé Arkel. Mais celui-ci ne semblait nullement contrarié.

— Monsieur Mallone, dit-il gravement, votre fille est super chouette. S'il le fallait, je donnerais ma vie pour elle.

Une fois en voiture, il se tourna vers moi.

— La patronne du Jardin de Bénarès a avoué. Elle envoyait bien son employé relever le compteur et faisait cracher Lala. Cela dit, tomber cinq mille dollars par mois pour des photos de sa maman en train de fumer de l'opium, je reste sceptique. Elle me cache quelque chose.

— Qui sauvera l'Amérique si un homme comme vous ne peut plus rien tirer d'un suspect ? ricanai-je.

— Une suspecte, rectifia-t-il. C'est une femme, je ne peux quand même pas lui mettre des beignes. Je n'ose déjà pas battre les cartes parce qu'il y a des dames dedans ! Non, je vais la lâcher dans la nature et la faire suivre.

Je réfléchis.

— Une fumeuse d'opium, est-ce que cela parle ?

— Ma foi, en tout cas ça peut délirer.

— Et si la mère de Lala avait raconté quelque chose d'important ?

— Genre quand sa fille a perdu sa première canine ? ricana-t-il.

Je pensais à autre chose. Une pièce de monnaie qui a deux mêmes faces, par exemple. Je commençais à m'inquiéter pour le secret des jumelles.

— Quand est-ce que notre Lala revient de Washington ?

— Elle sera là demain matin. De l'aéroport, direction le studio. Le temps, c'est de l'argent. Tournez à gauche.

— Où va-t-on ?

— Voir la mère de Lala.

— Elle ne vous dira pas grand-chose.

— Ça, c'est à moi de voir ! Je sais parler aux vieilles personnes. En fait, je crois que j'ai la cote avec le troisième âge.

~

Au portail, le garde me reconnut et Arkel exhiba fièrement un insigne de shérif adjoint du comté. Nous tombâmes ensuite sur Julia venue préparer le retour de sa patronne. Apparemment, la femme de Rodrigo n'avait pas jugé bon de lui rendre compte de ma visite ou, si elle l'avait fait, Julia n'avait rien trouvé à y redire. Elle ne se troubla que lorsque mon compagnon lui révéla le but de notre venue.

— C'est impossible, dit-elle. Il n'y a que son infirmière et parfois son docteur qui la voient. Je ne peux pas vous le permettre sans l'autorisation de Lala.

Arkel lui dédia son plus beau sourire pour qu'elle l'emporte avec elle dans ses pires cauchemars.

— Mademoiselle Julia Maria Angelica Flores-Castillo, si vous voulez toujours devenir une Julia Smith au pays de la liberté et des droits civiques, cessez donc d'être aussi franche qu'un âne qui recule ! Lorsque vous avez accepté de travailler pour moi, vous vous êtes engagée à m'informer de tout événement inhabituel autour de Lala afin que je puisse m'assurer de sa sécurité.

— De tout danger menaçant Lala, oui. Mais sa mère n'en est pas un !

— C'est à moi et non à vous d'en juger. J'estime que vous m'avez dissimulé un fait important. Je vous administre donc un premier et dernier avertissement. Maintenant, conduisez-nous à elle.

Ainsi, voilà comment Arkel avait engagé Julia : en lui promettant la citoyenneté américaine ! Un avertissement verbal d'Arkel accompagné d'un sourire valant une séance complète de coups de fouet, Julia s'exécuta sans broncher.

La pète-sec au visage en coup de trique déguisée en infirmière ouvrit à son tour sa bouche et la referma presque aussitôt devant l'assurance d'Arkel qui nota soigneusement son nom pour vérifier, dit-il, si elle possédait réellement le diplôme nécessaire pour exercer ! Apparemment, elle non plus ne se souvenait pas de mon passage. J'ignorais ce que cela faisait de passer d'un rêve alcoolisé à un rêve éthéré. En l'occurrence, pour elle cela n'avait pas changé grand-chose.

Resté seul avec moi et la mère de Lala, Arkel sortit d'une sacoche une pipe assez large et longue d'une cinquantaine de centimètres. Les yeux de la vieille dame brillèrent.

— Ça vous rappelle des souvenirs ? En France, on dit que l'opium est à la drogue ce qu'est une bouteille de grand vin de Bourgogne à un Pernod.

— Arkel, fis-je, inutile d'étaler votre culture devant elle. Elle n'imprime plus rien !

— Oh que si !

Il agita la pipe sous le nez de la vieille, qui aussitôt s'y agrippa et la tira pour la mettre à sa bouche. Elle se mit ensuite à suçoter le tuyau puis à aspirer. Arkel reprit doucement la pipe.

— Je vais vous préparer une boulette, madame.

Je sursautai.

— Vous n'allez pas faire ça tout de même !

— Je vais me gêner. Regardez la vie de con qu'elle mène. Ce sera son premier plaisir depuis longtemps !

Il sortit de son mouchoir une boulette.

— À vrai dire, je l'ai piquée au Jardin de Bénarès. C'est assez compliqué à préparer.

Il la chargea habilement sur l'aiguille qui se trouvait sur le fourneau de la pipe en bambou.

— Allez, c'est parti mamie ! Tous à Katmandou !

Il alluma la pipe et tira une bouffée qu'il n'avala pas.

— Vous parlez de quoi dans vos rêves au Jardin de Bénarès ? De votre fille Lala ? Lala, une formidable actrice de cinéma.

L'atmosphère se fit plus lourde.

— Lara…, fit-elle.

— Lana, la corrigeai-je en tentant de ne pas paniquer. Mais elle est devenue Lala.

Arkel me jeta un regard étonné.

— Mais taisez-vous, vous l'embrouillez.

Il lui présenta à nouveau la pipe. Elle battit des bras comme un gros albatros maladroit, plongeant le bec en avant pour s'embrocher sur le tuyau de l'instrument. Arkel recula.

— Vous en voulez ? Je suis d'accord, mais il faut me dire quelque chose. Parlez-moi de Lala.

— Lana, murmura-t-elle.

— Oui, très bien, continuez.

— Vous êtes qui vous ? demanda-t-elle.
— Moi, je suis le Juif errant. Et vous ?
— Lara.
— Lana, rectifiai-je de nouveau. Vous êtes sa maman. Moi, c'est Vicky et le vilain monsieur qui vous ennuie s'appelle Arkel.
Arkel fronça les sourcils.
— Ça vous amuse de foutre mon interrogatoire en l'air ?
— Votre interrogatoire ? Tu parles ! On ne vous a jamais dit que vous étiez un grand malade ?
J'allai ouvrir la fenêtre pour dissiper la fumée qui flottait dans la pièce et me retournai vers Arkel.
— Bon, c'est fini les conneries maintenant ?

~

Un vent brûlant dévalait la colline. Les lumières du soir allumaient une tempête de feu. D'un côté, on voyait celles de Los Angeles et, de l'autre, celles de San Fernando Valley. Les mains sur les hanches, Arkel inspira profondément.
— Vous me cachez quoi, Vicky ?
— Mais rien.
— Tu parles ! Vous m'avez ruiné mon coup avec la vieille !
— Ce que vous avez fait est indigne.
— Vous plaisantez ? J'ai été son rayon de soleil de la semaine !
Nous reprîmes en silence la longue et obscure Mulholland Drive. À peine plus bas, une voiture quitta un bas-côté juste devant nous. Je la klaxonnai furieusement et elle se mit à ralentir. Je tentai de la doubler mais elle commença à zigzaguer

au milieu de la route pour m'empêcher de passer. Arkel jura et se retourna. Un autre véhicule venait de surgir derrière nous. Sans avertissement, il nous tamponna puis nous doubla sur la gauche et essaya de nous envoyer dans le ravin.

— OK, dit Arkel, les dingues moi je les calme !

Un rapide coup d'œil m'apprit qu'il venait de sortir son arme et, par sécurité, tenait le canon pointé vers le toit tandis que, de sa main libre, il descendait la glace. Il pencha ensuite le buste par la fenêtre et tira deux coups. Le pare-brise de la voiture derrière s'étiola mais le chauffeur tint la route. Le véhicule devant freina imperceptiblement, j'emboutis son pare-chocs avec un froissement métallique qui me fit mal au cœur. J'aimais bien mon auto. Celle de derrière se porta encore sur notre gauche pour se rabattre sur nous. Je gardai le contrôle de ma Buick, le cœur battant.

— Vous pouvez arrêter de me secouer ? grogna Arkel qui s'était de nouveau penché au-dehors.

Il tira ensuite trois fois coup sur coup et le conducteur visé piqua du nez sur le volant avant de s'abîmer dans le ravin.

— J'aimerais bien prendre celui de devant vivant, dit Arkel en se rasseyant et en rechargeant.

— Ben c'est possible, haletai-je, si vous ne lui tirez pas dessus !

— Pas bête ! Je vais viser les pneus.

J'accélérai et tentai à mon tour de déporter mon agresseur sur la droite, du côté d'Arkel. Il y eut un grand bruit de tôle froissée qui me fit grincer des dents. Trois détonations suivirent, la voiture de l'autre fit soudain une embardée et alla s'encastrer dans le flanc de la colline.

Je freinai et m'arrêtai à une dizaine de mètres de là. Le révolver pointé devant lui, Arkel approcha à pas lents du véhicule. De la main gauche, il ouvrit la portière. Le conducteur était affalé sur le volant, le visage couvert de sang.

— Il est mort, constata-t-il lugubrement.

— C'est ça que vous appelez viser les pneus ?

— Oui, mais vous avez fait une embardée.

— Ben voyons, c'est ma faute, mais vous êtes sûr qu'il ne respire plus ?

— Certain. En tant que croque-mort, j'en ai vu des destins brisés !

Les mains sur les hanches, je grimaçai en tentant de reprendre mon souffle. Ma poitrine avait durement cogné contre le volant.

— Vous avez mal ? s'inquiéta Arkel.

— J'ai bien plus de douleur à l'intérieur qu'à l'extérieur !

— Comme nous tous !

Je soupirai.

— Vous ne comprenez pas, ma voiture est défoncée.

— Bah, c'est juste un peu de tôle froissée.

Consternée, je contemplais le pare-chocs enfoncé et le capot à demi plié.

— Forcément, elle va marcher beaucoup moins bien !

— Le président Roosevelt vous en payera une autre.

— J'en veux une plus grosse !

Il rit.

— Je vois que vous allez mieux.

Il entreprit de fouiller le cadavre.

— Rien, bien entendu, ces gens-là sont des professionnels.

Des tueurs à gages. Bon sang, c'est pas le genre d'America First quand même. Là, on touche à la vraie pègre.

Une voiture de police arriva et ralentit avec prudence à notre vue. Apparemment, notre rodéo sauvage avait alerté quelques riverains ou la patrouille du coin.

— Ah, fit Arkel, je crois qu'il va falloir que je montre un de mes papiers officiels.

— Qu'allez-vous leur dire ? Ce que vous avez fait n'est pas très catholique.

— À ma connaissance, rétorqua Arkel, la Bible n'est pas favorable à l'abolition de la peine de mort.

29

Les baisers profonds ou lascifs, les caresses sensuelles, les poses et les gestes suggestifs ne doivent pas être exposés.

Je m'éveillai dans la pâle lueur qui précède l'aube. Dans la nuit, l'araignée au plafond avait renforcé sa toile. Incapable de me rendormir, je réfléchissais au choix des possibles. L'horizon se teintait d'une couleur rose saumon lorsque Arkel tambourina à ma porte. J'allai ouvrir, la mine chiffonnée et des mules aux pieds, aussi sexy qu'une descente de lit.

— Vous m'amenez ma nouvelle voiture ? demandai-je.

— On voit que vous ne connaissez pas l'administration, j'en suis encore à essayer de comprendre comment remplir le formulaire ! Mais je vous en ai amené une autre pour attendre.

Il entra sans plus de façon.

— Cette fois, dit-il, la guerre est déclarée.

Il projeta un journal sur la table comme une grenade dégoupillée. Je le pris en main. *LA Secret* visait Lindqvist.

Qui se souvient qu'en 1936, ce producteur est parti en virée avec une bande de copains des studios pendant que madame restait garder les enfants à la maison ? Résultat de deux jours de beuverie ? Une jeune femme ivre qui passe par la fenêtre et se brise les deux jambes. Une autre qui perd sa virginité sans y avoir consenti. Et bien entendu, l'affaire a dû se régler ensuite à coups de gros billets verts puisque les plaintes furent retirées et les auteurs des faits relâchés sans jugement.

Hollywood sans foi ni loi, à part celle de l'argent !

Le reste ne présentait pas plus d'intérêt. Je reposai le canard.

— Attendez-moi, je vais m'habiller.

J'entrai dans la chambre. Seuls deux orteils émergeaient des draps. Je les caressai doucement car je savais que Sybil ne dormait plus.

— Arkel est là ? demanda-t-elle d'une voix faussement ensommeillée.

— Oui.

Je choisis dans l'armoire un ensemble d'après-midi en crêpe bleu marine dont le col se terminait sur un joli nœud blanc.

— Tu pars déjà ?

Elle se redressa sans se couvrir. Sous la lumière crue, sa chair semblait perdre de sa consistance. J'aurais voulu rester auprès d'elle. Je le lui dis.

— Bon, fit-elle en remontant le drap pour couvrir sa poitrine, maintenant je sais que je n'étais pas pour toi un coup d'un soir, mais quelle place entends-tu réellement me réserver dans ta vie ?

Je me mordis pensivement les lèvres. J'avais déjà connu ce type de questions après mon divorce et franchement je ne savais jamais comment y répondre. D'habitude, je prenais mes jambes à mon cou. C'était plus simple. Je m'assis au bord du lit. Une mèche blonde lui dissimulait un œil. Je la réajustai avec une infinie douceur.

— Continuons d'apprendre à nous connaître. La période est assez difficile pour moi et je suis prise dans un imbroglio que je n'imaginais pas au départ. Je voudrais que tu patientes et que tu restes avec moi.

Elle saisit ma main et déposa un baiser au creux de ma paume.

— D'accord, mais dis-moi un peu ce que tu fais et où tu vas. J'aimerais savoir quand je dois t'attendre ou quand je peux faire autre chose.

— Lala est revenue de Washington, je vais la rejoindre au studio.

— Qu'est-ce que tu fais réellement ? Tu enquêtes pour elle ?

Je réfléchis et l'expression employée par Errol me parut la plus appropriée.

— C'est un peu comme une enfant, expliquai-je, dont je dois garder les fesses propres.

~

Dehors, je découvris ma nouvelle voiture. Une adorable Buick décapotable couleur crème.

— OK, dis-je rapidement. Je la garde !

Arkel se contenta de secouer doucement la tête.

— J'ai une bonne et une mauvaise nouvelle. Je commence par laquelle ?

— Oh pitié, j'ai passé l'âge de jouer.

— OK, je commence par la mauvaise. La patronne du Jardin de Bénarès a filé entre les doigts de mes hommes.

— Quoi ?!

— Oui, je sais, moi aussi j'ai eu cette réaction !

Il se racla la gorge.

— La bonne nouvelle maintenant. La police a identifié notre dernier agresseur. Inconnu au bataillon pour la justice... mais il avait une sœurette dont j'ai pu noter l'adresse. Elle a été arrêtée une fois pour indécence dans un lieu public. Bref, je me suis rendu chez elle de bonne heure ce matin. Un peu choquée mais pas trop : son frère n'était pas un tendre. Et devinez ce que j'ai appris ? Le gars a démissionné il y a huit jours de Morton Security.

Je méditai sans rien dire en mâchonnant ma lèvre inférieure. Il y avait un hic, mais lequel ?

— On va jeter un œil au studio, proposa Arkel. Lala arrive dans l'après-midi. Vous prenez le volant ?

J'avais déjà remarqué qu'il adorait poser ses fesses sur le siège passager. Je lui en fis la réflexion et cela sembla l'amuser.

— Conduire une caisse, c'est moyennement excitant. J'ai conduit des camions, un char en France et même un train en Mandchourie. Il faut préciser que le chauffeur de la locomotive avait sauté de celle-ci en me voyant débarquer.

— Parfois, Arkel, vous faites peur !

Je mis le moteur en marche. Il ronronna comme un gros chat satisfait. J'appuyai sur l'accélérateur et la voiture bondit. Ma nouvelle Buick et moi, on allait bien s'entendre.

— Morton Security fournit nos agresseurs parmi ses anciens employés et une petite part de son capital est détenue par la famille Anderson, résumai-je. Or, j'ai compris que vous aviez deux commanditaires : Alabama et Anderson. Vous avez beau me dire qu'Anderson est un nom très répandu, je ne crois pas aux coïncidences. Cela signifie-t-il que l'un de vos deux commanditaires est une planche pourrie ?

— Dans un sens, oui.

~

Je réfléchis. Je n'ai rien contre la mixité, bien au contraire, mais pourquoi une femme noire s'était-elle lancée dans un salon à opium indien ? Pas pour débuter mais plutôt pour agrandir sa clientèle. Cela pouvait signifier qu'elle avait démarré ailleurs avec un premier salon.

Je cherchai mon flirt sur le plateau 3 où Hudson opérait. Il filmait une petite assemblée de sympathisants isolationnistes pour montrer comment on bascule de la préservation de l'Amérique originelle à l'antisémitisme et au fascisme. Le réalisateur avait positionné sa caméra en plongée afin de dominer ses sujets et de créer une atmosphère oppressante. Errol attendait sa scène où il devait les haranguer. Ce rôle de manipulateur lui plaisait, lui qui avait débuté au théâtre dans des rôles shakespeariens avant d'être obligé d'aligner les films à costumes.

— Vous ici, s'exclama-t-il, astre du jour ! Merveilleuse

nouvelle. Comme vous êtes belle dans votre jolie robe ! Puis-je vous embrasser ? Pardon, ça ne se demande pas.

Il me prit dans ses bras musclés pour me fourrer d'autorité sa langue dans la bouche. Je lui cédai quelques secondes avant de me ressaisir.

— Errol, la question que je vais vous poser va certainement vous paraître bizarre mais je me lance. Je suppose que vous avez tout essayé dans la Cité des anges. Un salon d'opium pas très chic, tenu par une dame noire d'une soixantaine d'années qui se targue de philosophie, ça vous dit quelque chose ?

L'intérêt avec cet homme, c'est qu'il avait réellement tout fait dans sa vie. Il prit un air faussement gêné.

— Ah, vous avez eu vent de mon aventure avec l'opium ?

Quand on ignore de quoi parle l'autre, la meilleure chose à faire est de le laisser raconter. Je ne répondis donc pas.

— J'ai toujours eu envie d'être écrivain, se confia-t-il. À une époque, j'avais été tellement impressionné par *Les confessions d'un mangeur d'opium anglais* de Thomas de Quincey que je m'étais dit qu'il fallait que je me mette à l'opium pour écrire ! Rapidement, mon teint changea et devint cireux, mes idées se brouillèrent et je fus accro sans m'en rendre compte. Un ami qui habitait à la maison trouva ma cachette secrète dans les toilettes et jeta ma réserve d'opium au feu. Cela me plongea dans une fureur noire et je faillis le tuer. Ce fut un choc salutaire, j'arrêtai et je mis plusieurs jours atroces à décrocher. Bref, ne commencez jamais.

— Je n'ai pas eu le temps de vous expliquer, le rassurai-je, ce n'est pas pour m'y mettre mais pour sauver quelqu'un.

~

Errol m'avait donné deux noms. J'optai pour celui qui s'appelait Le Jardin de Manille. Les petits entrepreneurs aiment bien reproduire leur succès en changeant peu le premier nom commercial qui a bien marché. Pour le reste, je m'étais plantée, on ne se trouvait pas dans un quartier noir mais au cœur du quartier philippin. Coincée entre deux immeubles se dressait une petite maison au fond d'une ruelle glauque où des chiens fouillaient dans les poubelles. Cela sentait l'urine froide et les déchets avariés. La cuisine d'un restaurant douteux y était ouverte et ce qui s'y tramait vous dissuadait d'aller y déguster quoi que ce soit.

La patronne du Jardin de Bénarès eut un haut-le-cœur en me voyant débarquer dans son bureau au sol en céramique après avoir graissé la patte du loufiat à l'entrée.

— Vous êtes pire qu'une tique sur la nuque d'un chien, grogna-t-elle.

Sa main tira son sac à elle. Je me figeai, prête à plonger et à lui casser le doigt comme Arkel m'avait appris, mais elle sortit seulement un paquet de cigarettes orientales.

— Vos copains ne sont pas plus flics que vous et moi, non ?

— Disons qu'ils travaillent dans l'ombre, fis-je en m'asseyant. L'unité *shadow*, vous connaissez ?

— Et vous êtes avec eux ?

— Pour tout vous dire, il arrive qu'on collabore mais à la base je suis dans une autre branche d'activité !

Elle me considéra en souriant. On aurait dit une grand-mère qui s'apprêtait à enfourner des cookies aux pépites de chocolat pour ses petits-enfants. Elle gâtait sûrement les siens.

— Si vous voulez mon avis, dit-elle, Lala n'a pas porté plainte pour chantage. Les photos sont récupérées, détruites et tout s'arrête là, n'est-ce pas ? Alors que faites-vous ici ?

— Je viens vous poser quelques questions.

— On m'en a déjà posé un millier ! Allez leur demander, je ne vais pas recommencer !

— Vous êtes une petite maligne, mais moi aussi ! Réclamer à une star cinq mille dollars tous les mois pour des photos de sa maman opiomane, n'est-ce pas un peu excessif?

Elle prit une cigarette puis froissa son paquet vide et en sortit un autre de son sac.

— Vous en voulez une ?

Je l'acceptai sans méfiance. C'était une orientale épaisse, au goût parfumé. Après avoir tiré deux ou trois taffes, la vie me parut plus rigolote.

— Vous êtes un peu nulle, ricanai-je, d'avoir échappé à leur surveillance et d'être revenue dans votre second clandé.

— Où voulez-vous que j'aille ? C'est mon premier business ici et je ne pense pas qu'ils l'aient encore repéré.

— Ben moi, mémé, j'y suis allée les doigts dans le nez !

On s'observa un moment sans rien ajouter tout en tirant sur nos cigarettes respectives. Elle m'en proposa une seconde que j'acceptai. Je me sentais au nirvana de ma forme. Euphorique, même.

— Cinq mille dollars juste pour des photos d'une mère opiomane, marmonnai-je, vous y croyez, vous ?

Elle me fixa attentivement.

— À vrai dire, non. Je m'attendais à une négociation,

alors je suis partie de très haut. Curieusement, j'y suis restée ! Ce qui signifie que Lala a quelque chose à se reprocher, non ?

Je fumai sur ma nouvelle clope sans répondre. J'avais de plus en plus de mal à rester concentrée. Finalement, je me sentis un peu drôle.

— Houla, fis-je, j'ai la tête qui tourne. C'est chaud du réchaud !

Elle reprit de mes doigts ma cigarette aux trois quarts consumée et en tira une taffe sans avaler la fumée, qu'elle me recracha dans la bouche après m'avoir pincé le nez.

— Oh, eh ! protestai-je. Mais qu'est-ce que vous fabriquez ?

Elle fit le tour du bureau et m'aida à me lever.

— Vous avez besoin de vous étendre.

Je tombai mollement sur le canapé aux ressorts foutus où elle me mena. Elle m'ôta mes escarpins, les laissa tomber à terre et me caressa ensuite les cheveux.

— Alors ma jolie, comment on se sent ? C'est la grande éclate, non ? Profites-en bien.

Je voulus me redresser mais elle me força à rester allongée et m'attacha les poignets et les chevilles. Je la laissai faire sans me débattre, ce qui la fit rire.

— Tu es une bonne petite.

— Qu'est-ce que vous m'avez donné ?

— Un pur aphrodisiaque, accroche-toi bébé, tu vas être à la fête !

Elle sortit un moment du bureau. Je fermai les paupières qui devinrent un écran blanc de cinéma sur lequel défilèrent des films. Un instant, je crus même voir King Kong balader la pauvre Fay Wray jusqu'au sommet de l'Empire

State Building. Elle n'avait pas fait une grosse carrière depuis. C'est vrai que pousser des hurlements pendant une heure trente, ça ne permet pas de dévoiler l'étendue de ses talents.

Ma geôlière revint et, une main sous ma nuque, me souleva doucement la tête pour me faire inspirer une troisième cigarette. Elle continua ainsi en me pinçant le nez lorsque je refusais d'inhaler. Le temps cessa de filer et sembla entrer en suspension. Dans ma nouvelle réalité, fumer cette dernière cigarette me prit bien une heure.

— Vicky, mon petit ange, tu vas tout me raconter. Pourquoi est-ce que tu crois que Lala me verse cinq mille dollars ? Tu dois bien avoir une idée…

Incapable de réfléchir, je rangeai ce fait dans un casier de ma commode à souvenirs. C'était maman qui m'avait appris que la mémoire était un grand meuble plein de tiroirs. Parfois, tu ne savais plus lequel ouvrir mais le souvenir était bien là, quelque part dans la commode.

— La commode…

— Je ne te parle pas ameublement, ma chérie, mais je te répète ma question et tu seras gentille d'y répondre : est-ce que tu crois que Lala verse cinq mille dollars chaque mois juste pour les photos de sa maman occupée à fumer une pipe d'opium ?

— Non.

— Et ton ami très antipathique avec qui tu es venue au Jardin de Bénarès ?

Ma langue n'était plus qu'un morceau de guimauve qu'une pâtissière déroulait et étirait interminablement. Et cette langue expulsait des mots de mes lèvres.

— Mon ami non plus.

— Qu'est-ce qu'il croit ?

— Rien.

— J'ai tout mon temps, trésor. Dans les cigarettes que je t'ai refilées, il y a un mélange de tabac et de drogue qui annihile toute résistance. Ça fait trente ans que je suis dans le business, alors tout ce qui agit sur la volonté, je connais !

Ses doigts frôlèrent la plante de mes pieds et j'eus un rire nerveux. Ma volonté s'étiolait, mais à l'inverse tous mes sens se trouvaient exacerbés. Sa main remonta le long de mon mollet et s'arrondit sur mon genou. Je sentis distinctement ma rotule sous la caresse de son pouce.

— Dis-moi ce que tu penses, toi. Qu'est-ce que Lala a peur que l'on révèle en plus de ces photos ?

— Lana…

— Elle s'appelle Lala. Ah non, tu veux dire que c'est le vrai prénom de Lala ?

Ah, mauvaise question ! Trop ouverte. Il n'y avait pas d'intention cachée dans celle-ci, mais dans mon état elle risquait de m'amener loin. J'éprouvais un tel besoin de parler à cette femme si gentille avec moi.

Ne rien dire sur Lana et Lara.

Je pensais à un mur de briques. Ma résistance intrigua la dame du Jardin de Manille. Elle se pencha sur moi et je sentis son souffle tiédir sur mes lèvres. Du coup, j'eus une illumination, ce n'était pas une femme mais un djinn. Un esprit de l'Orient.

Une brèche. Il me fallait ouvrir une brèche dans le monde réel pour m'y faufiler.

— Dis-moi ce que tu sais sur Lala et que tout le monde ignore.

La voix du djinn était malveillante. Sa main malaxait mon bras et ses intentions étaient ignobles. Il voulait me voler mes pensées. Cette fois je pensai à une commode avec des milliers de tiroirs. La réponse était bien là dans le meuble, mais cela me prendrait des jours pour ouvrir tous ces tiroirs.

— Lala…

— Oui ? fit-elle avec espoir. Lala ?

— Dans quel tiroir ?

— On va chercher ensemble, murmura le djinn. Je sens que je vais décrocher le jackpot !

~

J'ouvris un œil. Au début, je ne vis que des reflets de couleur indistincts puis la voix me rattrapa alors que j'allais partir pour un nouveau roupillon au pays de l'arc-en-ciel.

— Vicky ? Hé, oh ! Vicky Mallone !

Mes facultés intellectuelles encore en congé, j'eus du mal à comprendre qui me parlait. J'accommodai ma vision. Cette tronche sévère, le cheveu coupé ras, la mâchoire carrée, un visage qui racontait une vie mouvementée.

— Réveillez-vous, soldat, votre combat n'est pas terminé !

Je ne connaissais qu'une personne capable de parler comme ça.

— Arkel ? C'est vous ?

— D'après la rumeur, oui.

Il ouvrit la fenêtre et m'aida à m'asseoir. J'avais l'impression de descendre d'un manège qui venait de tourner trop vite.

— Dites-moi quelque chose de gentil, pour une fois, fis-je.

Je me sentais comme du beurre qui aurait pris un coup de chaleur avant de s'écraser sur une tartine.

— Quelque chose de gentil ? répéta-t-il d'un ton perplexe. C'est pas commun ! Euh, je vous offre un café. Plusieurs en fait.

— Vous pouvez faire mieux, fis-je en posant mon front sur son épaule.

Je le sentis se raidir puis se détendre d'un coup et, chose étonnante, sa main caressa mes cheveux.

— Ben alors, disons que si j'avais eu une fille, j'aurais aimé qu'elle vous ressemble.

Je me reculai instinctivement. Parfois un sourire inondait les yeux d'Arkel mais ses lèvres restaient immobiles. Parfois c'était l'inverse. Pour la première fois, je vis les deux en même temps. Était-ce dû à mon état, je fondis en larmes à cette déclaration. Arkel déplia lentement son mouchoir plié au carré pour me le tendre.

— On va prendre l'air, dit-il enfin d'un ton gêné.

Dehors, il me demanda mes clés et se mit au volant de ma Buick qu'il conduisit sur Hollywood Western avec une prudence de vieux Sioux. Il choisit de s'arrêter devant une de ces gargotes qui ne payent pas de mine mais proposent la plus simple et la meilleure cuisine du monde. Le temps de boire trois cafés et de me passer la tête sous l'eau dans les toilettes, je me retrouvai avec dans mon assiette une viande grillée au barbecue, découpée en fines lamelles, déposée sur un pain chaud et nappée d'une sauce aux oignons et aux poivrons.

— Comment avez-vous fait pour me retrouver ? demandai-je après deux bouchées et un grognement de satisfaction.

— Ben, on n'est pas plus cons que vous, juste un peu moins rapides.

Dans son œil brillait un respect inattendu. Il se racla la gorge.

— En revanche, niveau self-defense ça laisse toujours à désirer.

— N'exagérons rien, murmurai-je, je me suis fait piéger.

Il ouvrit ses doigts l'un après l'autre, comme la maîtresse à l'école quand elle nous apprenait à compter.

— Je vous sauve la peau avec Grille d'Égout sous les panneaux de Hollywoodland, puis au Jardin de Manille. Je laisse de côté Mulholland Drive, on a fait équipe et vous ne conduisez pas trop mal pour une femme. Enfin, dans la cave du pasteur, c'est Julia qui vous arrache à votre triste sort.

Je repris une bouchée et mâchai avec ferveur, tous mes sens gustatifs exacerbés par ce simple mais délicieux repas.

— La patronne des salons d'opium n'a rien de plus que les photos, dis-je. C'est une professionnelle et Lala une proie trop riche et trop naïve. Elle tient tellement à garder une image immaculée…

Ne pouvant révéler à mon collègue la substitution des deux jumelles, je ne pouvais lui expliquer l'état d'esprit d'une fausse Lala victime d'un chantage.

— Je voudrais bien récupérer le paquet de clopes que j'ai commencé à fumer au Jardin de Manille, fis-je.

Et en faire fumer quelques-unes à Arkel pour en savoir plus…

— Il est dans ma poche, dit Arkel d'un ton satisfait. Vu l'effet qu'elles ont sur vous, je me suis précipité dessus !

30

Le meurtre ne doit pas être présenté de manière à encourager l'imitation.

Une fois le repas avalé, Arkel me conduisit en début d'après-midi au studio. Nous retrouvâmes Julia au restaurant de celui-ci en compagnie d'un acteur d'origine allemande à qui l'on avait bien entendu confié un rôle de nazi, même si dans la réalité il avait fui son pays et ce régime. La petite avait pris du galon. La pression des isolationnistes avait eu raison des nerfs d'un second rôle féminin et Jack Hudson, appuyé par Lala, avait suggéré qu'elle la remplace au pied levé.

— Lala est revenue ?

— Elle est dans sa loge.

— Comment est-elle ?

— D'une humeur de dogue.

Elle baissa pudiquement les yeux.

— J'ai dû lui parler de votre visite, l'infirmière et la femme de Rodrigo auraient craché le morceau de toute façon.

La sœur de Lala aussi, mais cela elle ne pouvait le savoir.

Soucieux d'éviter les coups de dent de la star, Arkel m'abandonna lâchement. Peu pressée d'affronter la colère de Lala, j'allai flâner sur le plateau. En chemin, je croisai Lindqvist. Le coup du tabloïd avait porté. Il était blême et me salua à peine malgré sa courtoisie toute suédoise. L'atmosphère était tendue. En chemise blanche et cravate noire, le regard dans le vide, Jack Hudson mâchait du chewing-gum comme s'il était en train de mastiquer le corps de son ennemi.

Les techniciens préparaient le plateau en silence. On tendait les câbles, on réglait les éclairages. Une moitié de salon se constituait ainsi que le hall d'une maison. Un travelling se préparait. On posait des rails pour le bogie qui allait supporter la caméra. Celle-ci suivrait de manière très fluide le mouvement des acteurs. Jack Hudson aimait adopter le point de vue des personnages et filmer l'action dans la durée plutôt qu'en une série de plans brefs.

Je me dirigeai vers la loge de Lala et trouvai Julia, déjà de retour de déjeuner, et assise à côté de la porte sur un siège pliant. Elle semblait monter la garde. Je m'en étonnai, ce n'était pas le job d'un second rôle.

— Vous m'aviez dit d'ouvrir l'œil, me rappela-t-elle. Tous ces tabloïds qui se déchaînent, ça m'inquiète. Lala m'a dit que Mme Roosevelt a été très aimable avec elle. Le président sur sa petite chaise roulante est même venu la saluer. Franklin Delano Roosevelt en personne, vous vous rendez compte ?

Elle paraissait très impressionnée. Je frappai et entrai. Lala était assise devant sa coiffeuse. Pour son rôle, elle portait une robe en jersey de laine pastel, au corsage blousant et à la jupe ample. Son regard croisa le mien par l'intermédiaire du miroir. Ce genre d'échanges de regards fait toujours un très bon plan au cinéma. Elle me fit toutefois la grâce de se retourner pour me virer.

— Comment avez-vous osé ? Vous avez trahi ma confiance. Au lieu de me protéger, vous avez enquêté sur moi. Vous vous êtes introduite à mon domicile avec Arkel pour voir ma mère ! Quant à ma sœur, oh, ma pauvre sœur… Pourquoi déterrer des choses du passé et la tourmenter ?

Papa avait raison, la jumelle était une sacrée actrice elle aussi. Il y avait des sanglots dans sa voix mais elle gardait les yeux secs. J'avais déjà constaté qu'elle ne savait pas pleurer sur commande si elle n'avait pas d'oignon sous la main. Je m'assis calmement, croisai les jambes et ramenai une mèche de cheveux derrière mon oreille.

— Vous avez terminé votre numéro ?

— Oui, vous êtes virée. Plus d'accès au studio et je vais vous faire inscrire sur la liste noire de Hollywood !

— Oh, elle existe vraiment ? Je croyais que c'était une légende.

— Je vous ai dit que vous étiez virée. Sortez !

Je ne bougeai pas d'un pouce.

— Ma petite dame, si vous étiez ma cliente au départ pour de prétendues photos volées, depuis je travaille pour Arkel afin de protéger votre petit cul de princesse. Alors tout ce que vous me dites, je m'en bats le coquillard avec une pelle à gâteau !

Personne ne devait lui avoir parlé comme ça depuis qu'elle avait remplacé sa sœur au pied levé. Elle n'avait connu depuis que les courbettes et l'adulation, à part avec son mari, Guardanio, une fois le mariage consommé et quand il se fut lassé d'elle.

— Sortez !

Elle s'était levée et, comme si je n'avais que de l'eau tiède entre les oreilles, me désignait la porte de son index pointé.

— Tut tut, fis-je. On ne montre pas du doigt, c'est malpoli. Et rasseyez-vous vite fait, c'est moi qui suis en position de vous faire virer de Hollywood !

Stupéfaite, elle me regarda en silence. Elle commençait à percuter que je ne m'étais pas laissé arrêter par la première ligne de défense de sa jumelle.

— Je n'ai pas plus gobé les mensonges de votre sœur que les vôtres, fis-je en baissant la voix. Je sais qui est la vraie Lala et ce n'est pas vous. N'est-ce pas Lara ?

« Rien ne va plus », aurait dit un croupier de casino. C'est toujours difficile de voir son monde s'écrouler. Dans le métier, j'avais déjà vu des gens craquer après certaines révélations mais là, c'était une imposture qui pouvait être révélée au monde entier.

— Je le savais, murmura-t-elle faiblement. Je n'aurais jamais dû accepter ce film.

— C'est votre sœur qui voulait le faire, compris-je soudain. En fait, c'est elle qui dans l'ombre continue à gérer sa carrière, ou la vôtre, je ne sais plus. Lana et Lara, une seule entité maintenant qui se dénomme Lala. Un corps pour deux. Lana l'a habité un temps, maintenant c'est votre tour, mais c'est toujours elle qui tire les ficelles. Et vous, vous obéissez car vous avez beaucoup plus à perdre qu'elle.

La star se laissa tomber sur la chaise près de sa coiffeuse. À quoi pensent les ballons de baudruche lorsqu'ils font *pschitt* ?

— Lana choisit les films que je dois tourner, confirma-t-elle d'un ton monocorde. Cela fait partie du pacte. Et jusqu'à présent, elle ne s'était jamais trompée sur un scénario.

— Elle ne s'est pas non plus trompée sur celui-ci, mais ses enjeux dépassent le film lui-même.

Lara baissa la tête. Quand elle la releva, des larmes brillaient dans ses yeux.

— Je me suis tellement habituée à tout cela et Lana est si fière de moi, de nous… C'est elle qui a eu l'idée, vous imaginez. Elle est si forte. Moi qui n'ai toujours été qu'une pâle copie d'elle, elle m'a soudain offert de devenir l'original !

Elle poussa un soupir sincère qui venait du plus profond de son être. Ses mains attrapèrent la tasse de thé qu'on avait posée à son intention et qui refroidissait doucement depuis mon arrivée. Elles s'enroulèrent autour comme pour y puiser quelque chaleur.

— C'est ce qui relie encore ma sœur à la vie. Sa carrière continue par mon intermédiaire. Elle s'enthousiasme pour chaque nouveau projet, dévore les journaux après chacune de mes premières. Elle s'est fait installer dans la maison une salle de projection et charge elle-même les bobines de mes films que je lui fais livrer. Une fois, elle m'a avoué qu'en les regardant, elle continue de se voir elle-même. Oh, je vous en prie, ne nous trahissez pas ! Je crois qu'elle en mourrait !

Ce fut à cet instant que je compris le lien secret qui unissait les jumelles. Aucune ne se sentait complète sans l'autre. Si l'une allait mal, l'autre également. Bien entendu, Lara profitait pleinement de sa soudaine notoriété, mais ce qu'elle disait sur Lana sonnait juste. C'est elle qui prolongeait la vie de sa sœur défigurée à travers son personnage de Lala.

— Lala, fis-je en utilisant sciemment son nom de star, je ne suis pas votre ennemie. Avec moi, votre secret sera bien gardé. Autre chose : j'ai retrouvé les photos de votre mère opiomane au Jardin de Bénarès, mais ça ne vaut pas cinq mille dollars par mois.

Nous formions un duo inconfortable dominé par l'extrême solitude d'une star qui accumulait en cet instant toutes les pressions imaginables : America First contre son film, le lourd secret d'une substitution d'identité et un chantage. Je craignais qu'elle ne tienne pas le coup bien longtemps.

— Quand j'ai accueilli ma mère à la maison, elle était déjà pas mal dérangée, dit-elle d'un ton si bas que je dus tendre l'oreille. Je m'efforçais de la retenir mais il lui arrivait de fuguer. Lorsque le maître chanteur m'a demandé cinq mille dollars, j'ai pensé que ma mère s'était aperçue de notre substitution et en avait parlé dans son délire.

— C'est vrai qu'une mère devrait pouvoir reconnaître son enfant, fis-je d'une voix un peu tremblante. Mais le maître chanteur ne savait rien et voulait simplement négocier pour connaître la valeur que vous donniez à cette information. Seulement, comme une bleue, vous avez payé sans discuter, signant ainsi que vous étiez coupable de quelque chose. Cela vous rassure si je vous dis que j'ai brûlé ces photos ?

— Oui, merci. C'est à vous désormais que je verserai cet argent tous les mois.

Je ris.

— C'est gentil, mais non. En revanche, j'ai flingué ma belle voiture au cours de cette affaire. Si vous voulez m'en offrir une autre, je n'ai rien contre !

— Bien sûr.

— Une Buick couleur crème, j'en suis amoureuse. Si vous saviez comme elle ronronne entre mes mains. Bon, il est temps de vous préparer, non ? Le temps, c'est de la pellicule !

Elle porta la tasse de thé à ses lèvres, peut-être pour gagner quelques secondes de répit, peut-être pour se donner du courage ou tout simplement parce qu'elle avait soif. Une fois la tasse reposée, elle toussa délicatement en portant la main devant sa bouche.

Jusque-là rien d'inquiétant, mais son souffle sembla s'accélérer jusqu'à ce que je comprenne qu'en fait elle le cherchait. Elle fut prise de hoquets et se leva à demi en s'appuyant sur la table. Sa main balaya la coiffeuse et des objets se brisèrent à terre. Elle s'affala sur le sol en s'étouffant. Je me précipitai vers elle, la plaçai sur le côté et lui introduisis sans hésiter un doigt dans la gorge pour la faire vomir. Au parfum caractéristique qui flottait autour de la tasse de thé, je sus qu'elle venait d'être empoisonnée.

31

Aucune sympathie ne sera accordée au gangster ou à la femme déchue.

Julia entra précipitamment dans la loge et poussa un cri terrible en voyant Lala se tortiller sur le sol.

— Appelez une ambulance, ordonnai-je, vite ! Il faut emmener Lala à l'hôpital et lui faire un lavage d'estomac. Elle a été empoisonnée.

La Mexicaine blêmit puis se rua à l'extérieur. Le médecin du studio et son infirmière arrivèrent très vite. Ils nous firent sortir de la loge. Je me tournai alors vers Julia.

— Qui lui a apporté son thé ?

— C'est moi.

Je la fixai.

— Je croyais que vous étiez second rôle, pas domestique.

— Lala est toujours ma patronne.

Je levai les yeux au ciel.

— Qui est entré dans cette loge une fois le thé apporté ?

— Hudson s'y trouvait déjà. Lindqvist nous a ensuite rejoints. Je suis ressortie la première.

— D'où vient le thé ?

— Je l'ai pris chez la secrétaire de Lindqvist.

— Et en chemin, combien de personnes avez-vous croisées, votre plateau dans les mains ?

— N'exagérons pas, le thé se trouvait dans la théière.

— Cela ne plaide pas en votre faveur.

Les yeux de Julia étincelèrent de pleurs et de rage.

— La boniche mexicaine, ça ne peut être qu'elle, c'est ça ?

Je reculai, impressionnée malgré moi par toute cette fureur rentrée qui soudain explosait, alimentée par des années de plus ou moins subtiles humiliations.

— Vous êtes une de ces personnes qui décident si telle autre est américaine, continua-t-elle d'une voix sourde. Et vous, qui a décrété que vous l'étiez ?

Ses yeux lançaient des éclairs plus aveuglants qu'un projecteur Mole-Richardson ou une lampe à incandescence.

— Je ne vous accuse pas, me défendis-je, j'envisage juste toutes les hypothèses.

— Si vous doutez de ma fidélité pour Lala, ne remettez pas en question mon intelligence. Si j'avais empoisonné le thé, je ne le lui aurais pas amené en personne pour être la première suspectée. Et puis n'oubliez pas qui vous a sauvée dans cette cave !

Julia semblait véritablement indignée. Mais bon, elle commençait une carrière à Hollywood.

— L'ennui, fis-je d'un ton plus doux, c'est que je ne sais pas vraiment qui vous êtes, Julia. L'ennemie de mon ennemi, est-ce que cela suffit à faire de vous une amie ?

~

Il me parut nécessaire d'alerter la vraie Lala du sort de sa sœur, même si Jack Hudson l'avait peut-être fait. Désormais extrêmement prudente et soupçonneuse, je garai la Buick bien en vue dans une rue, entrai dans un grand magasin pour acheter un béret, un pull-over et un pantalon ample que je gardai sur moi. Je ressortis par-derrière et sautai dans un tramway pour me rendre dans une agence de location de voitures. Je choisis un petit modèle rapide et me rendis à Malibu en prenant soin de ne pas être suivie.

Comme une voiture se trouvait garée près du perron d'entrée, je préférai rester discrète et pris le même chemin que la première fois. L'absence des chiens (mais peut-être m'auraient-ils reconnue ?) me permit de contourner la maison jusqu'au jardin d'hiver où je savais maintenant que Lala avait ses aises. Il n'y avait personne, mais les grandes baies du salon étaient restées ouvertes. Je m'y dirigeai en adoptant le pas léger d'un éclaireur de la nation cheyenne.

Papa a toujours été l'ami des femmes, attention, pas un homme à femmes. Cela ne me surprit donc qu'à moitié de le trouver chez Lala. En revanche, je fus très contrariée de découvrir celle-ci blottie dans ses bras.

32

La sympathie du spectateur ne doit jamais aller du côté du crime, des méfaits, du mal ou du péché.

Le salon était agréable. Au sol, de grands tapis d'Orient l'éclairaient et les lambris de chêne foncé des murs apportaient une touche chaleureuse. Sur le sofa, la star déchue et son scénariste dénouèrent lentement leur étreinte. Oh, je ne les avais pas surpris à s'embrasser, seulement à s'enlacer. Mais je notai que, vêtue d'une jolie robe en satin rose saumon avec des panneaux en dentelle, portée avec une pèlerine assortie, Lala s'était apprêtée pour la visite de mon cher papa.

Elle eut un sourire difficile à encaisser. Une partie de son visage s'éclairait, et l'autre pas. Apparemment, cela ne gênait pas papa qui roulait des yeux de cocker enamourés en la regardant.

— Maman est au courant ? fis-je sèchement.

Ce fut Lala qui répondit.

— Il ne s'est jamais rien passé entre votre père et moi.

Celui-ci le confirma.

— Toute chose naît de la femme, même les artistes ont besoin d'une muse.

Je me raidis.

— Je vois, une épouse à la maison et une muse au studio. C'est commode et la morale est sauve.

Lala prit doucement les mains de mon père dans les siennes et le fixa dans les yeux. Lorsqu'elle lui parla, ce fut d'une voix très tendre.

— Tu devrais rentrer chez toi. J'ai à parler à ta fille.

Il nous regarda tour à tour. Je compris alors à quel point il tenait à nous deux.

— Vic…

— OK, p'pa, ça va. Ne t'inquiète pas, ajoutai-je en devinant ce qu'il s'apprêtait à dire. Moi aussi, je t'aime.

Je sentais combien il était désorienté et avait besoin d'être rassuré. Je le serrai dans mes bras avant de le relâcher. Jamais je ne l'avais vu aussi perdu.

— Allez, file ! ordonnai-je en écrasant une larme.

Bientôt, nous entendîmes la grille se refermer et sa voiture s'éloigner. Lala me fit signe de la suivre dans le jardin à travers les massifs de bégonias. Les chiens nous accompagnèrent en se bousculant. Elle les siffla, puis les lança à l'attaque d'un ennemi imaginaire. Ils partirent en courant et en aboyant.

— Mon père vient souvent ?

— De temps en temps.

Lala ne semblait pas pressée d'entamer la conversation. L'air était tiède. Nous fîmes un tour pour admirer l'exubérance des bougainvilliers magenta et des géraniums orange sous le soleil cuivré de Californie.

— Votre père est venu me prévenir que vous aviez deviné notre véritable identité, à ma sœur et moi, lâcha-t-elle enfin. Il ne pouvait faire autrement qu'avouer, mais cela lui pesait, et il tenait à m'en informer.

— Je lui en veux beaucoup pour toutes ses dissimulations.

— Ne le jugez pas sévèrement. Il a été un ami fidèle toutes ces années, loyal à travers toutes les épreuves.

Je lui jetai un regard soupçonneux.

— Un peu plus que ça, non ?

— Si votre père éprouve des sentiments pour moi, il n'a jamais été plus démonstratif que peut l'être un ami. Et un ami proche peut parfois vous serrer dans ses bras.

— Il vous aime ?

— Sans doute, oui, mais il est resté fidèle à votre mère.

Lala s'arrêta devant un bosquet de sauge côtière.

— Vous avez parlé à Arkel de Lana et Lara ? demanda-t-elle, les yeux rivés sur l'océan.

— Non, papa m'a fait jurer de garder le silence.

— Bien.

Elle se tourna vers moi, les yeux brillant d'une lueur d'amusement.

— Ma sœur m'avait prévenue. Vous avez une nature remuante, vous ne pouvez pas rester en place. Vous avez toujours besoin de tout comprendre, n'est-ce pas ? Cela me plaît. Pour exister, il faut être dans le mouvement. C'est ce qui me manque le plus ici. J'ai l'impression de vivre au ralenti lorsque je ne suis pas en train de lire les scénarios que l'on propose à ma sœur.

Je la coupai.

— Laissez-moi vous expliquer pourquoi je suis revenue. Il est arrivé quelque chose à Lara, mais rassurez-vous, elle va bien.

Je lui racontai l'épisode du thé. On avait administré un lavage d'estomac à sa sœur, qui désormais se reposait dans la chambre d'une luxueuse clinique, gardée par deux policiers et des hommes d'Arkel. Une fois l'émotion retombée, je tentai de l'alerter.

— Tout cela devient trop dangereux pour votre sœur, ne serait-il pas plus sage de tout arrêter ?

— Ce film, c'est son choix.

— Hum, je crois que c'est plutôt le vôtre !

Nous nous trouvions sous un bosquet de pins à piétiner les aiguilles au sol. Comme s'ils sentaient la tension entre nous, les chiens s'approchèrent. Lala secoua la tête et les ondulations de ses cheveux noirs jetèrent des reflets d'encre de Chine.

— Je suis désolée, mademoiselle Mallone. Notre échange d'identité m'a fait considérer que je disposais d'un véritable droit à mentir. C'est effectivement moi qui ai voulu qu'elle tourne ce film.

Je n'avais aucune intention d'ergoter sur la philosophie du mensonge. Dès l'enfance, l'être humain passe son temps à dissimuler sa pensée ou à tromper autrui sur des faits. Le mensonge est omniprésent. C'est un élément récurrent des relations sociales. Moi-même, je tentais désespérément de dissimuler mes pulsions secrètes et la nature de mes sentiments. Seulement aujourd'hui, j'avais soif de vérité comme jamais.

— Nous vous devons beaucoup, ajouta-t-elle.

— Vous êtes toutes les deux mes clientes, Lana et Lara. Car c'est Lala qui m'a engagée, or Lala, c'est vous deux.

Maintenant que je savais qu'elles étaient doubles, je m'efforçais inconsciemment de rechercher leurs différences. En vérité, il y avait une grandeur blessée en chacune d'elles. Mon hôtesse me considéra avec sympathie et se baissa pour attraper un bout de branche morte qu'elle jeta aux chiens. Ce fut instantanément une belle foire d'empoigne.

— On se boit quelque chose ? proposa-t-elle.

— Avec joie.

— Tant mieux, vous n'êtes pas comme votre père au moins. Il ne jure que par la citronnade !

Je la suivis jusqu'à la cuisine. C'était un joli endroit au style mauresque, plein de carreaux de céramique et décoré d'une grande mosaïque qui représentait une nuée d'oiseaux prenant leur envol. Des fleurs et des plantes de toutes les couleurs débordaient de pots au mur. Avec des gestes rapides et précis, Lala prépara un gin tonic qu'elle agrémenta de feuilles de basilic pour apporter de la fraîcheur et releva d'un peu de poivre noir moulu.

— On peut rester là, fis-je en grimpant sur un tabouret en fer forgé. J'aime bien votre cuisine.

Lala acquiesça et s'assit de côté afin de m'offrir son meilleur profil.

— Et si vous me racontiez tout depuis le début ? proposai-je.

Une enquête, c'est avant tout une anthologie du mensonge. C'est le côté sympa du métier lorsqu'on commence à vous dire la vérité. Lala s'anima soudain.

— En 1924, j'étais à New York après avoir quitté le domicile familial. Mon physique m'a souvent aidée dans la vie, comme pour trouver du travail en journée dans un drugstore de Broadway. J'étais serveuse le soir dans un bar près d'une salle de théâtre. Je consacrais tous mes revenus à la location d'une chambre et à des cours de comédie.

Elle sourit rêveusement.

— Je restais quand même une petite fille de la campagne, mal dégrossie. Mon travail au bar me permit de rencontrer un charmant jeune homme de la haute société à la recherche d'une liaison tranquille. Comme je n'avais aucune intention de me marier, moi non plus, l'entente était parfaite, même si je soupçonnais que ce n'était pas une relation exclusive.

Un instant, elle se tourna vers moi, affrontant mon regard. Je pensai alors à Janus, le Dieu romain représenté avec deux visages opposés, l'un tourné vers le passé et l'autre sur l'avenir. Lana et Lara réunies en une seule entité aux deux visages. Un commencement, une fin, un choix.

— Mon compagnon était très fier de s'afficher en public avec une aussi belle femme que moi, reprit-elle. Il m'offrit bien évidemment les tenues nécessaires pour le paraître. Notre liaison dura une bonne année. À son contact, j'appris à m'habiller et à me tenir correctement à table. Quand on vient du Nebraska, on ignore comment s'y prendre la première fois qu'un serveur vous apporte des escargots ou un homard !

Je ris de bon cœur avec elle, sachant de quoi elle parlait. La découverte d'une nourriture raffinée avec mes parents adoptifs avait entraîné certaines situations cocasses. Au restaurant, alors que papa gribouillait sur un menu une idée qu'il avait en tête, mon premier pigeonneau s'était envolé jusqu'à la table d'à côté. C'était beaucoup plus difficile à découper qu'une cuisse de poulet. Pour me mettre à l'aise, papa avait rapidement échangé nos assiettes comme si le vol plané venait de lui.

Intarissable, Lala poursuivit son récit des temps heureux.

— L'accent du Midwest n'est pas trop fort mais il recèle certaines étrangetés pour les gens des côtes. Je le perdis sans prendre celui des Yankees de la Nouvelle-Angleterre.

Je songeai à l'accent d'Arkel. Celui du Sud. Une lumière s'alluma dans mon cerveau mais s'éteignit aussitôt et je fus à nouveau captivée par le récit de Lala.

— Mon amant aimait sortir. Nous dînions au Colony, un des meilleurs restaurants de New York, nous sortions au New Amsterdam Theatre, au Metropolitan Opera ou au Carnegie.

Je bus une généreuse gorgée de mon gin tonic, il était vraiment parfait. Je me carrai sur mon tabouret pour écouter la suite. J'avais l'impression d'être au cinéma. Il ne me manquait plus que les pop-corns.

— À l'époque, je partageais une chambre meublée avec une autre employée du drugstore. Parfois, elle me demandait de ne pas rentrer, pour pouvoir amener un garçon. En échange, j'exigeai qu'elle me recommande à sa tante couturière dans un théâtre. Celle-ci me reçut mais, devant mon manque flagrant de don en matière de couture, je ne fus pas engagée. J'en profitai pour me balader longuement en coulisses. Je portais ma plus jolie robe et je m'étais parfaitement maquillée. Je croisai un assistant du metteur en scène qui me demanda si j'étais une figurante. Je répondis par l'affirmative et ce fut parti. Je finis bien entendu dans le lit du metteur en scène. Cela m'était égal. J'avais un pied dans la place et je progressais.

Elle se leva pour ramener sur la table de petits pickles. J'aurais préféré des pop-corns mais je ne refusai pas d'en piocher quelques-uns.

— Et votre sœur, pendant ce temps-là ?

— Nous échangions des courriers réguliers. L'été 1927, je lui envoyai un billet de train pour la faire venir à New York. À vingt et un ans, j'étais désormais une vieille habituée de cette ville. Je lui appris à marcher et à s'habiller chez Milgrim, dans la 74e Rue. Je lui offrais *Harper's Bazaar* et *Vanity Fair*, des revues coûteuses que jamais ma mère ne nous aurait offertes ou laissé acheter. Je lui fis lire ce qui avait été mon premier précis de bonnes manières : *Le savoir-vivre* d'Emily Post. Nous nous entendions à merveille. Elle me donnait la réplique lorsque je travaillais mes scènes. Elle connaissait si bien mon texte qu'une fois, alors que je me remettais d'une cuite, elle prit ma place pour les répétitions et on n'y vit que du feu. Elle ne partit qu'une fois l'hiver arrivé, quand un gentil flirt commencé à l'automne lui brisa le cœur. Alors, elle rentra dans le Nebraska et reprit sa vie terne. Et cela aurait pu être la fin de l'histoire.

Nos verres étaient vides. À nouveau, Lala réunit les fondamentaux du gin tonic avant de poursuivre son récit.

— Mon vrai but a toujours été Hollywood. On dit souvent que *Le chanteur de jazz* a été le premier film parlant en 1927. En fait, il ne comportait que quelques dialogues synchronisés. Lorsque j'allai voir mon premier vrai film parlant, la voix nasillarde de l'actrice me consterna.

Je compris qu'il était temps de boucler ma valise pour Los Angeles. Il y avait des places à prendre. Le dernier muet a été tourné en 29. La suite, vous la connaissez : trois films chez Lindqvist, puis la Metro Goldwyn Mayer et la gloire. Mais ne croyez pas que tout ait été simple. La crise de 1929 et la Grande Dépression qui s'ensuivit avaient vidé les cinémas. Il a fallu du temps, des efforts et beaucoup de travail.

Elle haussa les épaules, fataliste.

— Et tout s'est écroulé il y a quatre ans pour une couleur chez un coiffeur !

— Alors, vous pensez à votre sœur.

— Si vous saviez le nombre de choses que nous avons partagées enfants. Dès que j'ai eu un contrat, je lui ai envoyé de l'argent. Je souhaitais qu'elle poursuive ses cours de comédie. Elle était douée pour la danse et le chant également. En fait, je pense qu'elle avait un champ de talents plus étendu que le mien. Mais ne vous y trompez pas, derrière ma générosité lorsque je lui ai proposé de prendre ma place, il restait chez moi un incommensurable égoïsme. À travers elle, j'allais pouvoir continuer à exister.

— Aussi surprenant que cela puisse paraître, votre secret n'est pas éventé. Vraiment personne n'est au courant à part Jack et mon père ?

— Ma vieille gouvernante, mais elle est muette comme une tombe.

— Et Julia ?

— Julia ne m'a jamais vue et ignore tout de mon existence.

J'eus une illumination.

— C'est vous qui avez demandé à Jack Hudson de l'embaucher !

— Ma sœur m'en a priée, Julia en avait tant rêvé.

Elle réprima un sourire satisfait.

— Jack m'est resté très attaché.

Se racontait-elle des fables ? Probablement pas, à en juger par l'effet qu'elle exerçait encore sur mon père. En fait, la chute de la star et leur secret partagé les avaient sans doute encore plus rapprochés et liés.

— Pourquoi votre sœur s'est-elle mariée à John Guardanio ?

— Je suppose qu'on recherche toujours le compagnon d'une vie. Le complice qui n'entrave pas votre carrière. Notre vie de star est tellement superficielle qu'à un moment donné, nous avons besoin de retrouver une stabilité. Nous essayons alors de fonder une famille comme les gens normaux, mais généralement cela ne marche pas. Nous ne serons plus jamais des gens comme les autres.

— Pourquoi Guardanio ?

— Une belle gueule et un pédigrée à frémir. Le mythe s'avance, précédé de sa légende de tombeur. Toutes les femmes pensent qu'elles vont changer le mauvais garçon. Mais ça aussi, c'est une chimère. Les sales gosses restent des sales gosses.

Je terminai mon gin tonic et reposai un peu sèchement le verre sur le bar.

— Qu'est-ce que vous allez conseiller à votre sœur ?

Elle s'emballa aussitôt.

— Il n'y a pas de temps à perdre. Le *block booking* des studios, qui impose des films aux salles, soulève des enquêtes au niveau fédéral. Une commission sénatoriale en profite pour menacer de s'en prendre de nouveau à Hollywood en nous accusant de bellicisme.

J'ouvris de grands yeux. Lala vivait comme une recluse mais elle n'était pas coupée du monde. Elle serra les dents. Lorsqu'elle les ouvrit, ce fut pour lâcher cinq mots sans appel :

— Nous devons continuer ce film !

~

Pensive, je regagnai mon bungalow. Ce fut Sybil qui m'ouvrit la porte. C'était nouveau que l'on m'ouvre chez moi, mais je n'avais plus cure de ce que diraient les voisins.

— Salut Vic. Entre, je t'en prie !

— Salut toi, je pensais que tu serais au cinéma.

— J'ai démissionné. Ce n'est pas une vie ni un objectif en soi de se promener dans le noir avec une lampe de poche pour dire aux gens où poser leurs fesses !

— Je suis bien d'accord, tu es capable de beaucoup mieux.

J'espérai qu'elle n'allait pas me demander de l'aider à faire du cinéma, mais elle me rassura.

— J'ai trouvé un job comme secrétaire à la Western Electric. Je comprends ce qu'on me dit et je tape assez vite !

En un éclair, je l'imaginai partir le matin, son déjeuner empaqueté glissé sous son bras. Elle arriverait dans le bureau des dactylos avec leurs machines rangées sous une housse bien tirée. Elles feraient la queue au porte-manteau, puis toutes ces housses seraient tirées en même temps. En face trônerait un gros bureau, celui de la chef dactylo qui ne ferait rien mais s'assurerait que tout le monde travaille.

— Au poil tout ça !

Je la pris dans mes bras et la sentis frémir.

— Tu m'aides à mettre le couvert ?

Je crois qu'à part maman, personne ne m'avait jamais demandé ça de ma vie. Un peu interloquée, j'obtempérai pourtant. Ma vie venait peut-être de changer. Désormais, le matin, en me réveillant, je serais accueillie dans la cuisine par une odeur de bacon, d'œufs frits et de pain grillé. Peut-être qu'un jour elle me proposerait d'aller pique-niquer et préparerait du poulet froid, un pain de maïs, des œufs durs et de la salade de pomme de terre. Peut-être qu'un jour, elle voudrait que je l'emmène à Hawaï pour fêter l'anniversaire de notre rencontre.

Peut-être.

En posant les assiettes, j'écartai le journal du matin que je n'avais pas encore lu. Un titre attira mon attention. Samedi, à l'aube, devant la gigantesque maison des bains de Venice, devant laquelle en journée les parasols fleurissent sur la plage, des baigneurs matinaux avaient découvert le corps du pasteur Louis Miller flottant dans l'eau.

33

Les techniques pour le dynamitage de trains, de mines, de bâtiments, l'incendie criminel, etc., ne doivent pas être présentées en détail.

Nous avions dormi bras et jambes entremêlés. Au matin, il me sembla que nous n'étions qu'une seule créature munie de quatre jambes et quatre bras. Je me défis péniblement de ce nœud inextricable pour retrouver ma liberté. Sybil grogna légèrement mais se rendormit. On tambourinait à la porte. J'enfilai précipitamment une robe de chambre et me précipitai pieds nus dans l'entrée.

— C'est Arkel.

— Avec vous, grommelai-je en ouvrant, je n'ai pas besoin de réveil !

Il entra précipitamment, frais et rasé de près.

— Vous êtes seule ?

— Sybil dort encore, que se passe-t-il ?

— Je ne l'ai appris que tardivement car il n'a pas tout de suite été identifié. Un promeneur a retrouvé samedi à l'aube le corps du pasteur Louis Miller sur une plage de Venice. Les courants probablement. Le vent a soufflé cette nuit-là.

Je baissai la tête, harcelée par la culpabilité.

— Oui, je sais, j'ai lu le journal hier soir mais il ne précisait pas les circonstances de sa mort.

— Ben noyé, comme me l'ont confirmé les flics, mais je me demande si on ne lui a pas maintenu la tête dans son baquet un peu trop longtemps. À mon avis, cela s'est déroulé le lendemain de votre dîner avec lui. Finalement, ça a plutôt bien marché, votre idée. Soit il avait des complices qui ont cru qu'il les doublait, soit ses meurtriers ont pensé qu'il savait quelque chose.

Je grimaçai. Jamais je n'avais voulu la mort de ce fanatique.

— Ils l'interrogent, hasardai-je, mais ça tourne mal.

— Ils lui mettent alors un costume de bain et vont le balancer dans la flotte. Des amateurs. Avec tous ces courants, il aurait mieux valu enterrer le bonhomme ou brûler son corps.

Il ôta son chapeau car Sybil venait d'apparaître.

— Qui est mort ? demanda-t-elle d'une voix chiffonnée.

— Un baigneur, répondis-je.

Sybil haussa les épaules et grommela quelque chose d'indistinct en cherchant le sucre et en critiquant mon système de rangement. Arkel déposa sur la table un nouveau tabloïd.

— Autre chose, Lala est rentrée chez elle ce matin, mais les attaques continuent dans la presse. Le premier amendement a pour avantage de garantir une totale liberté d'expression et pour inconvénient de laisser dire n'importe quoi sur n'importe qui.

Je lus à voix haute.

LINDQVIST, DE NOUVELLES RÉVÉLATIONS GÊNANTES SUR LE PRODUCTEUR DE LALA

Dans les soirées du célèbre metteur en scène George Cukor, on sait qu'après le dîner un certain nombre d'invités partent. D'aimables éphèbes entrent alors pour ceux qui restent. Ce sont apparemment de beaux mâles virils et musclés, mais la nature les a pervertis et ils ne s'intéressent pas aux femelles.

La question qui se pose est : pourquoi le producteur Lindqvist est-il resté après le dîner ?

Affaire à suivre très vite avec un habitué de ces petites soirées qui nous en dira plus.

Sybil qui, une fois le café trouvé, jouait la petite souris autour de nous partagea notre indignation.

— Ça commence à me gonfler, décréta Arkel, je vais voir comment je peux faire taire ce putain de canard.

— Comment allez-vous vous y prendre ?

— Je ne sais pas encore. Une action violente, brutale et rapide vaut parfois mieux qu'une action réfléchie !

Arkel partit et quelques câlins avec Sybil plus tard, je pris le volant de ma Buick pour gagner la demeure de l'officielle Lala. Nous étions mardi. J'hésitai avant de faire demi-tour après un coup d'œil à mon bracelet-montre. Il était encore temps.

~

Ce matin-là, la grue abandonna mon fils à une centaine de mètres de l'école. Sans doute un rendez-vous qui ne pouvait attendre, sa manucure par exemple. Sans réfléchir, je descendis de voiture et me hâtai pour croiser son chemin. Un vent brûlant soufflait du désert, claquait dans les branches des palmiers, desséchait la gorge. Mes talons claquaient sur le trottoir avec une régularité de métronome. Soudain, ma vision était nette, ma conscience claire. Je baissai la tête pour accrocher son regard et l'aborder. À mon approche, il leva les yeux vers moi et je vacillai.

Mon amour, ma chair, ma vie.

Mais les mots ne franchirent pas mes lèvres. Il baissa le regard en me croisant et passa son chemin. Je continuai le mien, glacée jusqu'au sang.

~

Les dents serrées, je conduisis comme une dingue sur Mulholland Drive. Une voiture de police stationnait devant l'entrée de la villa de Lala et trois gardes privés avec des chiens protégeaient la grille. La rumeur avait fait son œuvre, les journalistes et des photographes de *Life* assiégeaient la demeure de la star que l'on disait victime d'un empoisonnement. Il régnait une ambiance genre Fort Alamo, sauf que des Mexicains se trouvaient déjà à l'intérieur. De toute manière, je n'avais aucune envie de me jeter la peau d'un castor mort sur le crâne pour jouer à Davy Crockett. Il me fallut parlementer avant de pouvoir entrer chez Lala.

Un majordome avait désormais remplacé Julia appelée à une plus haute destinée. Sa taille et sa carrure inspiraient plutôt le respect. Il inspecta discrètement ma tenue comme cette engeance bien élevée sait le faire. Je portais une robe de jour plutôt seyante avec une veste ajustée en velours.

— Mademoiselle Mallone ? Oui, bien entendu. Veuillez me suivre.

Julia, Rodrigo et sa femme avaient des manières plus naturelles mais je le suivis sans un mot de trop du genre : « Détendez-vous mon vieux, si vous saviez dans quelle maison vous venez de tomber. Votre patronne n'est même pas celle que vous imaginez ! »

Il me mena jusqu'à la chambre de Lala, frappa deux coups et attendit l'invitation à entrer pour m'ouvrir et s'effacer devant moi. On aurait dit un personnage de Dickens. J'entrai pour trouver Lala en compagnie d'un médecin qui rangeait sa trousse.

— Dites-lui, fit-elle à son docteur.

— Tout va très bien, m'informa celui-ci sans détour. Le produit versé dans son thé n'était pas létal. Des extraits d'une plante incompatible avec notre estomac et qui procure des symptômes d'étouffement, mais sans danger pour une personne en bonne santé.

Je plissai les yeux.

— Vous me dites qu'on lui a administré un poison suffisant pour la rendre malade, mais pas pour la tuer ?

— Exactement.

L'homme de science se tourna vers Lala.

— Suivez mon conseil, restez au lit et reposez-vous un jour ou deux.

Dans un film noir, on aurait entendu la taulière lancer à son garde du corps : « Tombe cent sacs au doc. » Lala se contenta de dire :

— Merci pour tout, je me sens bien mieux grâce à vos piqûres.

— J'aurais préféré vous administrer un somnifère au lieu de toniques. Votre corps a besoin de repos plutôt que de stimulants. Je ne parle même pas de votre esprit ! Prenez soin de vous.

Il quitta la pièce après une brève inclinaison du buste. Étendue dans ses draps de soie, sa chevelure noire se répandant sur l'oreiller, Lala languissante ressemblait à Blanche Neige, un morceau de pomme coincé au travers de la gorge.

— Qu'allez-vous faire ? me demanda-t-elle alors que je m'apprêtais à lui poser la même question.

Je fronçai les sourcils et pris mon air de petite dure qui fait mon succès en fin de soirée.

— J'étais chargée de garder votre cul propre, pardon mais il était plus merdeux que je ne le pensais. Seulement, quand j'ai accepté un boulot, je le fais jusqu'au bout.

— Alors ?

— Alors on va continuer à tourner ce satané film !

— Vous parlez comme ma sœur.

— Je crois qu'elle a plus de couilles que vous !

J'adorais parler comme Arkel. Elle soupira.

— Je ne pense pas que Jack s'attende à ce que je reprenne aujourd'hui.

— Eh bien on le surprendra. Allez, au boulot ! Vous commencez à coûter cher au studio à ne pas travailler !

~

La star portait une robe en soie blanche et noire avec des boutons en laiton, un col blanc bordé de perles. Elle retrouva sa démarche arrogante en traversant les studios, droit vers le plateau de tournage.

En la voyant, Lindqvist protesta.

— Vous ne devriez pas être ici, Lala. Il faut vous reposer.

— Je vais bien. J'ai vomi toutes mes tripes et on m'a fait des piqûres pour me requinquer. Je suis au sommet de ma forme !

Si elle avait retrouvé du poil de la bête, ce n'était visiblement pas le cas du producteur. Le nouveau coup du tabloïd l'avait touché au cœur.

— Lala, parlons-en dans mon bureau. Je ne pense pas que ce soit une bonne idée de reprendre le tournage.

— Je vous ai connu plus entreprenant, lui répondit froidement Lala. Je suis revenue chez vous pour faire ce film, alors on tourne !

Une lueur d'admiration extatique illumina le visage de Jack Hudson qui s'était silencieusement rapproché.

— Lala, ma chérie, cette scène est pour toi. Va te préparer en loge. Vous, Lindqvist, allez vous mettre la rate au court-bouillon ailleurs, je ne veux plus vous voir !

Avec lui, on savait qui commandait sur un plateau. Les techniciens installèrent les projecteurs. Je cherchai Julia et la trouvai dans un coin, assise sur une chaise, l'air absent.

— Julia..., fis-je en m'approchant.

Elle releva la tête et devina mes intentions à mes manières empruntées et à ma mine gênée. Elle eut un faible sourire.

— Oui, je suis au courant et non, cela ne me chagrine

pas vraiment. Je vous l'ai dit, ce n'était pas mon père et je ne l'appréciais pas. Ça me fait bizarre, c'est tout.

J'essayai un peu de la réconforter mais, comme manifestement cela la dérangeait qu'on s'occupe d'elle en cet instant, je pris la direction de la loge de Lala. En chemin, je tombai sur Errol qui me prit à part, l'air soucieux.

— Lala va bien ?

— Autant que faire se peut ! Quels sont vos projets après le film ?

— Chez Warner, on m'en a déjà proposé un autre contre les nazis, mais avec un rôle du bon côté cette fois. Cela dit, je repartirais bien en mer. J'ai un bateau à voile. Je ne me sens bien que sur l'océan. Un mois sur l'eau, deux jours dans un port pour les filles à la rigueur. Sauf si vous m'accompagnez. J'aime les femmes sportives comme vous.

— Oh, je nage et je joue au tennis, mais ça ne va pas plus loin.

— Eh bien, vous allez adorer hisser la voile avec moi !

Lala revint assez vite et Hudson commença à placer ses acteurs. Errol Flynn arborait son air le plus sérieux. Il était très heureux de jouer le rôle d'un bonimenteur, un monstre à la figure aimable et aux manières charmantes. Derrière la façade policée de son personnage se dissimulaient un pervers narcissique et une personnalité brutale. Tout ce qu'Errol n'était pas. Mais l'ego de Lala reprit le dessus.

— Pourquoi dois-je tourner dos à la caméra alors qu'Errol est de face ? se plaignit-elle à Jack Hudson.

— Lala, mon chou, fais-moi confiance : les hommes vont préférer regarder ton cul plutôt que le visage d'Errol !

Dans la scène, l'échange entre le personnage d'Errol et

celui de Lala tourne mal et cette dernière se fait bousculer. Tout à son rôle, Flynn tira trop fort et le décolleté céda, lui restant entre les mains.

— Coupez ! Coupez ! cria Hudson. Bon Dieu, Errol, vous ne pouviez pas y aller plus doucement ?

L'acteur vint vers moi, penaud.

— D'ordinaire, fit-il, je suis un gentleman. Je n'ai pas l'habitude de jouer les salopards.

— Hé, mon vieux, vous puez la vodka. Vous buvez même quand vous tournez ?

— Oh ! Je n'ai pris qu'un verre dans ma loge. Je fais attention depuis *Capitaine Blood*. En plein tournage du film, j'ai été pris d'une crise de malaria. Je l'ai soignée au cognac. Résultat, j'ai fait la scène d'abordage complètement saoul, hurlant et remuant mon sabre comme un sauvage. Le lendemain, Jack Warner qui avait visionné les rushs m'a convoqué et j'ai pris le savon de ma vie !

Il était assis sur la chaise marquée « Errol Flynn » et moi j'avais pris celle de Lala, de retour dans sa loge pour enfiler une nouvelle tenue. Hudson vérifiait au viseur le cadrage de la prochaine prise. Le décor monté représentait un coin de rue et une automobile. Des pompiers du studio pointaient leurs lances en hauteur en réglant leur débit au minimum pour simuler une averse dans la rue. Errol devait marcher sous la pluie et la voiture conduite par Lala stopperait devant lui pour l'inviter à monter. Quelle femme ne s'arrêterait pas pour prendre Errol Flynn ?

Je plissai les narines, surprise par une odeur de feu de bois. Les pompiers du studio s'agitèrent nerveusement et interpellèrent Jack Hudson qui secoua la tête. Pas prévu. Un filet de fumée commença à se faufiler sur le plateau depuis l'atelier de décors. Les pompiers dégagèrent leurs lances et commencèrent à tirer les tuyaux dans cette direction. Soudain, il y eut comme un craquement et des flammes jaillirent d'un coup.

Les pompiers nous crièrent d'évacuer le plateau. Errol me tira par la main pour me faire bouger. À cet instant, on vit passer une silhouette en flammes qui courait et hurlait comme un possédé. C'était Lindqvist, transformé en torche vivante !

34

Les meurtres brutaux ne doivent pas être présentés en détail pour éviter que la population interagisse de manière anarchique.

Des pompiers du studio se précipitèrent vers Lindqvist qui se consumait sous nos yeux et le recouvrirent de neige carbonique. Ils s'attaquèrent ensuite aux flammes qui dévoraient le plateau. Jack Hudson prit les commandes et se révéla en cette occasion le patron des lieux. Avec l'aide de Flynn l'intrépide, il fit évacuer tous les employés pour les rassembler dans la cour avant de faire ouvrir les grilles. Techniciens, administratifs, acteurs et figurants abandonnèrent alors le navire comme autant de petits rats effrayés. Seuls Errol et Julia restèrent près de Lala assise sur un perron, manifestement en état de choc. J'ignorais si l'image de son producteur en feu lui rappelait sa sœur dans un certain salon de coiffure.

J'agrippai au passage le bras de la secrétaire de Lindqvist en pleurs. Le temps de la compassion viendrait plus tard.

— Que faisait Lindqvist dans l'atelier de décors ?
— Mais je n'en sais rien. Est-il mort ?
Elle tremblait de tous ses membres. J'essayais de la rattraper comme un pâtissier avec une chantilly qui fout le camp.
— On va s'occuper de lui à l'hôpital, tout ira bien. Que vous a-t-il dit en quittant son bureau ?
— Il m'a… il m'a dit qu'il avait une course à faire.
— Une course ?
Je fus incapable de lui tirer deux mots de plus. Je la lâchai avant qu'elle ne se répande sur le sol. Les camions des pompiers de la ville s'engouffrèrent bientôt dans les lieux, guidés par la sécurité du studio. Leurs lances furent tirées et entrèrent en action mais les décors brûlaient bien et alimentaient le feu.
Ce fut une lutte terrible mais l'incendie ne se propagea pas. Des hommes d'Arkel escortèrent Lala chez elle. Julia et Errol l'accompagnaient. Je restai au studio en compagnie de Jack Hudson, décidé à prendre des mesures en urgence pour sauvegarder les biens et sécuriser les accès d'un studio qui ne lui appartenait pas. Déjà, une flopée de types en veston croisé ou en flanelle grise faisait son apparition : assureurs en déroute et avocats excités. On trouva enfin un fondé de pouvoir pour relayer Hudson qui l'injuria pour ne pas s'être plus magné les fesses. À sa décharge, il venait d'apprendre que Lindqvist était mort à son arrivée à l'hôpital.
— Je crois que c'est fini pour nous, me dit-il enfin. Vous venez ?
— Où ça ?
— Ailleurs. Le film, c'est terminé, vous comprenez ?

Je restai immobile et tremblante.

— On ne va pas les laisser gagner, murmurai-je accablée.

— Gagner ? (Il rit.) Ils ont perdu. Tous les studios sont en train de préparer leur film pour la cause. Même Orson Welles envisage de tourner une histoire d'espion nazi pour RKO. Tout cela ne va que renforcer leur détermination.

— OK.

Je commençais à comprendre. Il me considéra un instant.

— Vous et votre père vous avez fait votre boulot, allez vous reposer.

— OK, répétai-je sonnée.

— À ce que je vois la situation est normale, tonna une voix derrière moi, c'est le bordel !

C'était Arkel.

~

Arkel resta un long moment immobile à contempler les décombres.

— Un plateau entier a brûlé et Lindqvist est parti en fumée. Pauvre type. Quel gâchis, putain ! Quel gâchis !

Il s'ébroua lentement.

— Ce film ne se fera pas maintenant. Et plus personne n'osera s'y coller. Comment a-t-on pu en arriver là ?

J'étais surprise d'avoir à remotiver Arkel.

— Comme le dit le président Roosevelt, la seule limite à nos réalisations de demain sera nos doutes d'aujourd'hui.

— Oui, mais ce film ne se fera plus.

— Vous vous trompez, dis-je vivement, vous ne connaissez pas Hollywood. C'est devenu habituel d'en dire du mal et de remuer ou de colporter les scandales vrais ou faux qui émaillent sa vie. Des intellectuels médiocres et des feuilles de chou malveillantes s'évertuent à dresser d'elle l'image d'une nouvelle Babylone. Mais Hollywood, ce n'est pas ça. Et ce n'est pas seulement une fabrique de rêves, c'est aussi la fabrique de la liberté de penser, envers et contre tout. Hollywood fait évoluer notre société et elle continuera à le faire.

Arkel se retourna lentement vers moi.

— Belle profession de foi, mais vous y croyez vraiment ?

— Les patrons des grands studios essayent de concilier art et affaires en un compromis acceptable. Ils s'enthousiasment pour des projets nouveaux. Leurs scénaristes s'intéressent à l'évolution de la société. Alors oui, je pense que Hollywood joue et continuera de jouer un rôle politique et de progrès dans ce pays.

~

La table de travail de Lindqvist était si longue qu'elle aurait permis aux sept nains de Disney d'y déjeuner côte à côte. On y trouvait seulement une rangée de crayons à papier bien taillés et prêts à l'emploi. Pas un grain de poussière bien entendu, même si la secrétaire aux lèvres pincées avait mis les voiles.

Je surpris le regard d'Arkel sur les photos encadrées posées sur le bureau.

— C'est quoi ça ? fit-il.

— La photo de sa femme et de ses enfants. Ce que des gens normaux posent devant eux sur leur lieu de travail.

— Pour quoi faire ?

Je soupirai.

— Vous n'êtes pas marié ?

— Non, ni femme, ni plante verte, ni poisson rouge.

Dit comme cela, ça aurait pu être drôle, mais ne l'était pas. Je reniflai presque sa solitude comme on sent qu'un chien est mouillé.

Suivie d'Arkel, j'inspectai les lieux. Le secrétaire du producteur était massif et fonctionnel. Je tirai un premier tiroir pour y trouver des coupures de journaux. Il s'agissait des articles des tabloïds contre Lindqvist, soigneusement découpés et rangés.

— Cela le tourmentait, constata inutilement Arkel.

— Tu parles ! Qui aime voir sa vie privée étalée en public ?

Seul un des tiroirs se trouvait fermé à clé. Je m'appliquai à en forcer la serrure.

— Vous faites quoi, là ? s'enquit Arkel.

— Je cherche des preuves de la culpabilité de Lindqvist.

35

Aucun film ne sera produit qui porterait atteinte aux valeurs morales des spectateurs.

Arkel resta un moment silencieux.

— Je ne vous suis plus, dit-il enfin.

Je soupirai.

— Arkel, vous êtes sans doute une référence en matière de reptation, close-combat, tir à la cible et opération de commando, mais vous n'êtes pas un enquêteur.

— Et que doit faire un enquêteur que je ne fais pas ?

Je pris une pose de femme fatale en sortant une cigarette de mon étui mais il me dissuada de l'allumer. L'incendie l'avait rendu nerveux.

— On trace un cercle autour du délit, expliquai-je, et on tourne en s'éloignant progressivement. Lala, son intendante, sa mère, son producteur…

Je repris mon ouvrage et forçai enfin le tiroir. Je ne fus que moyennement surprise de trouver un sachet de plantes séchées entamé. Je reniflai en fronçant les sourcils. J'avais eu l'occasion dans une affaire de faire connaissance avec ce charmant produit qu'une prétendante à un rôle avait utilisé sur une rivale, ma cliente.

— Datura. Une plante toxique qui provoque des troubles cardiaques, respiratoires et visuels. Elle a également des effets hallucinatoires. Ma cliente voyait les arbres de son jardin marcher vers sa maison comme dans *Macbeth* !

— Vous prétendez que ce brave Lindqvist a tenté d'empoisonner Lala ? s'indigna Arkel.

— C'est la dose qui fait le poison et, en l'occurrence, notre producteur a eu la main légère car il ne voulait pas de mal à Lala. Il a juste provoqué un incident pour l'empêcher de travailler et la dissuader de reprendre le tournage. Qui l'en aurait blâmé ? Mais cela n'a pas fonctionné. Lindqvist était fou en la voyant revenir ce matin. Il a alors improvisé.

— L'incendie ?

Voir Arkel abasourdi était aussi inattendu que distinguer la lune en plein jour. Cela me réjouit.

— J'avais remarqué que Lindqvist ne fumait pas. Lors de l'interrogatoire du machiniste, je me souviens qu'il gardait un gros briquet sur son secrétaire pour ses invités. Le briquet n'est plus là. Lindqvist l'a embarqué et a quitté son bureau en prétendant à son assistante qu'il allait faire une course. En réalité, il s'est rendu à l'atelier de décors pour allumer le feu.

— Je commence à comprendre, fit Arkel.

— Lindqvist était terrifié à l'idée que son studio soit la cible des isolationnistes. Encore plus que les tabloïds étalent certains épisodes de son passé et que l'on révèle sur lui des choses inavouables.

Je songeais à tout ce qu'un individu peut cacher de secrets ou de pulsions dans une vie.

— Une tentative d'incendie de son studio arrêterait le tournage et lui donnerait l'occasion d'abandonner le film tout en gardant la tête haute. Il a profité de la présence de pompiers à proximité pour une scène en se disant que le feu serait vite maîtrisé, mais c'était un amateur et la situation lui a échappé. Dans un atelier de décors, tout peut s'embraser d'un coup.

Arkel grommela quelque chose d'inintelligible et se mit à fouiller dans le tiroir du producteur.

— Qu'est-ce que vous faites ? demandai-je surprise.

— Ben c'est ouvert, alors je fouille.

— Oui mais vous cherchez quoi ?

— Apparemment, notre défunt producteur était un petit cachottier.

Il tira le tiroir à lui pour le retourner.

— Vous n'espérez quand même pas trouver quelque chose de collé sur le fond ! m'exclamai-je.

— Ben si, j'ai vu ça dans un film de gangsters de la Warner !

Mais dans la vraie vie, on ne trouvait rien. Dans la vraie vie, on arrivait seulement à des conclusions troublantes.

— Vous allez remettre vos plans en ordre, maintenant que vous avez perdu votre muleta ? demandai-je d'une voix glaciale.

— Que voulez-vous dire ?

Il commençait à faire son âge et à ne plus paraître très sûr de lui.

— Je commence à vous connaître, El Matador. La vraie

étoffe rouge, c'était le studio Lindqvist ! En haut lieu, on voulait laisser la Metro, Warner Bros, Paramount, Columbia ou RKO préparer chacun leur film en dehors de la pression. Toute l'attention des isolationnistes sur un seul tournage pour qu'ils mobilisent contre lui leur rage pendant que Hollywood s'en va en guerre !

36

Le crime ne doit pas inspirer au spectateur un désir d'imitation.

La posture, les traits et la voix d'Arkel témoignaient d'une grande lassitude.

— Comment en êtes-vous arrivée à cette conclusion ? demanda-t-il.

— Errol s'est vu proposer un rôle dans une prochaine production et j'ai eu l'occasion d'entendre Bette Davis dire qu'elle avait été sollicitée pour un film sur ce sujet. Alors j'ai pensé à vous et au choix curieux du studio Lindqvist, un indépendant. Je me suis dit qu'il y a toujours deux raisons pour faire quelque chose : une bonne raison et la vraie raison.

Je songeai un instant à Errol et à sa fausse course de lévriers.

— Vous avez déjà vu une course de lévriers ? Avec un système de poulies, on fait courir un leurre devant les chiens pour leur rappeler un lièvre. Un pauvre lièvre efflanqué, voilà ce qu'était Lindqvist. Et pour rendre la chose crédible, vous avez balancé Lala, Errol Flynn et Jack Hudson pour faire ce film. Même mon père n'y a vu que du feu.

Il me regarda droit dans les yeux et n'essaya pas d'afficher des regrets.

— Vous êtes une petite maligne. J'avoue que j'aurais pu vous en parler mais il faut un peu de temps pour réellement connaître quelqu'un et, encore aujourd'hui, est-ce que je vous connais vraiment ?

— Et moi, est-ce que je vous connais plus ? Et pourtant, je vous ai été loyale !

Il eut un geste d'apaisement.

— Aujourd'hui, j'ai pleinement confiance en vous et je suis prêt à tout vous dire. Vous avez déjà entendu l'histoire de papa cerf et maman cerf qui s'engueulent à la lisière d'un bois ? Je vous la fais courte. Un chasseur arrive et les plombe. Fin de l'histoire.

Cela eut le don de m'énerver davantage. J'en avais marre qu'il me prenne pour une gamine.

— Gardez vos conneries pour vous ! Avec toutes vos manigances, Lindqvist est mort !

Arkel semblait avoir l'étanchéité d'un dos de canard.

— On ne traverse pas une période aussi trouble sans se salir les mains, dit-il simplement. Roosevelt dit qu'à certaines générations, il est beaucoup demandé. Ce sera notre cas.

~

Après avoir envoyé chier Arkel, je me retrouvai seule en début d'après-midi au Musso and Frank's Grill sur Hollywood Boulevard, avec son vaste bar en acajou et ses banquettes de velours sombres. C'était le siège des scénaristes tout comme leur librairie préférée, la Stanley Rose Bookshop.

Un grand échalas aux cheveux en broussaille se taillait un vrai succès auprès de ses pairs en racontant comment, chez Warner, les scénaristes avaient toujours un guetteur pour les alerter de la venue de Jack. Celui-ci ne pouvait pas comprendre que ses employés ne soient pas à chaque seconde en train de taper sur leur machine à écrire jusqu'à en avoir les doigts en sang. Lorsqu'il débarquait, la sentinelle criait : « Attention, il arrive ! » Et tous les scénaristes se mettaient à pianoter comme des fous sur leurs touches pour la plus grande satisfaction de Jack Warner.

Une barmaid me servit au comptoir un des plus vieux cocktails de La Nouvelle-Orléans, un sazerac à base de whiskey de seigle, de bitter et d'un spiritueux anisé. Pendant ce temps, les scénaristes attablés embrochaient d'un coup de pique tout Hollywood. L'un d'eux racontait comment il lui arrivait de se réfugier au Lakeside Golf Club, en face des studios Warner, parce qu'il était interdit aux Juifs et que Jack Warner, malgré sa toute-puissance, ne pouvait pas en franchir l'entrée.

J'étais lessivée, rincée. On m'avait engagée au départ pour retrouver des photos prétendument volées, mais en réalité pour jouer la muleta. Oh, bien sûr, je n'avais pas perdu mon temps. J'avais coincé un machiniste nazi, découvert le secret des jumelles et mis la main sur un maître chanteur. Et tout cela, je le garderai bien enfoui en moi. Que pouvais-je faire de plus ?

J'aimais bien le goût du rye whiskey dans mon cocktail. J'en commandai un autre, sans glace, et le dégustai lentement pour relâcher la tension.

Bien entendu, tout n'était pas résolu. Quelqu'un m'avait envoyé Grille d'Égout pour me faire parler et deux chauffeurs pour nous tuer, Arkel et moi. Et le pasteur Miller avait probablement été victime d'un interrogatoire trop musclé, la tête dans son baquet. À voir faire ses baptisés, il aurait dû savoir qu'il valait mieux prendre sa respiration. Bon, mais ça, trouver le grand méchant loup, c'était le travail d'Arkel.

Je repensai à Louis Miller en terminant mon verre. Pourquoi s'en prendre à lui ? J'avais causé à pas mal de monde depuis ma première rencontre avec Lala dans un bar, et personne n'avait eu à en pâtir. Ce fut alors qu'une idée dérangeante commença à me trotter dans la tête.

~

Il me fallait retrouver Arkel. Je descendis en sous-sol à l'une des cabines téléphoniques du Musso and Frank's Grill et appelai SNAFU pour dire que j'avais besoin de le voir rapidement. Le message serait transmis, me répondit-on laconiquement. Apparemment, on ignorait où il se trouvait. Je remontai pensivement les escaliers et renonçai à reprendre un rye whiskey. Il me fallait garder les idées claires.

Si j'étais Arkel, un fameux matador dont le taureau vient de s'échapper de l'arène, que ferais-je ? Je suis Arkel, je ne panique pas, je réfléchis et je m'adapte. Comment ? Non, ça c'est la mauvaise question.

Finalement, je repris place sur mon haut tabouret de bar pour commander un troisième sazerac. Derrière moi, j'entendis les scénaristes piailler et l'un d'eux commenter la longueur de mes jambes. Je me retournai et fronçai les sourcils, ce qui le fit immédiatement fermer son clapet.

Reprenons. Je suis Arkel, je ne panique pas, je réfléchis… Voilà, ça c'est la bonne question ! Comment je réfléchis ? Non, toujours pas ! Que le Dieu des privés me vienne en aide ! Je bus une gorgée de plus. J'avais vu un film français où l'enquêteur dort pour trouver la solution d'un crime, moi je buvais. Ah, voilà ! Le Dieu des privés m'avait entendue. La bonne question, c'était : où je réfléchis pour retrouver le calme après un incendie de studio et la fin d'un film que j'étais censé protéger ? La personnalité complexe d'Arkel et ses expériences antérieures me conduisirent à penser à un temple bouddhiste !

~

Indifférente à toute problématique existentialiste, Los Angeles étincelait au soleil. Au volant de ma voiture, je gagnai rapidement Chinatown tout en surveillant mon rétroviseur. Apparemment, personne ne me suivait.

Je retrouvai le sanctuaire et le temple aux colonnes et linteaux renforcés pour supporter stoïquement l'impressionnant toit incurvé. Le feutre rabattu sur les yeux, un petit type maigre vêtu d'un imperméable hors de saison me bouscula au passage. Une agitation inattendue troublait la quiétude des lieux. Des fidèles et des prêtres se précipitaient à l'intérieur du temple. Je me mis à courir avec eux.

Les murs étaient minces comme du papier. Le coup de feu avait dû s'entendre dans tout le sanctuaire, ce qui expliquait la présence d'une dizaine de personnes autour du corps étendu sur le sol.

Arkel gisait mort.

37

Tout sentiment national a droit à la sympathie
et au respect.

Je me frayai un chemin à travers le petit groupe assemblé autour d'Arkel.

— J'ai prévenu la police, hurla quelqu'un.

Des larmes brouillèrent ma vue. Maman cerf avait laissé papa cerf se faire plomber tout seul par le chasseur. Je ravalai un sanglot. Quelque chose clochait. Je tentai de me concentrer avant de découvrir un détail incongru.

Est-ce qu'on serre les poings avant de mourir ? Ce fut très dur et très désagréable de desserrer l'étreinte de ses doigts encore tièdes et crispés pour découvrir au creux de sa paume un jeton de téléphone. Arkel m'avait laissé un message de l'au-delà.

Ignorant les gens qui me parlaient ou cherchaient à me retenir, je sortis précipitamment et marquai un temps d'arrêt. La ville regorgeait d'amis ou d'ennemis potentiels. Rentrer chez moi n'était pas la meilleure chose à faire. Si l'ennemi me cherchait, Arkel m'aurait conseillé de privilégier tout lieu qui ne m'était pas familier. Soudain, mon cœur s'arrêta de battre. Sybil !

J'essayai de me recentrer pour remettre mes pensées en ordre. D'abord, appeler mon père pour le prévenir puis rentrer à la maison chercher Sybil. Je filai au Nouveau Jardin d'Allah. Sybil était absente mais son parfum planait encore, subtil, dans l'air calme. J'hésitai à appeler de chez moi. Une cabine se trouvait non loin de là, je m'y rendis pour téléphoner à mon père. Il comprit immédiatement et m'assura qu'il partirait avec maman en lieu sûr. Il eut la présence d'esprit de ne pas me dire où. Ceci fait, je rappelai SNAFU.

— Dieu bénisse l'Amérique, dis-je.

— SNAFU.

— Arkel est mort.

Il y eut un silence interloqué. J'entendis le bruit d'une respiration qui s'accélère.

— Quel est votre message ?

— Eh oh, réveillez-vous ! Le matador est tombé ! Arkel s'est fait descendre. Il voulait que je vous appelle pour obtenir de l'aide.

— Je suis désolée, je ne peux que prendre les messages.

— Vous voulez vraiment qu'Arkel soit mort pour rien ? J'ai besoin d'aide, tout de suite !

— Je ne suis qu'une assistante.

Je repris mon calme et m'efforçai d'adopter un ton rassurant.

— Oui, moi aussi je n'étais qu'une assistante de la police fut un temps mais je me suis prise en main. Ce n'est pas parce qu'on est une femme qu'on doit rester toute notre vie assise derrière un bureau à taper à la machine.

— Vous avez raison mais quand même… vous êtes certaine qu'il est mort ?

— Ces salauds ne l'ont pas loupé.

À l'autre bout du fil, j'entendis étouffer un pleur. Soudain ma correspondante anonyme éclata en sanglots.

— Allons, fis-je, remettez-vous. Vous avez de la peine, moi aussi je l'aimais bien.

Elle renifla.

— Vous ne comprenez pas. Arkel paraissait indestructible. Si quelqu'un ne devait pas mourir, c'était bien lui.

~

Je revins chez moi. Assise sur un fauteuil, j'attendis Sybil en retournant le jeton d'Arkel entre mes doigts. Soudain, je me figeai. J'avais vraiment été choquée pour ne pas le remarquer tout de suite. Ce n'était pas un jeton de téléphone, mais un jeton de consigne de gare avec au dos le numéro du casier. C'est pour cette raison qu'il l'avait serré entre ses doigts, espérant que je l'y trouverais.

Je laissai un mot à Sybil et me rendis à la consigne d'Union Station. Je trouvai le casier et introduisis le jeton pour l'ouvrir. Il y avait à l'intérieur une lettre à mon attention.

Vicky,

Si vous me lisez, c'est que je suis probablement mort. Je vais donc être bref. Vous trouverez au bas de cette lettre les vraies motivations qui m'ont guidé dans cette affaire. Lorsque vous saurez la vérité, j'espère que vous ne m'en voudrez pas de tant de cachotteries. J'ai géré comme j'ai pu ma réelle affection pour vous et les contraintes inhérentes à ma mission. À partir de quand peut-on et doit-on dire la vérité ?

Maintenant, c'est à vous de reprendre le flambeau. Tout ça est plus important que vous ne l'imaginez. Ne vous fiez à personne, méfiez-vous même de votre ombre. Ce n'est pas que vous êtes seule. Beaucoup de gens pensent la même chose que vous. Le problème, c'est que vous ne pouvez pas réellement savoir lesquels. Ils sont doués pour se glisser dans la peau des autres.

Ne retournez pas chez vous. Déplacez-vous sans arrêt. Restez en mouvement. Allez dans tous les endroits où vous n'avez aucune raison d'être. Soyez imprévisible.

J'imagine que, s'agissant de mes dernières volontés, j'ai droit de terminer avec un peu d'emphase. Au risque d'être pompeux, je vous citerai Roosevelt : « Vous n'êtes pas prisonnier de votre destin mais des seules limites de votre esprit. »

Arkel

PS : Votre papa a bien de la chance d'avoir une fille telle que vous. Soyez fière de qui vous êtes et allez-y mollo sur la boisson.

La gorge serrée, je pensais à Arkel. Il avait été là comme un roc, un repère sûr dans un océan d'incertitude. Un noyau de loyauté.

— Arkel, murmurai-je intérieurement. Jamais je n'aurais voulu d'un père comme vous, mais d'un ami, ah ça oui !

Le post-scriptum censé condenser les motivations secrètes d'Arkel ne comportait qu'un numéro de téléphone et un nom.

Un type en tablier de cuisine ouvrit un casier près de moi. Je l'examinai du coin de l'œil. Le dessous de ses bras était auréolé de taches et il sentait la sueur et la bière. Je me figeai soudain. Que c'était bête de ma part de ne pas y avoir pensé !

38

Les sujets suivants, considérés comme « répugnants »,
doivent être traités avec beaucoup de prudence
et de bon goût : la pendaison, l'électrocution
et la condamnation à mort d'un criminel…

On se retrouva comme convenu à dix-sept heures dans un drugstore de Sunset Boulevard. Elle prit un chocolat au lait fouetté et moi un café. Je la détaillai. Très brune, le nez aquilin. C'était une jeune femme sans beauté particulière, à la poitrine maigre.

— Je m'appelle Judith, dit-elle.

— Pour de vrai ?

Elle eut un soupir las.

— Non. En mission on est sans famille, sans attaches. Des fantômes, simplement.

— Il s'appelait vraiment Arkel ?

— Oui mais, après coup, il regrettait de ne pas avoir choisi comme nom de code Matador.

Elle eut un pâle sourire.

— Il adorait le surnom dont vous l'aviez affublé.

— Ça lui allait bien, sauf qu'il aurait dû avoir un peu plus peur du taureau.

— Arkel ne connaissait pas la peur.

Elle semblait être moins avare d'infos qu'Arkel.

— Vous êtes juifs, vous et lui ?

— Moi oui. Arkel pas trop. Pas pratiquant et pas très croyant, mais ça n'avait pas d'importance. Pour lui, être juif, cela signifiait avant tout appartenir à une communauté.

— Il n'était pas du FBI, n'est-ce pas ? Ni d'aucune agence gouvernementale ?

— En haut lieu on a choisi de l'employer en free-lance. Il était seul avec quelques compagnons et moi. Des gens sûrs, tous Juifs. Il disait que cela suffisait. Il n'a… n'avait confiance qu'en très peu de personnes.

— Je m'en suis aperçue !

Je n'avais rien avalé depuis la veille au soir. Je sucrai exagérément mon café pour me donner un coup de fouet.

— Qui est à contacter au cas où ça tourne mal ? Alabama ?

Elle cilla nerveusement.

— Oui.

— Donnez-moi un numéro de téléphone où l'appeler.

— Je ne peux pas, il faut d'abord que je lui demande l'autorisation. N'importe qui ne peut monter au mont Sinaï pour rencontrer Dieu !

Son visage s'empourpra lorsqu'elle vit mon expression.

— Pardon, je ne voulais pas être désobligeante.

— Ne vous inquiétez pas, j'ai bien compris l'esprit du texte !

Je sursautai lorsque la porte du drugstore s'ouvrit un peu

trop violemment. Le nouvel arrivant eut un geste d'excuse. Il venait seulement acheter un sirop pour la gorge. Je me détendis lorsqu'il ressortit.

— Je vais faire rapidement, dit-elle en posant familièrement sa main sur mon poignet.

Elle la retira aussi sec. Elle devait en avoir appris un rayon sur moi.

— D'accord, fis-je. Alors faites ça et retrouvons-nous ici demain matin à huit heures. D'ici là, j'ai quelqu'un à tuer.

~

Le soir commençait à tomber lorsque je rentrai au Nouveau Jardin d'Allah. Je respirai. Sybil était là, fraîche et intacte.

— Que se passe-t-il ? demanda-t-elle. Tu es toute pâle.

— J'ai eu une journée affreuse mais je préfère ne pas en parler et je n'ai rien avalé depuis hier soir.

— C'est malin. Tu veux qu'on sorte manger un steak ?

Je pris une petite voix plaintive.

— Pas envie de sortir. Sybil, ma chérie, tu ne me ferais pas une petite omelette pour me requinquer ? Avec des oignons et un peu de tomate dedans ?

Je mis un disque de Dinah Shore : *Yes My Darling Daughter*. Et la voix de Dinah emplit la pièce pendant que Sybil s'affairait en cuisine.

Mother, may I go out dancing? Yes, my darling daughter
Mother, may I try romancing? Yes, my darling daughter

Je n'avais pas faim, mais une fois à table je m'appliquai à avaler chaque bouchée. Ce n'était certainement pas le moment de tomber dans les vapes.

— Allons nous balader, proposai-je une fois la vaisselle faite. J'ai besoin d'air frais.

— Griffith Park ?

— Non, j'ai mieux en tête.

Il y avait la route sinueuse, l'énergie cinétique de la voiture, la nuit balafrée par la lueur des phares, la poussière qui voltigeait et la courbe escarpée des collines. Je me garai à proximité des panneaux de HOLLYWOODLAND.

— Allons voir la vue, proposai-je.

Nous marchâmes à travers les épineux. La nuit était douce et sucrée. Cela aurait pu être une soirée passée à s'embrasser.

— Je voulais être actrice quand j'étais plus jeune, dis-je. Il m'arrivait de venir là, sous les panneaux, et d'y rester des heures à regarder les grands studios en bas.

— À Hollywood, toutes les femmes veulent devenir actrices, non ?

— Pas toutes, certaines se contentent de jouer les putes. Au fait, Sybil, auprès du corps d'Arkel j'ai senti ton parfum. C'est utile comme indice, le parfum d'une femme !

— Qu'est-ce que tu racontes ? bredouilla-t-elle. Le corps d'Arkel ? Que s'est-il passé ? Il lui est arrivé quelque chose ?

— Il est mort.

— Mon Dieu !

— Je n'ai jamais connu quelqu'un d'aussi méfiant qu'Arkel. Il ne se serait pas laissé approcher par n'importe qui sans s'en garder. Il était plutôt du genre « je dégaine d'abord, je cause après ».

Silence. Je m'absorbai dans la contemplation des lumières de la ville.

— Sauf s'il connaît la personne qui l'approche. Une personne à qui j'ai déjà raconté être allée dans un temple bouddhiste avec un ancien militaire. Pas malin de ma part.

— Vic, je ne comprends rien à ce que tu me dis, se plaignit-elle.

— En rentrant, je suis allée fouiller dans les poubelles de la résidence. J'y ai trouvé le feutre et l'imperméable de son assassin. Tu aurais mieux fait de les jeter ailleurs. Je le sais pourtant depuis le temps : personne n'est jamais ce qu'il paraît être. Depuis quand tu travailles pour l'ennemi ?

Lorsque je me tournai vers elle en quête d'une réponse, elle pointait un pistolet sur moi et arborait un masque impassible.

— J'ai été obligée de descendre Arkel, ordre d'en haut. Il n'allait pas dans la bonne direction.

— Qu'est-ce qu'il a dit avant de mourir ? demandai-je en respirant plus vite.

— Dieu bénisse l'Amérique !

— Non, qu'a-t-il vraiment dit ?

— Il m'a traitée de sale pute à nazis et il a ajouté que le président Roosevelt allait bien nous pourrir la vie !

J'écrasai une larme tout en étouffant un petit rire nerveux.

— C'était un vrai démocrate. Un type pas facile, mais un gars bien qui se battait pour ses idéaux.

— Il avait un humour à chier.

— Comment je me suis retrouvée dans tes bras ? soupirai-je.

— Parce que tu es une chaudasse, répondit-elle négligemment. L'affaire n'était pas préméditée. Je surveillais la petite boniche latina. Elle allait au cinéma tous les dimanches. Alors on a cassé la jambe à l'ouvreuse et je me suis fait engager. J'ai remarqué son manège avec Arkel. Et tu es arrivée. Quand je suis sortie et que tu m'as draguée, j'ai sauté sur l'occasion puisque je t'avais vue suivre la Mexicaine, ce qui signifiait que tu étais dans le coup. Tu étais séduisante et je pouvais apprendre des choses. Après j'ai joué les indignées, ça marche toujours sinon les gens comme toi ne s'intéressent pas aux gens comme moi. Et puis, j'attendais les instructions.

Elle reprit son souffle. Elle parlait d'un ton très neutre, avec une distanciation toute professionnelle.

— Quand j'ai appris que tu étais la privée qui bossait pour Lala, je me suis incrustée. J'étais sous ta fenêtre à écouter ta conversation avec Arkel. Après, vous ne vous gêniez plus pour parler devant moi et toi aussi tu me racontais des choses, surtout le soir où tu as bu. C'est pour ça que j'ai pensé au temple bouddhiste lorsque Arkel a appelé tout à l'heure pour que tu le rejoignes dans un lieu de méditation.

— Il avait raison, tu es une vraie pute à nazis.

Elle haussa les épaules.

— Honnêtement, les nazis je m'en fous. Je n'ai ni parti, ni religion. Ça sert à quoi de se faire des illusions ? La vie, ça dure pas longtemps et puis tu crèves et plus personne ne se souvient de toi. Et d'ailleurs, ça te rapporterait quoi qu'on se souvienne de toi ? Je vais là où ça paye bien, de préférence dans le camp des vainqueurs.

— Est-ce que tu m'as un peu aimée? demandai-je avec une voix que j'aurais préférée moins plaintive.

— Pas un instant. Moi, c'est plutôt les hommes. Enfin, en mission, je prends ce qui vient.

Je reçus cet aveu comme une gifle après un baiser. Elle s'emporta soudain devant mon air peiné.

— Mais tu t'attendais à quoi, Vicky ? Tu es un être solitaire, dur et égoïste. Tu es incapable d'aimer qui que ce soit !

— Tu te trompes, j'aime mon fils.

Elle marqua un temps de surprise puis se ressaisit.

— Tu essayes de m'attendrir mais ça ne marche pas.

— Alors, vas-y, crachai-je. Tu parles trop pour quelqu'un qui va tirer.

— Tu as raison. J'avais ordre de ne pas te tuer, mais c'était sans compter que tu découvres que j'ai buté Arkel. Adieu bébé !

Sans ciller, elle appuya sur la détente. Il n'y eut qu'un méchant clic. Elle récidiva en vain avant de comprendre. Sa bouche s'ouvrit et se referma sans bruit. J'avais déjà vu des carpes faire ça avec plus de grâce. Et dire que j'avais failli tomber amoureuse d'une carpe.

— Eh oui mon cœur, fis-je, pendant que tu préparais mon omelette, j'ai saboté ton percuteur. Tu n'as rien entendu, j'ai mis un disque.

— Vicky...

J'avais sorti rapidement mon arme et dans celle-ci se trouvaient des balles désireuses de fendre l'air.

— Qui est ton commanditaire ?

— Le grand méchant loup.

La réponse ne me satisfit pas. Les grands méchants loups, ça courait les rues en Amérique. J'agitai le canon de mon colt 45.

— J'adorerais connaître son nom. Ne m'oblige pas à te

tirer une balle dans le genou et à t'estropier. Une femme qui boite, ce n'est pas sexy.

— C'est M. Anderson, dit-elle précipitamment. J'ai toutes les preuves dans ma chambre. Lorsqu'on part en mission, c'est bien d'assurer ses arrières.

— Anderson, c'est lui qui t'a engagée ou Bishop ?

— Anderson. J'ai jamais bossé pour cet amateur de Bishop. Si tu veux, on peut passer un marché.

Je la contemplai une dernière fois. Son mystère révélé, elle avait perdu toute grâce.

— Je suis désolée Sybil, si le matador n'était pas tombé, je t'aurais sans doute épargnée. Mais ça, c'est pour Arkel.

L'amour n'est pas pour moi. Je lui en mis une en plein cœur. Je ne voulais pas abîmer son joli visage.

~

Il me fut pénible d'entrer pour la seconde fois dans la chambre de Sybil. Lorsque j'avais appuyé sur la détente, je n'avais plus eu devant moi que deux grands yeux bleus terrifiés. J'avais pleuré devant son corps, mais sur qui ? Sur elle ou sur moi ? Sur ce que j'étais devenue ?

Sous une latte de plancher, je trouvai bien les documents dont elle avait parlé. Je revins ensuite chez moi et appelai Judith.

— J'ai tué la meurtrière d'Arkel.

Il y eut un blanc au bout de la ligne, puis un soupir.

— Vous avez bien fait. Elle a parlé ?

— D'un certain M. Anderson. Vous le connaissez ?

— Pas personnellement mais je sais qu'il était au courant

de l'opération en même temps qu'Alabama pour qui Arkel travaillait. Arkel soupçonnait déjà Anderson et des gens de Morton Security. C'est sans doute pour cela qu'il est mort.

— Alabama, c'est son vrai nom ?

— Probablement un nom de code, j'ignore le vrai. Arkel était très secret.

J'eus une brusque inspiration.

— Qui est Alabama ?

— Je sais juste que c'est un démocrate, proche de Roosevelt. C'est lui l'organisateur de tout ça.

— Il est d'accord pour que je l'appelle ?

— Oui.

Elle me donna le numéro de téléphone. Aussitôt je raccrochai et le composai. Le standard me passa mon interlocuteur.

— Alabama, fit une voix très masculine.

39

La présentation de sujets vulgaires, répugnants et désagréables, doit être soumise au respect des sensibilités des spectateurs et aux préceptes du bon goût en général.

Je déglutis nerveusement.

— Je m'appelle Vicky Mallone. Je suis en possession de certains documents qui incriminent un conseiller du président Roosevelt.

— Pas de nom au téléphone, me coupa-t-il. Arkel m'a parlé de vous. Vous pouvez être à Washington DC demain soir ?

— Oui.

— Une fois que vous y serez, descendez au Willard Inter-Continental. Une chambre vous sera réservée. Vous attendrez que je vous fasse signe.

— Entendu.

— Soyez prudente. Pour quitter LA, changez d'apparence, portez une perruque.

— Ne vous inquiétez pas pour moi, j'ai été à bonne école récemment.

— La meilleure.

Je raccrochai.

~

Dehors, la pluie crépitait sur l'asphalte. Je me sentais au chaud et bien protégée devant le bar en merisier du Willard sous les lustres à pendeloques de cristal. L'éclairage et l'éclat lustré des boiseries rendaient l'ambiance chic et feutrée. Ma tenue était assortie à ce décor luxueux. Je portais un ensemble en laine à motifs en diagonale avec une veste droite à empiècement foncé, une jupe crayon et une longue cape grise qui m'aidait à dissimuler mon holster. Sur la tête, un chapeau cache-cache gris formé d'une cloche en feutre et relevé derrière. Avec cette tenue, je pourrais rencontrer sans rougir le président Roosevelt mais, bien sûr, ce ne serait jamais le cas : je n'étais que du petit personnel.

Je regardai couler le gin puis le vermouth blanc. Pas trop de vermouth pour que mon cocktail reste assez sec. Le barman ajouta les glaçons avant de secouer le shaker et de verser. Il garnit ensuite mon verre d'une olive verte piquée sur un cure-dent. L'olive n'est pas une décoration, elle absorbe les mauvaises odeurs du gin.

Je bus quatre martinis-dry avant de me sentir à l'aise. Détendue, je percevais mieux les choses et j'eus tout à coup la vision globale du plan machiavélique d'Arkel. Moi aussi, je l'avais sous-estimé. Non, ce n'était pas un flic mais un soldat, un stratège. Et la stratégie, c'est de conduire votre adversaire là où vous le souhaitez.

À quatorze heures, le téléphone sonna dans ma chambre. Le standard de l'hôtel me passa mon correspondant.

— Ici Alabama, fit la voix froide et précise. Soyez à dix-sept heures au Brad Building, un immeuble de bureaux. À l'accueil, donnez votre nom et on vous dira où aller.

— Compris.

— À tout à l'heure.

~

On entrait dans le Brad Building par un atrium haut de cinq étages, surmonté d'une grande verrière. À peine filtrée, la lumière semblait embraser le sol de marbre rouge. Des passerelles, des escaliers découverts à la vue de tous et des ascenseurs desservaient les étages.

J'avançai d'un pas décidé dans le hall. Ma vision était nette, ma conscience était claire. À la réception, on m'indiqua l'étage et le numéro d'un de ces bureaux qui se louent à la journée. Mais ici, l'endroit était chic et distingué, réservé à l'élite des affaires.

Il m'ouvrit lui-même la porte. De taille moyenne, en complet-veston croisé marron, il n'arborait pas de signe distinctif à part un regard insondable encadré par des montures rectangulaires en acier poli. J'entrai et il referma derrière moi sans un mot. Je fis deux pas en avant et pivotai pour ne pas lui tourner le dos.

— Mademoiselle Mallone... Asseyez-vous, je vous en prie.

Sans attendre, il prit place sur un divan de cuir et me fit

signe de venir m'asseoir près de lui. Je restai parfaitement immobile.

— Arkel est mort et j'ai tué sa meurtrière, dis-je. Je détiens les preuves nécessaires contre M. Anderson.

— Qui avez-vous dit ?

— M. Anderson.

Il y eut un silence.

— Comment avez-vous eu ces documents ?

— En tuant la meurtrière d'Arkel.

Mon ton était froid. Il releva la tête et me considéra plus attentivement.

— J'imagine qu'elle le méritait.

— Elle avait tué Arkel, lui rappelai-je.

— Bien sûr.

Je fis un mouvement pour m'écarter de la porte et prendre un peu de champ. Au cinéma, la caméra aurait fait un plan en contre-plongée de la pièce pour mieux faire ressortir l'atmosphère tendue qui y régnait.

— Je pense qu'elle conservait des documents sur son commanditaire par prudence. Ces mercenaires n'ont confiance en personne.

— Qui était-elle ?

— J'aimerais vous dire qu'elle est un sous-produit du Bund germano-américain, du Ku Klux Klan et d'America First. En vérité, c'était une mercenaire qui pensait œuvrer pour le camp qui a le plus d'avenir. Avec des gens comme ça, vous avez vraiment cru que toute cette opération se déroulerait sans perte ?

Alabama ne répondit pas. Son expression restait parfaitement impassible. Si un sous-marin torpillait un jour son bateau, probable qu'il n'aurait pas un battement de cils superflu.

— À plusieurs reprises, continuai-je, nous avons vu derrière la main de tueurs l'empreinte de Morton Security, une société de sécurité dans laquelle la famille de M. Anderson possède des intérêts. Cela nous a naturellement conduits à le soupçonner. C'est ce à quoi vous vous attendiez, non ?

À cet instant, la porte s'ouvrit et M. Anderson entra. Un grand type en costume sans cravate, chemise à col ouvert. Deux costauds en costumes gris et à l'air pas commode l'accompagnaient. Le plus petit referma soigneusement derrière eux.

Je me retournai vers Alabama.

— Sérieusement, vous me preniez pour une conne ?

40

La vengeance n'est pas justifiée dans un film dont l'action se passe dans l'époque contemporaine.

— Un plaisir d'enfin vous rencontrer, m'dame, fit M. Anderson avec un léger accent traînant du Sud. Très aimable à vous de m'avoir appelé.

Très grand. La cinquantaine, un peu plus même. Le cheveu qui grisonnait et se faisait rare sur le front. Un visage tanné et parcheminé à la manière d'un vieux cuir, les pommettes saillantes et les yeux en amande comme s'il était métis. Comme Arkel, il avait l'air en pleine forme. Ce qui surprenait le plus était ses yeux. Il semblait toujours les tenir à moitié plissés pour atténuer l'intensité de son regard.

À ce stade-là, Alabama ne paniqua pas. Ce type avait sans doute connu pas mal de retournements de situation tout au long de sa carrière politique. Il se contenta de hausser un sourcil dédaigneux à l'intention d'Anderson et de son escorte.

— Expliquez, m'ordonna-t-il.

Mon père est plutôt contre les flash-back au cinéma. Il affirme que c'est un aveu d'impuissance que de ne pas savoir intégrer dans le cours d'un récit une information passée autrement que par ce procédé. En cette occasion, je ne lui fis pas honneur en ouvrant différents tiroirs de ma mémoire :

Ne faites confiance à personne, écrivait Arkel. Ils sont doués pour se glisser dans la peau des autres.

Et s'ils avaient noyauté SNAFU ?

Dans le courrier d'Arkel, il y avait un numéro de téléphone. Ce n'était pas celui que me donna Judith.

— On va chez moi ? lui proposai-je. J'ai quelque chose à vous montrer.

Une fois à la maison, je me retournai vers Judith, une arme à la main.

— Vous savez, fis-je, j'ai comme l'impression que vous n'êtes pas dans le bon camp.

Je mourais d'envie de griller une cigarette, mais les deux hommes étaient suspendus à mes lèvres et je n'avais pas envie qu'ils y voient des brins de tabac. J'avais trop fréquenté Lala, ça me donnait envie de jouer les coquettes. Je m'assis presque aussi élégamment que ma star préférée et croisai les jambes, les découvrant assez pour les rendre intéressantes à contempler, mais le regard des hommes n'y descendit même pas fugitivement. Un prédateur ne se laisse pas distraire par ce type de broutilles.

— Lindqvist a vu deux hommes à Washington, fis-je d'une voix posée. Il s'agissait d'Alabama et d'Anderson. Pour sa part, mon père n'a rencontré avec Arkel qu'un individu qui avait l'accent du Sud et utilisait des expressions de l'Alabama. Un peu rapidement, j'en ai conclu qu'il s'agissait du dénommé Alabama. Plus tard, je me suis interrogée : pourquoi un homme qui dissimule son identité prendrait-il un pseudonyme qui le relie à celle-ci ? Non ! Ce n'était pas Alabama mais Anderson qui était venu voir mon père ! Anderson et son accent du Sud, le seul en qui Arkel avait confiance et pour qui il travaillait.

— C'est une opinion, dit Alabama qui s'était imperceptiblement détendu. Si Anderson a rencontré votre père avec Arkel, c'est qu'il cherchait à paraître ce qu'il n'était pas.

La conversation s'annonçait passionnante.

— Votre objection est parfaitement recevable, reconnus-je. Mais laissez-moi cheminer un instant sur la voie de ma théorie de la confiance d'Arkel en Anderson. La question est alors : pourquoi lancer l'opération avec deux hommes, Anderson et Alabama, si on n'a confiance que dans un seul ? J'ai toujours été un peu surprise du faible intérêt d'Arkel pour Morton Security dont la famille Anderson était actionnaire. La vérité est qu'Arkel et vous, Anderson, souhaitiez profiter de l'affaire pour qu'Alabama, que vous soupçonniez de sympathies nazies, se trahisse en engageant des sbires pour empêcher le film de se tourner.

— Spéculation, dit Alabama.

Il avait dû être procureur ou avocat.

— Pure spéculation en effet mais nous, les enquêteurs, nous sommes obligés d'en faire pour avancer.

Ils me fixaient toujours droit dans les yeux, soit pour me les faire baisser, soit parce que je les fascinais. Ou peut-être simplement parce qu'ils n'avaient rien de mieux à faire. Les jambes toujours croisées, je fis accomplir à mon pied de légères rotations, sans plus réussir à détourner leur attention.

— Spéculation qu'Alabama soit le grand méchant loup. Il laisse les seconds couteaux isolationnistes et les tabloïds de Hearst se charger de contrecarrer le tournage de *Cherchez le nazi*. Lui, il veut profiter de l'occasion pour discréditer Anderson. Et il a une ouverture pour cela car la famille de celui-ci a des intérêts dans une société de sécurité, Morton Security, dont les dirigeants semblent partager les opinions isolationnistes, voire antisémites, de Lindbergh et sa clique de nazis en herbe.

Anderson me quitta du regard pour observer sans colère Alabama entre ses paupières plissées. Mais Alabama ne donnait aucun signe d'inquiétude, plutôt celui d'être en attente d'un rebondissement.

— Il fallait semer des preuves sur le chemin d'Arkel, repris-je. On recherche tous les anciens employés de Morton Security qui ont mal tourné. Cela arrive dans le domaine de la sécurité où on ne trouve pas que des enfants de chœur. Un certain Grille d'Égout d'abord, puis vous continuez avec deux conducteurs un peu tarés qui tentent de nous faire le coup du ravin.

— J'ignorais, fit Alabama, mais dites-moi, ces gens-là ont failli vous tuer si je comprends bien, non ?

Il élaborait déjà une défense calme et rationnelle. Ouais, certainement un de ces putains d'avocats. Je secouai la tête.

— Pas de danger, vous saviez qu'Arkel était un seigneur

de la guerre. Et puis, il fallait que cela paraisse vrai. L'étape suivante était la vraie mort d'Arkel, assassiné par une mercenaire nommée Sybil. Alors Judith entre en scène, censée être la récipiendaire de documents trouvés par Arkel avant sa mort.

Je ricanai.

— Et votre plan manque s'achever là car je démasque Sybil, la meurtrière d'Arkel. La seule option de celle-ci est alors de me tuer, contrairement à ses ordres. Mais je suis toujours là, vous voyez.

L'assimilation de cette évidence sembla raviver l'intérêt des deux hommes pour ma personne. Ils me considérèrent sous toutes les coutures. Pas avec des intentions lubriques, mais plutôt pour découvrir si j'étais aussi dangereuse qu'eux.

— Et comme par hasard, repris-je, je découvre des preuves contre Anderson chez Sybil. Tout était prévu au cas où. Peut-être même aviez-vous programmé de me balancer Sybil. Comme dans un conte pour enfants, Alabama, vous avez parsemé cette enquête de petits cailloux blancs qui ramenaient toujours vers Morton Security ou Anderson.

— Les preuves contre moi, fit Alabama, où sont-elles ? Qu'est-ce qui me relie à tout ça ? Pour le moment, c'est plutôt Anderson, non ?

Il regarda celui-ci.

— Je crois que vous êtes pat, lui dit tranquillement Alabama.

Aux échecs, le pat est une position qui met immédiatement fin à la partie. Il aurait pu proposer le nul mais, en joueur averti, il considérait que, quelles que soient les pièces restant sur l'échiquier, son adversaire ne pouvait plus jouer de coup légal. Seulement, moi, j'étais sortie depuis longtemps du cadre de la légalité.

— Le problème pour vous, dis-je à Alabama, est que je détiens hors de toute juridiction une femme nommée Judith qui sera ravie de témoigner contre vous afin d'éviter de terminer ses jours en prison. Les hommes de loi de M. Anderson sont en train de rédiger l'accord avec le procureur. Car voyez-vous, Arkel m'a laissé à sa mort un nom et un numéro de téléphone, et ce n'étaient pas les vôtres.

— Bien évidemment, il vous reste encore la possibilité de démissionner de toutes vos fonctions et de prendre une retraite bien méritée, dit Anderson en regardant Alabama comme lorsqu'on contemple le corps étendu de son ennemi.

— Pour ma part, fis-je calmement, je serais plutôt encline à vous mettre une balle dans la tête, espèce de salopard.

Le regard d'Anderson effleura la gaine de mon holster sous ma veste. Il se projeta en avant.

— Vous allez nous suivre à la Sécurité intérieure, dit-il à Alabama. On souhaite vous y interroger.

Alabama se leva. Debout, il mesurait une tête de moins qu'Anderson, alors il pointait le menton vers le haut pour paraître plus grand. Un pli sarcastique se dessinait aux coins des lèvres de son rival, conscient de sa supériorité. Lutte de dominance classique entre vieux mâles.

Passant derrière Alabama, je lui donnai un furieux coup de pied dans le tibia. Il hurla et tomba à genoux. Avant que personne ne puisse réagir, je lui collai mon pistolet contre la tempe.

— Ça, fis-je en pressant la détente, c'est pour Arkel !

41

Une fin morale est recommandée.

Il y eut un clic. Avec un temps de retard, la main d'Anderson s'abattit sur la mienne avant qu'il ne s'aperçoive que mon pistolet n'était pas chargé.

— Je préférais ne pas être tentée, expliquai-je.

La tension baissa d'un cran dans la pièce. Ma main gauche sur son épaule, je maintins Alabama à genoux, histoire de l'humilier.

— Je vous conseille de ne jamais recroiser ma route, dis-je. La prochaine fois, mon arme sera chargée.

— Vous êtes comme Arkel avec vos principes à la con, gronda Alabama. Vous ne serez pas contents tant que vous n'aurez pas envoyé tous nos gars se faire tuer pour des gens qui ne le méritent pas.

Ce qui me choqua le plus fut qu'il était sincère. Tous les connards ne sont pas des menteurs, parfois ce sont juste des gens pétrifiés dans leurs certitudes.

— Allez, fit Anderson aux gros costauds, embarquez-moi ça!

Il se tourna vers moi avant de sortir.

— Au fait, vous saviez qu'Arkel n'est pas mort ?

~

Le lendemain, la pluie avait cessé et la ville luisait comme un sou neuf. Je retrouvai Anderson au Brad Building. Il avait jugé l'endroit commode mais loué un bureau moins tape-à-l'œil.

J'essayai de le jauger mais M. Anderson était un puits sans fond.

— Arkel était donc bien avec vous sur ce coup ? demandai-je d'une voix blessée.

— Naturellement. Le terrain c'était lui. Sauf que c'est vous qui avez réussi. L'élève a dépassé le maître.

— Non, c'est à cause de moi qu'il s'est fait plomber. En introduisant Sybil dans ma vie, j'ai permis à la meurtrière de l'approcher sans qu'il se méfie. Il va s'en sortir ?

— Vous êtes partie précipitamment de Los Angeles. Les ambulanciers qui ont débarqué au temple ont retrouvé Arkel encore vivant. Un prêtre lui avait donné les premiers soins. On l'a emmené à l'hôpital où il a été opéré pendant quatre heures. Il semble que ce vieil ours va encore une fois survivre.

Je vacillai.

— Et Alabama ?

— Il a préféré démissionner de toutes ses fonctions. Nous évitons tout scandale et nous garderons un œil sur lui pendant sa retraite. Tous ses contacts sont examinés et nous allons purger l'administration des éventuels sympathisants nazis ou isolationnistes, ou les deux… en gros tous les Amis de la Nouvelle-Allemagne.

— Vous dirigez la Sécurité intérieure ?

Il inclina la tête.

— Arkel est passé à deux doigts de la mort, murmurai-je, et moi j'ai bien failli y laisser ma peau.

— Justement ! (Il sortit quelque chose de la poche intérieure de sa veste.) Voici un chèque qui vous dédommagera grassement de tout ce que vous venez de vivre.

Je jetai un coup d'œil au chèque. Cinquante mille dollars. Il estimait ma vie à ça. Plusieurs années d'honoraires quand même. Un cachet de star.

— C'est votre estimation de ma putain de vie, cinquante mille dollars ?

Arkel avait déteint sur moi.

— Vous voulez plus ?

— Non.

Je lui rendis son chèque.

— Je ne veux pas de votre argent, je veux que l'on me rende mon fils.

Une lueur de respect traversa fugitivement le regard d'Anderson.

— Je connais votre situation, mais mes fonctions ne me permettent pas d'aller à l'encontre d'une décision de justice.

— Débrouillez-vous, voyez avec l'attorney général.

— Je verrai ce que je peux faire. Vous ne voulez rien pour vous-même ?

— Si, une cigarette.

Ça faisait un moment que j'en avais envie. Il me tendit

son paquet de Lucky Strike, la clope du soldat, et se saisit de son briquet.

— Merci, je préfère la fumer dehors.

Je me dirigeai vers la porte. Sa voix me rattrapa. Elle était calme et respectueuse.

— Mallone, vous êtes en colère contre moi. Je comprends mais j'ai une autre affaire à vous proposer.

— Pas ce soir, Anderson, je suis fatiguée.

Il me rejoignit et posa une main sur mon épaule.

— Rentrez à votre hôtel et reposez-vous. Demain matin, revenez me voir. La lutte n'est pas terminée. Vous et moi on ferait une sacrée équipe !

Je sortis sans répondre. Dehors, je fis quelques pas sur le trottoir froid. J'avais hâte de retourner en Californie. Une vie saine, du soleil toute l'année. Hâte de revoir mon fils, même de loin, et cette vieille fripouille d'Arkel s'il s'en tirait. Et peut-être d'aller au cinéma. J'irais bien voir ce film qui allait sortir avec Bogart, cette histoire de statuette de faucon maltais.

Anderson, il pouvait aller se faire foutre.

Je tâtai entre mes doigts la cigarette qu'il m'avait offerte puis cherchai un briquet dans mon sac. J'y trouvai le chèque qu'il avait dû y glisser lorsqu'il s'était approché de moi. Je sus alors qu'il ne ferait rien pour mon fils. Serrant les dents, je sortis mon briquet et mis le feu au chèque. J'approchai le bout de ma cigarette de la flamme qui le consumait. Je tirai une longue taffe et inspirai profondément. Après ce qu'elle venait de me coûter pour l'allumer, je pris le temps de la savourer.

DU MÊME AUTEUR

Aux Éditions Gallimard

LE CERCLE DES RÊVEURS ÉVEILLÉS, Série Noire, 2021 (Folio Policier nº 959)

Aux Éditions Actes Sud

PETITS MEURTRES AU CAIRE, Actes noirs, 2019 (Babel noir nº 225)

LE CARNAVAL DES VAMPIRES, Actes noirs, 2018 (Babel noir nº 235)

LE MOINE ET LE SINGE-ROI, Actes noirs, 2017 (Babel noir nº 216)

ENTRETIEN AVEC LE DIABLE, Actes noirs, 2016 (Babel noir nº 202)

HUMEUR NOIRE À VENISE, Actes noirs, 2015 (Babel noir nº 171)

TUEZ QUI VOUS VOULEZ, Actes noirs, 2014 (Babel noir nº 150)

MESSE NOIRE, Actes noirs, 2013 (Babel noir nº 105)

CASANOVA ET LA FEMME SANS VISAGE, Actes noirs, 2012 (Babel noir nº 82)

Chez d'autres Éditeurs

LE DÉTECTIVE DE FREUD, Éditions de Borrée, 2009 (Babel noir nº 184)

LES ADIEUX À L'EMPIRE, France Empire, 2006 (Babel nº 1323)

Déjà parus dans la même collection

Jacques Moulins, *Menaces italiennes*
Dror Mishani, *Un simple enquêteur*
DOA, *Rétiaire(s)*
Deon Meyer, *Cupidité*
Thomas Bronnec, *Collapsus*
Chang Kuo-li, *Le sniper, le président et la triade*
Jo Nesbø, *De la jalousie*
Horace McCoy, *Les rangers du ciel*
Sébastien Raizer, *Mécanique mort*
Jeff Lindsay, *Riley tente l'impossible*
Jørn Lier Horst, *La chambre du fils*
Audrey Gloaguen, *SEMIA*
Sébastien Gendron, *Chez Paradis*
Mike Nicol, *Infiltrée*
Danü Danquigny, Peter Punk au Pays des Merveilles
Chantal Pelletier, *Sens interdits*
J.P. Smith, *la médium*
Raf Vallet, *Mort d'un pourri*
Raf Vallet, *Adieu poulet!*
Jacques Moulins, *Retour à Berlin*
Jo Nesbø, *Leur domaine*
Chang Kuo-li, *Le sniper, son wok et son fusil*
Deon Meyer, *La femme au manteau bleu*
William Lindsay Gresham, *Nightmare Alley*
Jørn Lier Horst, *Le code de Katharina*
Olivier Barde-Cabuçon, *Le cercle des rêveurs éveillés*
Thomas Cantaloube, *Frakas*
Marin Ledun, *Leur âme au diable*

Jean-Bernard Pouy & Marc Villard, *La mère noire*
Parker Bilal, *Les divinités*
Pierre Pelot, *Les jardins d'Éden*
Dolorès Redondo, *La face nord du cœur*
Sébastien Raizer, *Les nuits rouges*
William R. Burnett, *Good-bye, Chicago 1928*
William R. Burnett, *Little Caesar*
Jacques Moulins, *Le réveil de la bête*
Deon Meyer, *La proie*
Jean-Patrick Manchette, *L'affaire N'Gustro*
Jørn Lier Horst, *Le disparu de Larvik*
J.-P Smith, *Noyade*
Dror Mishani, *Une Deux Trois*
Sébastien Gendron, *Fin de siècle*
Parker Bilal, *La cité des chacals*
Vlad Eisinger, *Du rififi à Wall Stree*t
Danü Danquigny, *Les aigles endormis*
Neely Tucker, *Seules les proies s'enfuient*
Marc Villard, *Barbès Trilogie*
Caryl Férey, *Paz*
Mike Nicol, *L'Agence*
Jo Nesbø, *Le Couteau*
Tom Piccirilli, *Dernier murmure dans le noir*
Bryan Reardon, *Le vrai Michael Swann*
Chantal Pelletier, *Nos derniers festins*
Marin Ledun, *La vie en rose*

Composition : APS- ie
Achevé d'imprimer
sur Roto-Page
par l'Imprimerie Floch
à Mayenne, le 21 février 2023.
Dépôt légal : février 2023.
Numéro d'imprimeur : 102084.

ISBN 978-2-07-296092-5 / Imprimé en France.

400696